eye

守望者

—

到灯塔去

欲望的先知

与勒内·基拉尔对话

[法] 勒内·基拉尔 著
[美] 辛西娅·L. 黑文 编
钱家音 译

CONVERSATIONS WITH RENÉ GIRARD: PROPHET OF ENVY

René Girard
Cynthia L. Haven

南京大学出版社

图书在版编目(CIP)数据

欲望的先知 : 与勒内・基拉尔对话 / (法) 勒内・基拉尔著; (美) 辛西娅・L.黑文编 ; 钱家音译. 南京: 南京大学出版社, 2025. 1. -- ISBN 978 - 7 - 305 - 28285 - 0

Ⅰ. I565.55

中国国家版本馆 CIP 数据核字第 2024DU7235 号

出版发行　南京大学出版社
社　　址　南京市汉口路 22 号　　　邮　编 210093

YUWANG DE XIANZHI: YU LENEI JILAER DUIHUA
书　　名　欲望的先知:与勒内・基拉尔对话
著　　者　[法]勒内・基拉尔
编　　者　[美]辛西娅・L. 黑文
译　　者　钱家音
责任编辑　章昕颖

照　　排　南京紫藤制版印务中心
印　　刷　江苏凤凰通达印刷有限公司
开　　本　787 mm×1092 mm　1/32　印张 13.25　字数 210 千
版　　次　2025 年 1 月第 1 版　2025 年 1 月第 1 次印刷
ISBN 978 - 7 - 305 - 28285 - 0
定　　价　88.00 元

网　　址　http://www.njupco.com
官方微博　http://weibo.com/njupco
官方微信　njupress
销售咨询　025 - 83594756

"人类是如此充满激情，

以至于我们总是被困于旧有的陷阱。"

目录

引　言

数字时代的苏格拉底

据说，“你说我听”这样的情景并不存在，有的只是“你说我等”。但这一条并不适用于勒内·基拉尔。

这位伟大的法国思想家于 2015 年逝世，他的职业生涯光辉璀璨，横跨数个大洲、数门学科，且他比大多数人更为享受交谈。这也就解释了为什么他有那么多杰作是以访谈的形式展开的。

基拉尔的巅峰之作《创世以来的隐匿事物》(*Things Hidden since the Foundation of the World*)便是问答形式的。《演化与转变：有关文化起源的对话》(*Evolution and Conversion: Dialogues on the Origins of Culture*)，以及他最后一部重要论著《战斗到最后》(*Battling to the End*)

也是如此。他的一些次要作品，如与玛利亚·斯泰拉·巴尔贝里（Maria Stella Barberi）的长访谈《那绊倒人的人》（*The One by Whom Scandal Comes*），以及他与米歇尔·崔格（Michel Treguer）的精彩对谈《一有这些事》（*When These Things Begin*）也是访谈录形式的（本书也摘录了这两本访谈录中的片段，能展现出他的风趣幽默，以及思想深度）。他与因斯布鲁克大学的神学家雷蒙德·施瓦格尔（Raymund Schwager）[1] 的书信集甚至也可以被视作对谈作品——一场跨越数千英里的对谈。

基拉尔的同事桑多尔·古德哈特（Sandor Goodhart）告诉我，基拉尔教授“执着于对话”。他补充说：“他喜欢和他人一起做事。他总是用‘我们’、‘我们’的项目、‘我们’在做什么这类表述。他有一种探索精神。”

文学理论家米哈伊尔·巴赫金分析了为什么可能出现这种情景：“真理并非凭空诞生的，也无法从个体的头脑中找到，它是在人们集体性地探索真理时诞生的，产生于对话这一交互过程。”[2] 虽然交流可能发生于生者和死者之间，存在于异地恋人互寄的诗歌中，或者出现在网络空间里，但面对面的对话是尤为高效的交互方式。苏格拉底明白这一点：他将人引入冲突之中，视自己为由此诞生的真理的“助产士”。要回答人生中的任何重大问题，或是诸多次要的小问题，我们都需要通力合作。

根据斯坦福大学教授罗伯特·波格·哈里森（Robert Pogue Harrison）的观点，对话这一形式解放了思想，助其摆脱桎梏。哈里森教授的访谈也收录在了本书中。我们一直抱怨演讲形式很无聊，但我们大部分时间总是沉溺于那些令人头脑麻木的独白里——无论是演讲、论文、Youtube 视频，还是非虚构畅销书列表里的作品。[3]

我能为基拉尔访谈的力量做担保：我并非通过他的著作，而是访谈，开始了解他的思想体系。我在本书中收录了一些激发我早期疑问的对谈，例如梅奥蒂的《基拉尔的〈我控诉〉：一位伟大思想家的大胆构想》。其他采访，如菲利普·戈德弗鲁瓦（Philippe Godefroid）的《歌剧与神话》，他引得基拉尔畅谈瓦格纳和莫扎特，不失为一场令人愉悦的探索之旅。

当代法国思想家（德里达、福柯、拉康），以及海德格尔、尼采在基拉尔早期的问答中占据了更显著的地位，尤其是在《冻结的语言》（*Paroles Gelées*）和《悲剧的诞生》（*Birth of Tragedy*）做的这两场采访中[1]。马克·安斯帕克（Mark Anspach）和洛朗斯·塔库（Laurence Tacou）在谈话中探索了厌食症这一话题，但讨论很快就发展为对社会和现代文化的更广泛的批评。米歇尔·崔格的访谈更具多元性且挑衅意味更浓，对普通读者来说更通俗易懂。罗伯特·哈里森与基拉尔的电台对谈也是如此。本书共有三章，是从法语原文翻译成英语的；一章译自意大利语；另有一章译自葡萄牙语。本书第一章收录的是 1981 年题为“无序与有序”的著名研讨会后的谈话，呈现了基拉尔与众多参会者而非单个访谈对象的对话。

部分读者可能会觉得有几则对谈过于学术；还有些人可能会觉得探讨德里达的《柏拉图的药》（“Plato’s Pharmacy”）的内容难以理解；有些人

[1] 即本书第四章和第三章。——译者注（如无特殊说明，本书脚注均为译者注）

将《希伯来圣经》视作一个古老民族闲着没事干时创作的空想文本，他们自然会觉得关于《圣经》的交流毫无意义。不过，每个人应该都能从本书中找到自己感兴趣的内容，能对我们这个时代最重要的思想家之一有所了解。

基拉尔在回答不同的问题、面对不同的听众或是采访者时，会澄清、反驳或阐发自己此前的回答，如丽贝卡·亚当斯（Rebecca Adams）采访时的一个问题就引得他畅谈了一番“积极的模仿”。读者需注意切勿将他的回答当作权威答案——而是要视作那一刻的快照，是他在特定时间、特定情景下的所思所想，因为他在本书内就有互相矛盾的回答。

在这些访谈中，随着岁月消逝，如同暗房中慢慢显影的相片那样，基拉尔渐渐成为基拉尔。(不过，矛盾之处在于，本书最早的采访得以展开时，他就已经近 60 岁了——已经完全是他自己了。）这些你问我答给了读者从已出版的对谈去“偷听”他的思想的机会。早年，当我们之间的友谊将我引向他的思想时，我就是这么做的。

当下正是出版这本书的好时机：本书收录的

很多文章曾可在线查看，如今却消失在了付费墙或死链接之后。《悲剧的诞生》的访谈中包含了他早期的一些哲学关注点，如今这份文本需要从校外获取；其他文本则借助了馆际互借的渠道。另有部分文本，例如精彩的“厌食症”访谈，只能在多年前出版过这些访谈的作品中找到。而且，这些都得以你从一开始就知道它们的存在为前提条件。

这些访谈必定会存在重复之处，因为难免被问及相同或相似的问题。我调整了排版或拼写上的问题，使其符合《芝加哥手册》（*The Chicago Manual of Style*）[1] 的标准。不过，大部分情况下，这些访谈都“保留原样”。当然，它们在正式出版前又接受了多少修订就是另一个问题了。

*

这些访谈没有一则直接来自基拉尔本人：它们在做好被印刷在书页上的准备时，就已经与口

---

[1] 由美国芝加哥大学出版社出版的写作、编辑工具书，是美国各出版社和学术杂志关于稿件编辑标准的最常用的参考书。——编辑注

述有了距离。还有一些来自实时的音频访谈，这种访谈自成一体，有着独特的规则、限制和可能性。

罗伯特·哈里森于2005年为他的广播节目和播客《有识之见》（*Entitled Opinions*）做的访谈并没有文字版，我们将其转写成文本，发表在英国的《立场》（*Standpoint*）杂志和瑞士知名德语媒体《新苏黎世报》上。当时就考虑将其收入本书。哈里森和我细致且小心地处理了文稿，只做了最低程度的修改——基拉尔当时已不在世，无法亲自更正其中任何细节和概念的错误了。哈里森和基拉尔曾是密友，每月在斯坦福大学教职员工俱乐部共进两次午餐。“我和他太熟悉了，因此我们的交谈被带进了演播室。”哈里森说。

虽然我们知道他会想要将他的文字润色得清晰易读，但我们无法预测他想做出怎样的修改。哈里森很担忧：夸张的断言、试探性的言论、玩笑话、风趣幽默的发言、亲密感、讽刺的层次感，这些都会被压平在书页上并且失去意义，某一语境中的词句放在另一语境中还会遭到误读。“他当时尽情享受着闲聊的快感。在广播上听起来效果好极了。”他说，“人们很喜欢听不带任何限定条件的陈述句——但我很担心。这可能带来不好的影响。”（当然，人们也可以说苏格拉底面临着同样的风险，即使他生活在播客和纸质书的时代之前。）

神经精神病学专家让-米歇尔·欧古利安（Jean-Michel Oughourlian）回忆了一段不同的体验，那是他和精神病学专家居伊·勒福尔（Guy Lefort）一起为创作《创世以来的隐匿事物》做访谈。纽约州立大学布法罗分校的这场对谈发生于1975—1976年，基拉尔去约翰·霍普金斯大学任教之后，对谈则在巴尔的摩延续，不过这些都只是一个开端。对谈的内容后来被重新编排，并增加了一系列基拉尔早期作品和访谈，其中包括基拉尔想要收入《祭牲与成神》（*Violence and the Sacred*）但最后决定留给后续作品的材料。

处理这些无数小时的录音带的方式十分原始：“我会听这些录音，亲手写下文本，再将文本交给秘书打印成稿。”欧古利安回忆道。他的秘书打了一份长达580页的手稿，很可能还是在老式打字机上完成的。基拉尔修改了文稿，并且添加了一篇此前准备好的文本。随后，借助慢吞吞的邮件投递、后续的对谈、电话交流，以及面谈，他们继续你来我往地交流，由此筛选出一份可供打磨的手稿。这一过程持续了五年。“渐渐地、渐渐地、渐渐地”书稿成形了。他们一同在 1977 年夏审阅了整部书稿，法文版的《创世以来的隐匿事物》[4]于第二年出版。

古德哈特自 1969 年起就和基拉尔一起工作，他参与了奇克托瓦加喜来登酒店里的对谈，这家酒店位于一个老轧钢厂区。“坐在布法罗的这个废弃的地方畅聊那些可能改变我们世界观的思想，这一场景略显荒谬。”不过，他回忆说，他有一种“基拉尔是一位明星的感觉”，谈话中穿插着“片刻的洞见，你将在余生中不断试图搞清楚其中的意义”，“我们常常称之为‘弥达斯的触摸’[1]”。

虽然这些与谈者都是谈话中的完全参与方，但他们并非其中所涉及的概念的作者：“这部作品是以对话形式呈现的，却并非思想之间的对话。他是在老生常谈一些有关黑格尔或者其他人的思想吗？不是的。他就像一部剧的导演——‘你来

[1] 意即点石成金，弥达斯为希腊神话中的弗里吉亚国王，一度拥有点金术。

谈这个和这个，然后你问我这个问题，再问那个问题。我们再让桑迪过来，让他讲讲弗洛伊德和莎士比亚’。”古德哈特回忆起了他接受邀请加入对谈时的情景。“大多数想法都是他本人的。显然，他学识渊博得多，尤其是有关人类学、《圣经》和福音书文本、世界各地的神话，以及列维-斯特劳斯等方面的知识。我更像是一个学生——更多的是在学习。”古德哈特说道。

欧古利安回忆中的景象略有不同：虽然不是《精神》（*L'Esprit*）刊物中那种辩论意味十足的访谈，但也不是一切准备就绪的盛宴——与谈者仅需就餐，无须烹饪。“这也不是简单的苏格拉底式对话[1]。介于两者之间。将他比作苏格拉底似乎也很合理——只是苏格拉底问的问题更多，而勒内回答的问题更多。”他说。

《创世以来的隐匿事物》序言中的话相当严厉：“我们刻意省去了对读者的所有让步，这既是一种惯例，也是展示如此雄心勃勃的作品时的明智做法。”作者们反而希望能够保留“谈话的特

[1] 苏格拉底式对话，即通过提问的方式澄清对话者彼此的观念和思想，而非直接给出答案。——编辑注

质”。[4]这是一则正告，让人们关注对谈的本质，留意思想的力量。

一些人后来反驳了自己曾持有的想法。勒福尔是《创世以来的隐匿事物》中的对谈者之一，他便是如此，而且也绝非他一人如此。随着基拉尔的读者数量不断增加，每个人的收获可能各有不同。布鲁斯·杰克逊（Bruce Jackson）教授是基拉尔在纽约州立大学布法罗分校的同事，他向我讲述了一则有关基拉尔的追随者的故事：

> 我有一个博士研究生对勒内有关祭牲的思想极度痴迷。我记得，我在好几次谈话中提醒他：“使用这些观点是没问题的，但你现在完全被这些想法掌控了。”……他能在所有事物中看到勒内，就和那种刚刚发现上帝或是陷入恋爱的人一样。然后，他突然之间反对起了勒内——并非针对勒内本人，而是针对他的观念。他写了一篇极其可怕的论文，愤怒地阐释了为什么勒内所说的一切都是错误的。

“我陷入了一个为勒内辩护的诡异的境地，”他告诉我，“我非常努力地不向研究生建议他们应该怎么想。我的做法是帮助他们相信自己，并向他们点明能够进一步启发他们思想的东西。但那一次，我和他在一个非常基础的概念层面上争辩了起来。

“我告诉这个小伙子，他这是非此即彼：他在另一个方向上走了极端。就我所知，他在我们失去联系之前放松了一点。整件事有点宗教意味：真正的弟子已准备好在被捆的双脚下点燃火种。”

我有幸与这位“欲望的先知”成为好友，因而这样的故事总能逗笑我。勒内·基拉尔是一个温和且友善的同伴，且正如米歇尔·崔格所说的，也是一个杰出的人：

> 我与他在广播中热烈地探讨了法国文化。但我们的争辩有一些特别奇怪的地方——这些针锋相对、咄咄逼人的言语往来很可能会让其他思想家与我彻底断绝关系，勒内·基拉尔却一如既往地和蔼友善、兴致勃勃且充满好奇心。和其他人完全不一样，他那个人。[5]

"文本背后存在着真实的受害者。"

"无序与有序"/1984[1]

I

1981年，勒内·基拉尔与他的同事让-皮埃尔·迪皮伊一同在斯坦福大学组织了一场题为“无序与有序”的研讨会。他写道，这是“许多国家的人文学者和拥有革新观念的科学家之间的一场大胆碰撞，所谈论的不只是各自学科内的各类无序与有序概念，而且涉及影响着我们且让我们饱受困扰的文化分裂这一虚无缥缈的本质”[2]。基拉尔本人有关神话的演讲探讨了神话如何找出可以作为牺牲品的受害者，使之成为混乱局面的替罪羊，由此社会从无序转变至有序，从暴民的暴力、谋杀转变至社会的统一。以下为此场研讨会记录。

——编者

罗纳德·希尔顿（Ronald Hilton，以下简称希尔顿）[斯坦福大学人文学科专题项目组]：基拉尔教授提出，在组织有序的部落对无序制造者的报复，与大众或者说暴民（turba）的骚乱之间存在着一种二元对立，好像事情就只是这么简单。我认为情况要复杂得多，因为还需要引入煽动者（agent provocateur）的概念。我们之中见过煽动者的人都知道这一角色是如何运作的：我记得怀特广场发生学生骚动时，学生聚集成群，广场上拥挤不堪，站在我身边的是一个蓄着胡子的人物，显然不是一名学生，他开始大喊："关停！关停！"附近的两个女孩也开始大喊："关停！关停！"不出两分钟，整个广场上的人都在大喊："关停！关停！"这就是一个典型的煽动者。基拉尔先生谈到了西北部的印第安人，引用的是列维-斯特劳斯的话。基拉尔先生以其对基督教的研究而闻名于世。他提到了福音书，我想请他把我刚刚提到的内容应用于福音书的情节中。首先是对通奸妇人的石刑；其次是对基督耶稣的定罪；最后是对司提反[1]的定罪或者杀害。这些情节究竟是有序社会的产物，还是暴民的作品，抑或是煽动者的书写？第一个情节中的煽动者是法利赛人和撒都该人，第二个情节中同样如此，很可能在第三个情节中也一样，尽管煽动者也可能来自社会以外的地方，如伊朗等地所发生的那样。因此，这比您所说的单纯的对立要复杂得多。

勒内·基拉尔（以下简称基拉尔）：我认为这就是我所说的“激情”将被激发的例子之一。我不确定，我是否理解了第一个问题，但我很乐意探讨司提反遭受的石刑，尤其是因为在我的上一本书中，我花了很大的篇幅来讨论这个情节。我认为石刑是一种十分重要的仪式性刑罚，存在于很多初民社会中。如果你仔细考察初民社会中的原始处刑方式，便会发现它们都牵涉整个群体，但又不过于直接地牵涉具体个体。没有哪个特定的个体要为此负责。复仇也会受到阻止。当然，

---

[1] 《新约》中的人物，被视作基督教的首位殉道者，他在遭到诽谤后因申诉而引起众怒，最后被众人用石头打死。

在犹太律法中，头两个见证人照理要投出第一块石头，这又会将我们引至福音书的另一处文本，但我认为石刑的本质在于：这是一种集体性谋杀形式。顺便说一句，我认为制定原始律法（包括各类集体性处刑方式）的“原始立法者”一定是一个集体替罪羊。部落所采取的另一种著名的集体性处刑方式，并非直接将嫌疑人扔下悬崖，而是慢慢地逼近站在悬崖边的嫌疑人，直到他最终“自愿地”投身崖底。这样做是为了获得类似于司法体系所提供的社会超越性的特质。我认为这一点甚至仍然可以在行刑队的枪决中看到，因为枪手所持的步枪中只有一两支是上有实弹的。

福音书中的例子选择得尤其恰当，因为神话并不在场。通奸的妇人受到社会的谴责，通常将被石头击毙，而对她施以石刑的整个群体会受到模仿的煽动。耶稣打断了这一过程，事实上建立了一种与之相对立的模仿的污染，因为他们并没有**一同**离开，而是一个接着一个走的，从最年长的成员开始。因此我认为，这就是散布所谓“流言”的文本之一，此处的流言便是，即使此等行为的受害者是一个法律意义上的受害者，他/她实际上却是暴民行为的受害者。当然，在基督受难的例子中，这一点也适用。福音书不断强调没有人是真正有罪的，煽动者并没有那么重要，这和希尔顿先生所持的观点有所不同。犹大是相当无足轻重的，彼得的否认[1]并没有那么重要，彼拉多[2]的权术也没有那么重要——重要的是无论每个参与者的动机是什么，所有这些动机最终都会如溪水汇流成河那样，流向同一个方向。最近我解读了施洗约翰[3]之死，在文中我阐述了这场死亡也展现了同样的机制。我们可以在《旧约》中找到同样的内容。我总是以约瑟为例。在约瑟的故事中，有 11 个兄弟，其中 1 人遭到驱逐。但经文并没有采取 11 个兄弟的视角，而是选择了约瑟

[1] 彼得为耶稣的十二使徒之一。耶稣曾预言他将三次不认主。在耶稣被捕后，他被问及是不是耶稣的门徒，他如预言所说否认了三次。

[2] 本丢·彼拉多，罗马地方长官。据福音书记载，是他审讯了耶稣，并且曾表示他并不认为耶稣犯了罪，但迫于犹太人的压力，为避免引起暴动，最终判处耶稣死刑。

[3] 基督教中的重要人物，曾在约旦河中为众人施洗，劝人悔改。后因指出犹太统治者希律王的罪恶而被捕入狱，希律王起先因他是先知而不敢杀他，但在看了继女莎乐美的舞蹈后，同意赏赐莎乐美一件礼物，莎乐美在母亲的怂恿下提出要将约翰的人头装在盘子里呈上来，希律王由此派人取了约翰的人头。

的视角。在另一处情节中，约瑟被指控犯下了通奸罪，通奸对象是他主人的妻子，这就等同于俄狄浦斯的乱伦，所有埃及人都接受了这一指控并且对他施以惩罚，将约瑟关进了大牢。然而，《圣经》告诉你，这一官方消息（official message），也就是这一神话，是不可信的。这是埃及人所相信的神话，并非犹太人，即撰写约瑟之故事的人，所相信的。这些文本都是完美的例证，可以证实我所说的暴民的幻想被斥作幻想，不会被视作真实。多格里布印第安人的神话[1]也是如此。在我看来，它不加批判地反映了暴民现象所创造的视角。

希尔顿：基拉尔先生，您没有探讨基督的例子，在这个例子中，民众之间是存在分歧的。您没有谈及基督所扮演的角色，以及撒都该人对民众的煽动。

[1] 在《替罪羊》（*The Scapegoat*）一书中，基拉尔提到了一则多格里布印第安人的起源神话：一个女人与狗发生了关系，产下六只小狗，她因此被自己的部落驱逐。一天，她发现，这些小狗会在她出门后脱下狗皮变成小孩，因此她假装出门，等它们脱下狗皮后拿走了这些狗皮，强迫它们变成人类。

基拉尔：民众在一开始是存在分歧的，但最终实现了模仿性统一。到最后，整个群体异口同声地说出了同样的答案，重要的是，最高权力者——手握生杀大权的彼拉多没有起到领导作用，而是被民众牵着鼻子走，因此显然在这种情形下并非政治权力占据主导地位，而是民众取代了政治权力。施洗约翰的情况也是如此。希律王同样违背了自己的意愿，听从了宴会上支持莎乐美的宾客的要求，取了施洗约翰的人头。

简·阿诺德（Jane Arnold）［斯坦福大学新闻和出版部门］：我希望我理解了您的发言，不至于问出重复的问题，但我总是感觉，在这些传奇故事中，最重要的那些，是对文化和秩序有着重大影响的传说。暴民的受害者本就是一个领导者的角色，例如基督和俄狄浦斯，或者会成为一个领导者，打造一种新的秩序，例如多格里布女人。您能谈谈这种既是领导者又是受害者的双重身份吗？

基拉尔：是的，我认为选择谁来做受害者是有原因的。在正常情况下，受害者可以是领导者。我们每天都能观察到民众转而反对他们的领导者的趋势。在受害者的选择上还存在其他原因。他们会被选中，是因为他们不信仰大多数人信仰的宗教，或者他们的长相就有所不同。在我看来，有意思的是，如果仔细地考察神话故事，我们会发现一部分人被选为受害者的理由一直没有发生变化。这些特性中有一部分很难被发现，这是因为它们并不具有跨文化性。例如基督教社会中的犹太人问题，神话故事中无法找到类似的现象。但瘸腿者往往在非常落后的群体中不受待见，即使在动物中也可以看到这种刻意远离瘸腿者的倾向。如果你去看神话故事，就会发现：所有仍能招来迫害者的弱点，都是伟大神话英雄的特质。你会发现，在后期的神话详述中，会出现一种削弱或完全去除这些“超自然”存在的特征的趋势。他们也是伟大的领导者，但我认为在一定程度上，他们是在死前还是死后成为领导者的问题并没有实际意义。这是一个在大多数情况下无法回答且无关紧要的问题。可以说穷人受到压迫，土著遭到迫害，病人、瘸子、瘟疫患者也是如此，但伟大的领导者处于同样的境地：社会中的所有极端，所有处于系统之外的事物，都是迫害的目标。伟大的领导者在某种程度上确实处于中心，但这个中心更像是气旋的中心。这里很安静，当麻烦来临，整个系统很可能就会崩塌，再围绕着这个受害者进行革新重组。这是我的看法。因此将领导者变作受害者的倾向是很真实的，但又只是整个故事的很小一部分。总而言之，我认为受害者是随机的，因为即使人群中没有一个人拥有可以使这群人两极分化的显著特征，在态势紧张到一定程度之后也会有受害者出现，此时的选择取决于一些无关紧要的因素，这些因素就只能被视作随机的。

[**问题**]：我有这样一个印象，狩猎社会中的神话和仪式与农耕社会中的有质的不同，也许前者不如后者那么恶毒。我感觉这与该隐和亚伯的祭牲[1]有关，我想问问您对此有什么看法？

基拉尔：我不认为这个问题中应该使用“恶毒”这样的词——我认为我们还是应该更客观冷

[1] 该隐和亚伯为亚当和夏娃之子，该隐是农民，亚伯是牧民。据《圣经》记载，该隐将农作物献给上帝，亚伯将羊献给上帝，上帝更喜爱亚伯和亚伯的供物。该隐因此大怒，最后杀害了亚伯。

静地探讨问题。我认同狩猎者通常不像农业社会那样进行人祭的说法。一些人类学家在过去对此做了大量研究。我确实认为狩猎技巧和其他所有技巧一样，都源自祭牲。原始的狩猎一直就是一种祭牲仪式。想一想猎捕大型动物等活动，你会发现狩猎所需的极其复杂的组织工作，人类就是通过祭牲学会的。我想说的是，文化的秩序就是在祭牲中诞生的，我是说真的。这可以被当作一个范例。我们通常在看到僵化且无足轻重的社会习俗时，才会看到其背后的仪式。当我们看到一个社会因冬季到来光照越来越稀少而举行混乱的仪式时，我们很容易说出："哈哈，这些傻子，他们以为太阳是神明，他们想通过大规模的骚动让太阳表现得更友好。"但如果仔细考察酿酒、制作奶酪、冶金，以及所有伟大的新石器时代的技术，你会发现它们都与仪式有关，而阻止一些行动的禁令实际上与仪式截然相反，仪式需要将事物混合在一起并且对它们做些什么。当食物通过发酵生成一种酒精饮料或是变为一种新食物时，我们会将此视作一种"经济"活动，但如果我们考察与酿酒相关的仪式，一定会发现这种仪式在程序上与季节性仪式、葬礼仪式相同，因为尸体所接受的处理，使用的就是其他案例中进行的食品加工的技术。因此，我们有充分的理由相信，仪式具有巨大的可塑性，可能产生全然不同的机制，其中一部分可能富有极大的生产力。

卡尔·鲁比诺（Carl Rubino，以下简称鲁比诺）[得克萨斯大学奥斯汀分校古典文学系]：我想请您谈谈您的演讲给我的一些启发。现在您是如何看待神话和历史之间的区别的？我问这个问题的原因是："历史是由胜利者书写的！"而您似乎在上一本著作和今天的谈话中表示，神话是一种由胜利者书写的虚假的历史，而真正的历史，例如《圣经》，则是由失败者书写的。

基拉尔：这是一个很好的问题，尼采已经问过并且回答了这个问题。然而，我不可能重复尼采的答案，他是站在胜利者那一边的，也就是说，站在了迫害这一事实的对立面。归根结底，尼采认为历史应该由胜利者重塑，而我们所处的这个世界的问题在于，受害者的声音太过响亮。我认为能认识到这一点就是尼采思想的深度所在。这也是尼采的丑陋之处，他有着明确的反犹太人、反基督教立场，他公开地站在胜利者而非失败者那一边。

不过，有一种观点是错误的，那就是认为受害者的观念自然而然地与迫害者的有根本性的不同。在希腊悲剧中，受害者会发言，但是他们以一种自己会复仇的方式说话；而福音书中的受害者不发言，他们也不认同他们的迫害者。我们对16世纪的猎巫行动的解读令人惊奇。解读者常常并不相信他们手头在做的事，因为他们认为有多少解读者，就能解读出多少信息，每一个解读者都能提供一则新的信息。这也完全适用于想要一直就同一篇文本进行毫无实际意义的创作的文学教授们。在17—18世纪，知识分子开始抵制猎巫行动，他们所做的正是文学教授们绝不敢做的：他们阅读了猎巫审判的记录，武断地解读了这些文本，违背了所有作者和证人的意见。所有参与这些审判的人都认为女巫们是有罪的，而被指控的那些女人也会声称自己确实是女巫。也许她们受到了虐待；也许没有；也许对她们来说，这是让自己成为这个体系的一部分、维护她们作为一个个体存在的方式。然而那些历史学家在两个世纪之后站了出来，断言道："这都是胡说八道。我们拥有唯一一种正确的解读，那就是这都是在胡说八道。"当然，历史学家是正确的，对表征问题的现代解读中所蕴含的虚无主义不得不直面这种解读的真相。

我们是要以更宏大的怀疑主义的名义，摈弃神话思维和去神秘化之间的区别吗？这种怀疑论摧毁了当下解读中的一切根基。我并不认为我们做得到。这正是为什么我认为我们应该回归现代解读这一壮举，它是最伟大的做法，但它从未得到定义——我正试图定义其特殊性，但这并非解读专家们所感兴趣的内容。我认为历史正是这种解读的持有者，而结构主义者并没有意识到这一点。最先进的理解、最先进的解读，都在历史学家手中，但他们并没有意识到自己的优越性；他们也不知道自己有多接近于真正理解神话，因为他们已经被虚无主义的"理论"吓破了胆，尤其是在法国。

格拉尔德·魏斯巴赫（Gerald Weisbuch，以

下简称魏斯巴赫）［艾克斯-马赛第二大学］：听了您的发言，我不禁想问我自己：革命意识形态是否与您所分析的神话有关？

基拉尔：我不确定我是否理解了你的问题。

魏斯巴赫：政治上的左派都持有这样一种观点，那就是真正的变革只能通过暴力实现，因此存在一种有关新秩序的起源神话。

基拉尔：我在一定程度上同意这个说法。例如文森特·德贡布（Vincent Descombes）等人关于法国大革命的作品就恰当地将法国大革命描述成了一个起源神话。与此同时，我们需要非常小心，西方人所生活的世界里必然存在《圣经》的诸多层面，它们会干扰暴力和神圣的运作。

鲁比诺：我想说两点。当您说到历史是失败者的话语和胜利者的话语之互动时，您留下了文本主义者会强加于您的自由发挥的空间。

基拉尔：你使用了“话语”这个词——根据这个词目前的意思，我是不会使用它的。我想要强调的是，在话语间的互动背后存在受害者这一

事实。语言很重要，但这也是一个发生于世界上的事件。中世纪的这些有关迫害的记录令人惊奇的地方在于，它们是失真的，包含了奇幻的元素。是的。尽管存在这些奇幻元素，我们仍然说文本背后存在着真实的受害者，曾发生过真实的历史事件。换句话说，对于某一种文本我们可以说，“因为某些事显然是假的，其他方面涉及真实的受害者的可能性就会大大增加”，这在解读者的立场上看来很奇怪，但又无可指摘。如果你在一个文本中看出了迫害者身上常见的、通行的偏见，而这些无知的迫害者又说“我们杀害了这些人”，那么你就有充分理由相信他们说的是真的。为了理解文本的意义，你必须在某些方面相信他们，在某些方面拒绝相信他们，然后一切能找到合理的解释，由此就有了完美的解读。我们并非仅仅出于道德考虑才不再焚烧女巫，也是出于智识上的考虑。我们考察这些文本，意识到其中一部分必定是假的，而剩余部分很可能是真的。任何一个文本都可能是伪造的，但文本的总数如此之多，我们可以确信大多数受害者是真实存在的。我不会重新回到某种历史性解读——这仍然是一种结

构性解读，但为了获得正确的结构主义解读，你必须假定受害者存在的现实。只有真正的迫害者才会说出某些话，并且倾向于以某种特定方式歪曲他们的受害者。

鲁比诺：我可以再说一点吗？我读了您上一本关于《圣经》的著作，今天又听了您的谈话，感觉到“圣经”这个概念被过度简化了，即使是在您自己的话语中也是如此，因为《圣经》也是挪用的产物，在某种程度上也是胜利者的话语，您所指的《旧约》也是在被基督徒挪用之后成为《旧约》的。

埃里克·甘斯（Eric Gans）[加利福尼亚大学洛杉矶分校法语系]：我认识基拉尔教授已有很长时间了。我应该是他的第一批博士生之一，基拉尔教授的作品使我对他提出的一些问题产生了兴趣。我感觉之前提到的狩猎社会和农业社会之间神话体系的区别的问题，与此有很高的相关性，我不是很确定基拉尔教授对此问题的回答是否充分。我认为我们应该假定，在一个本质上人人平等的狩猎社会中，神话和仪式的作用与农业社会中的有所不同，农业社会很快就变得等级分明，而且神话的不同似乎也能反映出整个神话和仪式综合体间思想体系的不同，也就是说，与其说狩猎源于祭牲，因为狩猎总能展现出仪式性层面，还不如说祭牲在某种意义上源自狩猎，因为在早期的狩猎活动中，狩猎和祭牲之间没有明确区分。这并不是一个简单的小问题，因为它牵涉的是竞争性与“攻击性”或者说纯粹的形而上之间的关系这个大问题，我认为这个问题处于基拉尔教授的欲望理论的核心，也处于他的文化结构理论的核心。换言之，如果您谈及狩猎，那么您谈论的就是好吃的或是至少极其危险、需要被消灭的东西。很容易就能看出，被猎捕的动物是如何在仪式层面逐渐演变成人性的——也就是说，在狩猎之后，您倾向于模仿狩猎，倾向于让人来扮演猎物的角色，随着社会变得越来越复杂，尤其是阶级分化越来越严重，人性的作用变得越来越大，最终取代了动物的纯竞争性角色。我并不想在此发表演说，不管怎么说，我都打算把这些全放进书里，但我想请勒内先对此谈谈看法。

基拉尔：关于你说的第一点，我要说的是，在对社会的定义中，分化或不对称性并不意味着等级制度；所有社会都是割裂的，因而是分化的，但在一个一分为二的社会中并不一定存在等级制度。我并不觉得等级社会和分裂社会之间存在太大的区别。我认为你所说的狩猎先于祭牲的说法很好，非常好，但如果你仔细考察那些证据——当然，如果我接受你的理论，那我就无法再将我的欲望理论和替罪羊理论联系起来了。［笑声］其中的一半就被摧毁了。认真来说，并没有真实的证据来支撑你的观点。

歌剧与神话

菲利普·戈德弗鲁瓦/1985[1]

Ⅱ

虽然本书中大部分访谈都是以问答形式展开的，但菲利普·戈德弗鲁瓦作为采访者选择重新编排勒内·基拉尔的回答，将其编写成了一篇文章。勒内·基拉尔在访谈中谈及了很不寻常的话题——歌剧及其与神话的关系。

——编者

我总是被同一类问题吸引：任何与模仿性欲望、与暴力和神圣的角色、与祭牲、与替罪羊有关的问题。这意味着我主要对作品的结构感兴趣，对一切不是通过文字，而是通过对话或事件的组织形式来传达的事物感兴趣。我可以给你举两个例子：一个是一部已变为神话的歌剧，虽然没有人说得清这一过程或其中的缘由［《唐·乔瓦尼》（*Don Giovanni*）[1]］；另一个更显而易见，因为它是对神话材料的再加工（瓦格纳的作品）。

我尤其关注的是《唐璜》的结构。我们这一代人是在战后成年的，我们读到的是罗歇·瓦扬（Roger Vailland）版的《唐璜》。我总是很惊讶，这些在历史上更晚期的《唐璜》竟都聚焦在死亡和地狱上。我对那些毫无兴趣。还有一点很无趣，勾引者都成了玩弄女人的机器——尤其是在一个

［1］即《唐璜》，莫扎特谱曲、洛伦佐·达·彭特作词的意大利语歌剧。

露台和女伴都失去意义，地狱更毫无意义的世界里。

因此在莫扎特的作品中，我倾向于寻找集体性层面，这些都关系到围绕在主角身边的那些人物，我还会考察一切是如何在唐璜死去的那一刻有了意义的。根据我的传统解读标准，我们有理由认为唐璜确实具有神话性，因为他的死带来了秩序的重塑，这一点在最后一段五重唱中得到了强调（这首五重唱在这部歌剧的演出中绝不该被省略）。一种曾被打破的秩序、一种曾被破坏的平衡得到了重塑。但是被什么打破的呢？最直接的回答：被唐璜自己，因为他为这种破坏付出了代价。但这也许太仓促了。相反，我们应该看到无序与几对情人的安排有关。最惊人的是三名女性的合谋：这一点在唐娜·安娜对奥塔维奥的叙述中便显而易见，其中有著名的“呼吸！”段；采琳娜的态度也很明确；此外，让这一点变得更无可争议的是唐娜·埃尔维拉反复回到唐璜身边，一心渴望扰乱唐璜的生活。我不禁在唐璜、埃尔维拉这一对身上看到了莫里哀《愤世嫉俗》（*Misanthrope*）中塞利梅纳、阿尔塞斯特的影子。

我们可以说唐璜的死主要是为了建立女性之清白的神话——尤其是在我看来，在这里两性关系是非常平等的，至少比莱波雷洛[1]不动脑编的唐璜神话中的更平等。此外，我们所了解的莫扎特和达·彭特所持的男女观念（源自《女人心》和《费加罗的婚礼》）表明，对他们来说情侣之间并不存在地位差异，即不存在社会秩序之外的不可互换的地位差异。你需要做的就只是伪装自己，或戴上面具，或换一种发牌方式，爱情之旅就会由此改换方向。我们处于一个成双成对的游戏里，相比于双方的对立关系，个体的身份认同没那么重要；相比于由此引发的对脆弱的恐惧，力量也没有那么重要——安娜艺术性地将这种恐惧展现给了奥塔维奥。这一想法在莱波雷洛取代唐璜（再次戴上面具）开始勾引女人、最后被所有人鞭打的剧情中得到了有力的证实。

所有这些集体层面的元素在18世纪都很典型。但到了19世纪，它们被遮蔽了，因为一切都被归因于唐璜，不再有人寻找另一方的罪孽。在

[1] 即唐璜的侍从。

这一过程中，一切都被归为人与世界、与上帝、与地狱的对抗。这种对模仿层面和集体暴力的抹除，掩盖并且完全转换了真正的问题。19 世纪的人们对骑士长的形象照单全收，而在 18 世纪，这一角色的出现可能仅仅是一种合乎逻辑的做法，即借助神性（广义上是一种更物质的秩序的崇高守护者）的干预，来掩盖唐璜之死的真相。这类干预在神话故事中随处可见。歌剧采用这样的结局，是为了打造一种来自深渊的廉价的惊悚感，利用这种恐惧以让人无法看清真相。

至于瓦格纳的《尼伯龙根的指环》（以下简称《指环》），显然需要用深刻得多的方式来解析，我在这里是无法做到的。那就让我们满足于探索与这部巨作的结构相关的问题吧。我想说的是，存在两组《指环》套曲：一组由《莱茵的黄金》和《女武神》组成，另一组由《齐格弗里德》和《诸神的黄昏》组成。在《莱茵的黄金》中，模仿的解读太过明显。它直白地展现了出来，清晰可见，因为这部作品本身完全基于欲望和分身（double）的运作机制。从第一幕开始，黄金变为终极奖赏，也成为冲突之源。回到“阳光之下”，黄金让位于弗莱娅和她的金苹果，但显然也都基于相同的机制。洛格的言论也是如此，阿尔伯里希在提到他的指环的魔力时，仅仅介绍了它唤起人们对黄金（黄金的积累和增多）的渴望的能力。指环的诅咒传递了相同的信息，因为是黄金的交换和流通而非黄金的存在本身造生了冲突。因此，这种互换必须停止。《女武神》的剧情符合这一逻辑，也试图这么做，但（至少在某种程度上）失败了——就在此时，一系列暴力的桥段还在上演。不过，这些桥段之所以更有意思，是因为指环的交换停止了（意味着欲望已足够强烈，不需要借助物件）：事件发展的势头掌管了全局，这往往让我们更接近人类世界。理论上，有了齐格弗里德之后，我们应该可以看到“新的人”有能力切断这一互换的循环。但情况不是这样的：开场白中的所有的神话“元素”与多个角色重现且被激活了。

尤其是那顶隐身盔（Tarnhelm）：可用来变身的头盔消除了一切身份（“无人如此”[1]），但同

[1] 原文为德语 *niemand gleich*。

时也通过消除差异，使得所有人都变得一样。至于主人公自己，他只有通过谋杀来征服真实性，就像萨特笔下的俄瑞斯忒斯[1]。事实上，所有意象的回归使整个计划陷入困境，例如齐格弗里德只是成功地让身边的分身变多了。《指环》中最后两部分是一种现代的重新神话化，真正的责任被掩盖，直至最终的解构（布伦希尔德的演说，以命运三女神那一场为序幕）。值得注意的是，在19世纪，随着对神话性暴力的关注度的增加，将个体重新神话化的诱惑也变得越来越强烈。归根结底，这里的机制与《唐璜》中的相同。最不可思议的是，瓦格纳写这几部剧的顺序与其上演的顺序正好相反——因此掩藏和揭露机制的运作会根据读者的阅读顺序发生变化。

更广泛地来说，这一切都是瓦格纳的典型表现，他常常在设计一个献祭计划和安排一个反献祭计划之间犹豫不决。他在原始主义和基督教之间纠结。如果《指环》本该如此，那么其中的神话/基督教二重性就应该得到更充分的阐述，正如

[1] 让-保罗·萨特根据希腊神话改编的存在主义悲剧《苍蝇》中的主人公。

所有其他作品中的那样。这种二重性可以被总结为："骑士画了一个十字，神话便消失了。"不过难处在于要破解所有的"符号"，这些符号有时藏得很深，有时又显而易见。

后献祭世界中的科技力量

斯科特·A. 沃尔特/1985[1]

Ⅲ

斯坦福大学的刊物《悲剧的诞生》于 1980 至 1988 年发行，其美学灵感源自各类纽约硬核朋克乐迷杂志和“垮掉的一代”诗人们。创办者尤金·S. 罗宾逊回忆说，这份刊物的目标是做出道德上、学术上、情感上都难以消化的内容，并且补充说：“基拉尔这位安静得颇具个人特色的重磅人物不仅满足了我们作为编辑的期待，而且在一场越过了所有哲学硬边界的访谈中表现得气势汹汹，出乎我们的意料。他以极其优雅且热诚的方式实现了这一点，给我们编辑部的硬核狂人们留下了深刻印象。”

——编者

《悲剧的诞生》：在《祭牲与成神》中，您谈到现代社会是一种反文化，是否可以说我们就处于一种祭牲危机（sacrificial crisis）中？

基拉尔：是的，确实是这样。你知道，人们会取笑那些说现代世界一片狼藉、混乱不堪的人。自 16 世纪起，就有人这么说了。但我想说，在某种程度上，这种说法总是正确的，而非错误的。说它总是正确的是因为，每一种新的艺术形式总是要打破此前的常规。

我认为，我们的世界比任何时候都能更好地接受这一点，因此，在某种程度上，这是一种力量。这是创新的力量。我的意思是，它［现代社会］不再遭遇初民社会遇到的思维障碍。来自古老的原始世界的影响正在一点点坍塌，犹太教和基督教在本质上是反祭牲的，这两种宗教在我们的世界中从未取得真正的胜利。它们总是被塞在后排，就连那些声称自己是其代表者的人也这么做。你能明白我的意思吗？但与此同时，它们又对这个世界有着深刻的影响。

谈及这一点时，我总是会说到现代世界开始之时，也就是猎巫活动停止时发生的事。一个不焚烧女巫的社会是个例外。在我看来，为了创造出科学，你首先要停止焚烧女巫。你不会因为创造出了科学就停止焚烧女巫。不会的。让你停止焚烧女巫的是宗教原因。

这些宗教原因看上去可能更像反宗教原因。一些人抗议对基督教的祭牲式解读。但这样的想法仍然源自基督教。我认为，我们的世界在本质上是这种犹太-基督教的灵感与更原始的力量——接近于我们所说的“人类天性”——之间的冲突。对于这样的世界，你无法简单地直接运用《祭牲与成神》中的分析准则。在我看来，这本书和我们的现代社会毫无关联。

《悲剧的诞生》：但您仍然提及了很多次现代社会……

基拉尔：是的，象征性地……如果你愿意这么说的话。为什么古希腊文学在我们的世界中仍然意义重大？我认为这是由于我们的社会中“祭牲”的残余，剩余的献祭规则总在瓦解，在象征层面上，我们的关系常常与希腊悲剧中的很相似。但我们极少真的互相残杀。

《悲剧的诞生》：这些残余就像尼采所说的“上帝的阴影”（shadows of god）？

基拉尔：是的，阴影，如果你想这样说的话。我们的世界由复杂的力量塑造而成，我们很难像谈论原始机制那样简洁地描述这个世界。我很希望我们可以这么做——我是一个极其讲究条理的人，一个高度系统化的个体，你知道的，我和我的很多同事不一样。在我们今天生活的世界里，尤其是在人文领域，真理的概念已成了一个“敌人”。你必须具有多重性。因此在今天，对多重性的兴趣已超越了对真理的追寻。你必须先提前表明你不相信真理。在我所活动的大多数圈子里，得体意味着一种近于虚无主义的怀疑主义。工程师知道存在着行得通的解决方案和行不通的解决方案。然而在人文领域，我们同样狂热地寻找着解决方案，但我们理应什么也找不到。在今天的知识分子的生活中存在着一种瘫痪。因为人们特别害怕对待彼此时不够友好——你知道的，冒犯“下一个伙伴”的意见，以至于他们常常放弃寻找真理。或者他们会将此视作一种罪恶，而我认为这是错误的。你明白我的意思吗？这样就走上了另一个极端。他们太过害怕教条主义，反而倾向于放弃一切信仰。第一要务是避免冲突。今天，我们只有不产出，才能有所成就。

《悲剧的诞生》：您今天提到我们有一种古代社会并不具有的力量。您是指科技的力量吗？

基拉尔：是的，我指的就是科技的力量。我认为，一个祭牲社会拥有其固有的防护措施来对抗过度的创新。当然，并非所有的初民社会都真的“尊重”自然。有的烧掉了整片树林就为了种一蒲式耳[1]的谷物。但是不管怎么说，在大多数初民社会里，人们会害怕干预自然，即便只是砍伐树木来开拓耕地，这是因为他们害怕树林中会

[1] 英制计量单位，只用于固体物质的体积测量。1 蒲式耳合 35～36 升。蒲式耳与千克的转换，在不同国家，以及不同农产品之间有所差异。——编辑注

生活着守护神和神明。他们如此害怕，因为世界本身就是神圣的——水、树木、山峦，皆是如此。这已经不适用于我们的世界了。异教神明被一神教摧毁，集体迫害已失去了其神奇的威慑力。其结果是，对自然力量的操纵不再受宗教禁忌的束缚，科技进步得以实现，带来诸多益处，当然，如果受益者不遵循黄金法则，那么危险也会随之而来。人们会获取力量，越来越多的力量。

《**悲剧的诞生**》：曾经属于神圣仪式的力量？

基拉尔：是的。这会成为人类的资产、可供利用的能量。问题是，人们要借助这种力量做什么？如果他们用来对付彼此，那么总有一天他们会走上一条不归路，无法再使用这种力量，因为它太过强大，用它来对付你的邻人时你也必定会受到伤害。今天所说的核冬天（nuclear winter）[1] 等就属于这种情况。

---

[1] 一个关于全球气候变化的理论，该理论认为大规模使用核武器可能对地球的大气层造成灾害性影响，使得天气变得异常寒冷。

《**悲剧的诞生**》：国际层面的相互性一直存在，无论是遥远的过去还是现在，只是有时未被察觉。

基拉尔：我认为，在我们的世界中，有一点很有意思，那就是人类的复仇意识作为最大的危机又回到了我们身边。如果你追溯至古代的伟大文学作品，如《圣经》和古希腊悲剧，你会发现它们主要关注的都是复仇问题。在一个不存在司法机制的世界里，在规模很小的农民社群中，复仇、不受约束的复仇，就可以摧毁整个群体。19世纪和20世纪的批评家完全没有意识到这一点。我认为他们生活在一个得到了过度保护的世界里。他们拥有司法体系。复仇被控制在群体内部，战争仍很遥远。奇怪的是，我们的情况在其他方面与小规模的初民社会迥然不同，在复仇层面却很相似。我们组成的这个世界共同体就像一个原始的村庄，因为今天的破坏手段，就其与整个世界所成的比例来说，同埃斯库罗斯所描述的悲剧世界中的相差无几。事关人类的相互性的某些现实正在重新浮出水面。

《**悲剧的诞生**》：整个群体都面临危机的现实？

基拉尔：是的，整个群体正面临危机。而且并不存在用祭牲来抵御这种威胁的可能性。

《**悲剧的诞生**》：您曾写到西方社会缺乏法律。您能够对这一点做出解释吗？

基拉尔：首先，缺乏国际法。不过，今天，相互威慑成了一种事实上的国际法，违反这种国际法的代价就是遭到相当程度的摧毁，乃至彻底的毁灭。由于我们在失去祭牲保护的世界中无法彻底放弃复仇和暴力，我们就被迫接受了这种法律。我们热爱犹太-基督教为原始宗教的去神秘化所提供的力量，但我们没能担负起随之而来的更大的道德责任。我们在力量上的增强得益于对神秘思想的放弃，而这种思想归根结底源于我们的宗教。如果我们傲慢而又自以为优越地接过这股力量，如西方世界所做的那样，如果我们认定单凭理性就能解决一切问题，而这似乎并不奏效，那么所有人都会突然转而回归复仇。因此，存在着巨大的倒退危机。不管怎么说，我认为，我们总是在朝着减少复仇的方向发展，因为我们越来越多地体悟到了复仇的恐怖。与此同时，如我此前所说的，危机的规模之大前所未有，这是因为我们握有可怕的技术手段。我们所在的世界对群体和对个人的自我掌控都有着很高的要求。但同时，这个世界又常常放弃道德，这也就意味着放弃任何理想形式的自我掌控。我们对一种自我满足的哲学弃械投降，而它最终就成了纯粹的消费主义。这是一种令人不安的迹象。

《悲剧的诞生》：您的思想和尼采在《论道德的谱系》及其后期作品中描述的主奴关系概念有什么异同？

基拉尔：我最近正在思考这一点，我认为尼采与他所生活的整个时期共享了一个伟大的洞见，也就是现代人类学的洞见。在我看来，这个观点在今天仍然是合理的。他意识到包括基督教在内的所有宗教都以同一类型的“集体迫害-受害”为中心。

他数次写道，狄俄尼索斯的“殉道”（被提坦们集体杀害和吞噬）和耶稣的殉道（即耶稣受难）是相似的。人类学家同样察觉到了这种相似性，他们总结说所有宗教在一定程度上都是相似的，包括圣经宗教和基督教等。

这些人类学家是实证主义者。他们认定若是事实相同，那么意义便相同。他们坚信事实及其意义是不可分割的。他们在任何地方都能看到近似的事实，他们也相信意义在任何地方都是近似的。

尼采并非如此，他不是实证主义者。他能看到同样的集体谋杀若是分别从加害者（所谓的主人）和受害者（所谓的奴隶）的立场来解读，可能有两种完全不同的意义。尼采意识到，到处都是从加害者的视角来解读受害事件，只有犹太-基督教中的视角属于无辜的受害者，尤其是在耶稣受难中。这一立场无疑令人对异教“祭牲”的公正性产生了怀疑。这就是尼采指责基督教诽谤和诋毁异教的原因。他谴责基督教使人祭变得“毫无可能”。

这就是我此前提到的犹太-基督教差异。我认为这种差异是真正的本质性的，我的观点可以被定义为某种反向的尼采主义。尼采犯了严重的错误，选择了神话中的欺骗性暴力，而非《圣经》中的启示，即这种暴力实为欺骗性迫害。

尼采坚持己见、孜孜不倦地探索这一糟糕的

选择，而这种思辨上的一致性本应服务于更好的事业，他最后迫使自己成了最恶劣的文化暴力形式的辩护人。例如，在《偶像的黄昏》中，他颂扬了印度种姓制度中贱民（Untouchable）[1] 所受的残酷待遇，认为这是打造真正的精英和贵族阶层所必需的。可以断言正是这样的观点预纳了纳粹主义的出现，这类文本也常常被国家社会主义的理论家们引用。

在个人层面上，尼采善良且颇具人情味。他做出如此糟糕的选择，最终导致他陷入疯狂，或者说本就是他疯狂的症状之一，其原因在于基督教的一些副作用，比如他在自己所生活的世界中观察到的那些。

一个关于无辜的牺牲者的宗教、一个超越人类文化中古老的祭牲传统的宗教，如尼采所说，一旦以不完美的方式被接受，便会催生大量伪善、大量虚假的同情、大量怨恨。考虑到真实的人类绝非完美，那么基督教便几乎一定会以不完美的方式被接受。

---

[1] 也被称作达利特（Dalit），是印度种姓制度中最低的阶层。

尼采的可怕错误在于，他不仅将世界中的这些错误视作私生子，而且将它们视作圣经宗教之父和创造者。你无法在牺牲者的真相被揭示之前对其进行戏仿。真相并未出现于神话中，它仅出现在福音书和《圣经》的“先知”文本中。

尼采正确地看到，基督教世界削弱并且内化了复仇，而非如福音书建议的那样彻底放弃了复仇。他所提出的药方比疾病本身还要糟糕。那就是重新回到真正的复仇，这有点像因为有蚊子咬你而把自己炸死之类。我认为我们社会中的怨恨、伪善和负面情绪都可能非常危险，但它们跟真正的复仇可能带来的摧毁相比简直是小巫见大巫。而且如今我们能明白这一点。换句话说，尼采有关超人的言论已经过时了，因为核武器的存在。我认为即使尼采可以说纳粹分子误读了他的言论，但从某种程度上来说，后期的尼采有很多言论可以被误读。

《悲剧的诞生》：尼采站在“主人”那一边的选择，并非其视角主义（perspectivism）的体现吗？

基拉尔：视角主义在尼采的时代随处可见。这并非他的发明。但是，我要重复的是，在有关基督教和犹太教的论点上，他极具原创性。他看到了真理。但是他对此怀有敌意，这也许和他的父亲是新教牧师有关，是他对家庭做出的反抗。我认为他的这种反应有些幼稚。我没有说他是一名纳粹分子，但你明白我的意思。我是说，他的写作风格可以为纳粹最恶劣的行为提供托词。萨特也是如此。萨特当然也被误读了，他所用的语言是如此暴力。但我并不是说人们不应该阅读萨特的作品。如果你按照字面意思来阅读，你会发现他宣扬了暴力。如果你按照字面意思来阅读尼采，你无法否认他在宣扬暴力。我真心认为，就世界上的思想家而言，马克思、恩格斯、列宁、尼采、萨特，如果你否认他们的责任，那么你就否认了他们的思想的严肃性。尼采既伟大又可怕。

《悲剧的诞生》：我们继续向前追溯尼采的思想，关于《悲剧的诞生》，您是如何看待他将阿波罗和狄俄尼索斯区分为希腊精神中的两种冲突性元素的？

基拉尔：我认为尼采用两位神明的名字描述了同一暴力过程中的两个阶段，这个过程出现在所有神话和仪式里。如果你考察埃斯库罗斯《俄瑞斯忒亚》三部曲的前两部中的阿波罗，你会发现他完全不是尼采所说的那种"阿波罗"。他是一个可怕的复仇之神。但在第三部《报仇神》中，他看起来更为和平、沉静，他成了尼采所说的阿波罗，因为文化重组的时机已到来，而这事实上就是迫害的产物。在埃斯库罗斯的悲剧中，成功的迫害就是俄瑞斯忒斯对克吕泰涅斯特拉和埃癸斯托斯的杀害。

狄俄尼索斯在尼采的体系中象征着异教和原始神圣最暴力的层面。尼采接纳了这些脱离后续和解的暴力层面，我必须将此视作尼采不负责任或早期疯狂的迹象。我认为古希腊人也会做出这样的解释。我觉得没有一个头脑正常的人会接纳"原生态的"狄俄尼索斯。这只能发生在 19 世纪的一个厌倦了一切的美学家身上，他厌烦他所生活的安全世界，想要释放被西方文明囚禁的"狄俄尼索斯"之力。

如果尼采重新出现在我们身边，他可能会找

回自己的理智，根据后续的历史发展纠正自己的思想。不过，他的一些门徒的想法并不那么鼓舞人心。

《悲剧的诞生》：我认为，后来他意识到了狄俄尼索斯既是死亡也是生命。

基拉尔：正是如此。很有意思的一个做法是，将其与瓦格纳的《指环》更紧密地联系在一起：如果人们阅读尼采，那他们就是哲学家，诸如此类，而瓦格纳就成了恶棍；如果他们阅读瓦格纳，那他们就是音乐家，而尼采就是对拜罗伊特(Bayreuth)[1]一无所知的恶棍。西方理想或者说古典秩序的崩溃是欧洲文化中的一个重要时刻。在那之前，他们有浪漫主义。相比于瓦格纳和尼采，浪漫主义温顺得多。我认为尼采和瓦格纳是欧洲坍塌的先兆。从文化视角来看，这是伟大的，因为它在那里发生，在那里成形，它采取了艺术作品的形式。与此同时，这也是极其消极的时刻。我不认为你能将此视作一种理想、一种向导。你

[1] 德国城市，瓦格纳设计的歌剧院的所在地。

可以将其视作一种症状、一种范例，或是关于其他事物的教训。但我认为，把它当作青年人的理想，或者用作你们的杂志名，有些可怕。［笑］不过，美国思想界的历史与欧洲的有很大不同，因为美国经历了被动状态和思想上的——我不能说停滞——但在哲学之类的事物上……我认为它在这里有着不同的意义。我认为它在这里可以拥有积极的意义。

《悲剧的诞生》：您是如何看待法国思想对美国的影响的？

基拉尔：去年《华尔街日报》上有关法国小说的文章激怒了法国人。他们说从来没有法国小说之类的。在某种程度上，在人文社科领域，法国的影响力从未像今天那么大，例如法国批评家福柯和德里达等人。但他们都是尼采之后的虚无主义者。在某种程度上，他们将尼采的虚无主义传输给了美国人民。［笑］我不确定这是不是件好事。我确信当法国思想传入这个国家时，它正在经历某种转变。我不想说他们都是纯粹的尼采式的。他们本身就代表着一些奇怪的东西，但……

人文社科领域的活跃群体受到了这些法国思想的影响，我并不完全认同这些思想，虽然有些人认为我属于其中的一分子。[笑]

《悲剧的诞生》：您是如何看待神圣（sacred）的？什么是神圣？

基拉尔：当我个人使用神圣这个词时，我是从拉丁语翻译过来的。这是一个拉丁词，sacer，意为既受诅咒又得祝福。这意味着极端的暴力与和平。它代表的正是这种矛盾性，而且我真心认为人类的暴力正是经由这一过程得到转变的。在我看来，初民社会及其宗教的存在正是这种转变的结果，而人类的暴力最终通过我所说的这些替罪机制进行自我吸收。神圣就是这样的过程。我认为这基本上是人类进程之一，今天，我们可以理解这一点。矛盾在于这种去神秘化源自《圣经》。在《圣经》中，尤其读到《圣经》中更伟大的那些篇章时，神圣意味着与暴力无关的东西，它揭示了另一种神圣的事物的本质，即邪恶。对我来说，存在两种宗教，而现代的理性主义和无神论就夹杂在这两种宗教之间。这就是我观点中自相矛盾的层面。因此，在个人层面，我信奉基督教，我是一个信徒，但我认为在犹太-基督教的经文中存在理性的层面，它们告诉我们有关这个世界的某些方面，而且这些是独立于宗教信仰而存在的。相信受害者是有罪的迫害者视角倒转为受害者视角，这一过程可以通过纯粹理性的语言来表达。因此，我不认为只有信徒才能理解和接受我所说的内容。但像 18 世纪那样非常天真地将《圣经》视作迷信，对于现在的我们而言，是不可能的。这么说有道理吗？

《悲剧的诞生》：《圣经》被忽略了，而且像您说过的那样，它成了另一种形式的祭牲。

基拉尔：是的，是这样，对《圣经》的除名。在大学里尤其如此。或者就是以一种盲目崇拜的形式对待经文。一些老派的信徒根本不敢触碰它，认为每一个字都是真的，就这样。将其视作一种绝对……知识分子也不想触及它。

《悲剧的诞生》：所以如今没有真正的神圣？

基拉尔：不，原始宗教意义上的神圣在今天的生活中依然存在。举例来说，当人们过于震慑于某些事物、某种权力时，神圣的层面便出现了。这是一种恐惧和崇敬的混合物，它影响了他们的行为。你可以明显地在极权社会中看到这一现象。极权社会通过暴力的手段去除神圣，这是一种倒退。它们会严重损害独立的司法体系。它们比我们更需要替罪羊。强迫受害者公开承认罪行的审判，意义重大。它们的目的是通过对受害者的一致谴责来恢复群体的团结，这就是“替罪羊”的本质。

《悲剧的诞生》：这是一种令人难以置信的现象。

基拉尔：这是一种约伯[1]现象。我认为这是一种向原始现象倒退的迹象。这很可怕。

《悲剧的诞生》：模仿性欲望是如何影响现代社会的？

基拉尔：它同时以积极和消极的方式影响社

[1] 指犹太教和基督教中的约伯。在《旧约·约伯记》中，约伯是一个义人，却遭遇了种种巨大的灾难，因而他与他的朋友探讨了无辜者为何受苦的问题。基拉尔在他所著的《约伯：民众的替罪羊》（*Job: The Victim of His People*）一书中阐述了约伯成为群体的替罪羊的机制。

会，通过流行和时尚，通过无意义的竞争，也通过有效的竞争。当人们谈到激励经济时，他们需要将模仿性欲望引导至经济生活中。它与苏联式社会主义世界的关系很有趣，苏联式社会主义世界出于道德原因想要去除模仿性欲望，结果是剥夺了经济生活中的一切激励机制。苏联的社会主义者乐观地相信，在一个没有冲突、没有社会冲突的世界里，人们会愉快地工作，为集体创造利益。不幸的是，这样的事并没有发生。他们剥夺了经济生活里最强大的引擎，如今一切都显而易见，苏联式的社会主义甚至对很多第三世界国家都失去了吸引力。为了在经济上具有生产力（如西方世界中的那样），模仿性欲望必须非常强烈，同时又受到极其严格的规则约束。我将其称作精巧的后献祭手段（post-sacrificial devices）。如果你破坏了这种模仿性竞争的规则，例如因为对手在比赛中赢了便射杀他，你会被逮捕。这是一个非常复杂的世界，但禁令仍然存在，虽然相比于古代社会，限制已经少得多。

《悲剧的诞生》：《祭牲与成神》主要涉及西方

和原始的宗教概念。您是如何看待佛教的?

基拉尔：我认为这都只是为了让自己摆脱模仿性欲望的手段、方式。或者说，轮回的思想与此有很大关联。目的是获得内心的平静。这种不参与的状态是东方伟大的神秘宗教的一种普遍趋势。在中世纪的神秘主义和近代早期的修道主义中也存在类似的思想，但在整体上并非西方宗教的特征之一，因为犹太-基督教并不如此。佛教认为欲望将你与他人直接联系在一起。他们非常清楚地看到了无止境的竞争和挫败的过程。与圣经世界的区别在于，他们任由这个世界如此。他们知道并非所有人都会成为佛教僧人。他们知道会存在替罪羊。《圣经》想要深入社会进程的根基，揭露过去的受害者。《圣经》的理想是一种根植于社会内部的无欲望，而非离社会而去。

《悲剧的诞生》：据信，禅宗冥想的终点，正是与佛陀融合。

基拉尔：是这样。但并非与佛陀本人有关，因为在佛教中，涅槃是一个非个人的状态，很多人说纯粹的佛教不应该被定义为一种宗教。因为它不存在神的概念，或者说神的概念于它而言并非必要。

《**悲剧的诞生**》：它就在我们身边。

基拉尔：它就在我们身边，是的，正是这样。但肯定会切断你与当下的一切联系。

《**悲剧的诞生**》：在对付模仿性欲望时，您似乎需要加入第四个元素，那就是时间。与其说当时间消失时一切都会同时发生，我们的欲望会汇聚到目标之上，不如说如果人们坐下来任由时间流逝，如哈姆雷特所做的那样，就有可能打破欲望的循环。

基拉尔：你是说对时间层面的征服和收复，也就是沉思，是的，是这样。我认为东方和西方的沉思中有一些层面是很相似的。但西方的宗教倾向于想要对世界采取行动，而不是从中退出。

《**悲剧的诞生**》：我们也确实这么做了。

基拉尔：是的，我们确实这么做了，无论是好是坏。

不可判定的逻辑

托马斯·F. 贝尔托诺/1987[1]

Ⅳ

1987年3月7日，托马斯·贝尔托诺采访了勒内·基拉尔，这是在基拉尔的讲座“祭牲和解构”（“Sacrifice and Deconstruction”）之后进行的，这场讲座由加利福尼亚大学洛杉矶分校法语系的研究生及其刊物《冻结的语言》支持举办。贝尔托诺当时是加利福尼亚大学洛杉矶分校比较文学的研三学生，他以保罗·德曼（Paul de Man）在同名论文中谈及的“对理论的抵抗”来开启这场采访。[2]“我在阅读基拉尔教授的作品时一直受到这种抵抗的困扰；他的听众对他提出的问题中很显然也存在这种抵抗。”他回忆道。在一封邮件中，他写道：“如果我在采访过程中感到一丝紧张，基拉尔就会立刻让我放松下来。我还为《冻结的语言》做了其他两场采访。我不会提及任何人的名字，但这两次采访与基拉尔的对比十分强烈。这让基拉尔留给我的印象尤为深刻。”

——编者

托马斯·贝尔托诺（以下简称贝尔托诺）：坦白来说，您今天的讲座和您的作品一样，带给我的是一种模糊的感觉。一方面，您的论点说服了我；另一方面，我太过信服，因而产生了一定的怀疑。一种与生俱来的怀疑主义随之涌现，让我感到不适。我还想补充一点：我们对在场读者做了一项民意调查，它显示他们也出现了类似的反应。您知道这种“对基拉尔理论的抵抗”吗？如果有的话，您觉得它源于何处？

基拉尔：对理论的抵抗确实是一个很有意思的想法。不过你是说理论家对理论的抵抗吗？[采访者表示同意。]事实上，人们可以将现代理论本身视作对理论的抵抗……但如果你在读了我的书后产生的模糊感觉是源自对总体性原则（totalizing principle）的恐惧，那么我可以向你保证，我并没有这样的计划——我没有任何想将一切系统化的冲动。虽然我无疑发展出了一套类似系统的东西，而我本人也没有拒绝理论的意图，但这都并非有意策划的。坦率地说，我的理论让我也大吃一惊。

贝尔托诺：您的回应让我有点惊讶。您具体指的是什么意思？

基拉尔：需要注意的是，我只能主观地解释自己，因此，我所说的可能只是纯粹的主观错觉——我不知道……但我一开始研究模仿理论时[20 世纪 60 年代早期]，就注意到了一些十分奇特的影响。突然之间，陀思妥耶夫斯基、左拉、福楼拜的那些小说都讲得通了。然而，不知怎么的，它仍然是分散的。就在那时，替罪羊理论显现在了我的脑海里。我一方面大吃一惊，另一方面又毫不意外。你知道为什么吗？

贝尔托诺：听起来像是荣格的集体无意识努力运作的结果。

基拉尔：你肯定是在讽刺我。但不管你想要就此做出什么样的阐释，这都不是我本人的想法。是尤金尼奥·多纳托（Eugenio Donato）建议我研究人类学的，他后来成了解构主义者。他认为我可以在人类学文本中找到很多有关模仿理论和替罪迫害的材料。而在那之前，我实际上一直很抗拒人类学。多纳托跟我说："读一下吧，你真的该读读人类学。"因此，我想你可以说，我是在他的影响下开始的。从这时起，一切都有了头绪。一，二，三！就这么简单。一切都自然而然地发生了，我都来不及感到意外。不过，因为多纳托所理解的替罪与我渐渐理解到的替罪有所不同，所以这一过程的因果关系并没有那么直接。我无意为文化的发展提供一个放之四海而皆准的解释，而且，就算我的理论确实如此，那我也是在之后才意识到的。我确实像其他人一样对此感到震惊。但是，［替罪羊理论］能够合理地解释如此多的事物的事实，不应该成为我们对其怀有偏见的理由。就算它真的是我系统化思想的产物，又如何呢？我们就应该先验地反对我的理论吗？如果我们先验地认为，若是一个理论有系统化的倾向，我们便无法接受该理论，那么我想我们就都有德曼所说的"对理论的抵抗"。事实上，我本人有一段时间也感受到了这种抵抗。这也是为什么我花了11年时间才写出《祭牲与成神》：我确信我的理论中存在错误，我总是在不断地阅读，企图找出我需要做出调整的地方。但研究却不断证实我最初的见解。一段时间后，我不得不告诉自己："好吧，事情就是这样。"也许我的内心存在系统化的倾向。当然，我没法说清这一点。我无法跳出我自己去思考。这就像是我在讲座中所说的：没有人会意识到自己在将他人当作替罪羊，总是他人犯下此罪。

贝尔托诺：您对宗教的兴趣，或者说宗教因素在多大程度上导致了人们对您的理论持防御态度？

基拉尔：我想说 98.5%，也许有 99.5%。一开始宗教层面并不存在，也许这是为什么一些学者可以接受《浪漫的谎言与小说的真实》，却不能接受《祭牲与成神》，更不用说《替罪羊》了。埃里克·甘斯在我今天的讲座的开场介绍中谈到了一些有关我的事，我想对此做出澄清或者说纠正。他表示我的作品的发表顺序中存在策略性的一面，宗教尤其是基督教在《祭牲与成神》中被刻意省去了。事实是，在我写作《祭牲与成神》的过程中，我确实想要将宗教因素包括在内，写作一部“双面”作品。但我做不到这一点，因此我把那部分删去了。时间一点点过去，我也想要尽快出版那本书。

贝尔托诺：我确实对《祭牲与成神》中我感受到的基督教的刻意缺席产生过疑虑。

基拉尔：是的……《创世以来的隐匿事物》中的大多数内容可以追溯到1967、1968年前后……《创世以来的隐匿事物》事实上就是《祭牲与成神》加上基督教元素。在一定程度上，相比早期的作品，我更喜欢《创世以来的隐匿事物》。这本书更合逻辑、更全面一点。

贝尔托诺：在您看来，学术界普遍拒绝对人类机制的全面解读（比如您的理论），或多或少是因为其中包含宗教元素。而这是一个严重的文化问题？

基拉尔：是的，我认为这是一个非常严重的问题。但反过来说，这可能也是一个必然存在的问题。也许我们应该问问自己：追根究底，所有现代的大学，我是说，追溯到中世纪晚期的法国和英国的大学，是否都是建立在宗教信条上的？简而答之：是的。但有时我觉得并不如此。在我看来，现代的大学或多或少地从一开始便驱逐了宗教元素——而且很可能有着充分的理由。宗教会带来分裂。这一点是无法避免的。我们很可能会问：现代民主是否也建立在宗教信条上的。答案是否定的：现代民主同样驱逐宗教——也许还是以没那么优雅的方式，但同样有着充分的理由，虽然一些人显然对此并不满意。正因如此，我不愿意批评大学学者对宗教的怀疑态度，甚至他们的反宗教或是无宗教信仰。矛盾的是，对宗教的驱逐，可能是我们这个世界中的统一性元素——不过这又是一则替罪羊原理的例证。

贝尔托诺：不管怎么说，对美国人来说，这种驱逐及其积极影响几乎是隐形的。政治上有这样的呼声，要把宗教重新纳入公共生活，无论这会具体牵涉什么。

基拉尔：我们需要更多的时间。你明白我的意思吗？我们需要更长久的历史进程来充分揭示这种驱逐的必要性。但这正在变得越来越明显。而且，回到我刚刚所说的无宗教信仰问题：我认为这只会让事情变得更复杂而不是更简单，至少短期内如此。我认为，真的，这就是解构主义的全部意义，这也是为什么这并非如反对者们所说的那样是一种恐怖主义。解构主义远比海德格尔更能教会我们如何在一个“无根基”的世界生活，如何避免基础论信条中固有的暴力。

贝尔托诺：我很好奇您［在《创世以来的隐匿事物》中］对海德格尔的解读，正好通过这个机会来请教您。您对他的反应，就像我所说的我对您的印象一样，既敬佩又怀疑。

基拉尔：是的，没错。这是因为海德格尔的思想中有如此多的压抑性元素：几乎可以称之为对古老神明的崇拜。这让我感觉很恐惧。我是说，读一读他的《德国大学的自我主张》（1934）[3]，以及他在早期或者35岁前后写的其他作品。我真的认为它们代表的是对海德格尔称之为“存在”（Being）的这股力量的黑暗崇拜——但“存在”并不真的是一种存在。这是邪恶的。然而，毫无疑问，海德格尔是个天才。解构主义（的诞生）在很大程度上要归功于海德格尔。但当你转向解构主义时，围绕在海德格尔身边的那些黑暗元素都消失不见了。可以确定的是，在其后现代和后人文主义层面上来说，解构主义即是虚无主义；但正因如此，它属于这个现代的民主世界。在解构主义中，不存在纳粹或法西斯的诱惑。中心并不存在，因此没有集权化的诱惑。这是人文主义之死。海德格尔及法国批评家——德里达、福柯、拉康，都对此有所贡献。

贝尔托诺：您对解构主义者的态度，和您对海德格尔的态度一样含糊。例如，在《创世以来的隐匿事物》中，您将后结构主义称作“失败的巨型联盟”[1]。这一评价很严苛。但我感觉，如今您的立场没那么具有争议性了。

基拉尔：这种描述方式非常严苛，是的，我的立场确实也发生了变化。我在面对其他法国批评家时确实没那么好辩了。这在一定程度上是因

[1] 原文为法语 *vaste syndicalisme de l'échec*。

为我对社会科学失望透顶。我渐渐感觉到我的受众是哲学家。不过，当然也可能是年龄让我变得没那么热爱争辩。我猜是这些因素的结合，把我送回德里达身边，我开始重新满怀热忱地阅读他的作品。我感觉到他的解读非常有力，这是一件伟大的事情。很少人的解读能力能达到（德里达的）水平。他所说的值得且需要被说出来。近来，你知道的，出版了一些作品，宣称德里达不过是对海德格尔的老调重弹。同样，福柯也被如此看待。我们不能说德里达没有给海德格尔开辟的新空间带来任何新的或具有原创性的内容。他带来了。他所带来的东西是具有创造力的，是极具原创性的。

贝尔托诺：有人说，海德格尔或者至少是早期的海德格尔，并不像德里达那样是一个文本诠释者。而且因为德里达只是纯粹地诠释文本，所以他一定不如海德格尔那样具有原创性。

基拉尔：或者，按照他们的说法，他们认为德里达并不局限于哲学文本，他是一个文学诠释者。例如，在《柏拉图的药》中，德里达偏向了神话体系。但在我看来这是一件了不起的事。

贝尔托诺：提到《柏拉图的药》，我想起了有关您的理论的一些问题。您的思想体系中的一大特征：在将文化起源掩藏在替罪事件中，批评与哲学所构成的同谋关系，我对此很感兴趣。例如，我能看出尼采如何嵌入这一模式：基督教驱除古老的神明，尼采驱除基督教。但我们很难看出后尼采主义者在哪里能找到了他们的位置。例如，我们在海德格尔的思想体系的何处可以找到“对起源的掩藏”。

基拉尔：我想我们应该回到海德格尔在他的文本中所称的“存在的抽离”（withdrawal of Being)，回到他的形而上学史。就我对这段历史的理解，它是与远离古老的神圣、远离要求祭牲的神明的进程并行的，甚至可以说是一则寓言。当然这发生得很缓慢，因为《圣经》对古代晚期（Late Antiquity）的影响是渐进的；而且不能认为它仅仅是对人们所谓宗教信仰的复制。例如，当海德格尔宣称，不存在基督教哲学这种东西，基督徒的思想只是挪用了亚里士多德的思想，以及基督徒因此不能被真正视作哲学家时，他实际上是在重复最初的驱逐。我在海德格尔对基督教思想的彻底驱逐中感受到了既积极又消极的东西。这反映了基督教被哲学排斥在外，但这也正是基督教的逻各斯能够自成一体的原因。顺便说一句，我需要纠正你所说的一点。基督教并没有复制前基督教的神圣的驱逐：它揭露了这种驱逐，并且为新事物的到来扫清了障碍。

贝尔托诺：在《创世以来的隐匿事物》中，在“约翰的逻各斯”（“The Logos of John”）一章中，您基于海德格尔对基督教的逻各斯的贬损，探讨了古希腊或者说赫拉克利特的逻各斯与基督教的逻各斯之间的区别。对您来说，自基督时代以来的西方历史就是由这种区分连接起来的，鉴于此，是否可以请您详细解释您是如何做出这一判断的？

基拉尔：在那一章，我脑海中所想的海德格尔文本是《形而上学导论》（1953）。[4]海德格尔说“逻各斯”一词在《新约·约翰福音》中显得十分突出。这也是为什么《约翰福音》常常被视作福音书中最“希腊式”的部分。海德格尔称，基督教总是宣称古希腊的逻各斯是基督教的逻各斯的“弟弟”，哲学家们则反驳说基督教的逻各斯才是古希腊的逻各斯的“弟弟”。但没有任何人曾指出这两者是完全不同的。海德格尔是第一个这么说的人。海德格尔认为基督教的逻各斯并不意味着“秩序”，而是意味着“顺从”。他还写道，基督教的逻各斯有时负有布道者（Kyrix）之名，即“信使”。在海德格尔的解读中，人子来到世上是为了召集众人来服从圣父，给圣父赋予了一个类似于“警察局局长”的角色。我不认同这一点。但无论如何，海德格尔对两种逻各斯的区分意义重大。至于我们要如何理解基督教的逻各斯和古希腊的逻各斯的区别：基督徒说，基督“到自己的地方来，自己的人倒不接待他”[1]；相反，每个人都期待古希腊的逻各斯是显而易见或清晰可辨的。请注意其中在场的形而上学，就在古希腊的逻各斯之中。与之相反的是，基督教的逻各斯不在场。它并非这个世界的一部分，并非人类之城（City of

[1] 见《新约·约翰福音》1：11。

Man）的一部分。经文中就是这么说的。因此，海德格尔比他本人所知的要更为正确；他没有将解读进行到底。约翰的逻各斯是被排除在外的逻各斯，或者说是驱除的逻各斯，谈论的是驱除。海德格尔对逻各斯的定义是它用暴力将对立的双方维系在一起。这点很有意思。这是辩证法的逻各斯，哲学的逻各斯。

贝尔托诺：这让我震惊：海德格尔的思想和您的思想之间确实存在一些共同点。这存在于他所谓的基于希腊词 Aletheia[1] 的 Unverborgetiheit，即“去蔽”之中。在《创世以来的隐匿事物》中，您提及了一个相关的概念，即“天启”(Apocalypse[2])，这个词与 Aletheia 几乎是同义词。您将现代性描述为 apocalyptic（启示性的/预示着末日的）。我猜想，正是海德格尔或德里达的那些预示着人类思想之重大转变的文本，促使您做出这样的描述。

[1] 意为去蔽，通常也被理解为“真理”。海德格尔的相关思想可参见其著作《形而上学导论》。

[2] 意为启示、默示，指被揭示的事物。如今往往将其引申为天启或是先知预言中的世界末日，因此会被用于指代灾难。

基拉尔：是的，但我需要说清楚的是，当我提到“Apocalypse”这个词时，我指的并不是世界末日，这只是它的通俗译法。当我说现代性是apocalyptic时，我指的是其具有启示性。一些隐匿的事物被揭露出来。我会说，我和这些思想家同属一个时代。他们的启示与我的不同之处在于，我的思想在《圣经》和基督教中找到了根基，自然也从中找到了养料。这要追溯到西方文化，即犹太-基督教文化对神圣的否认。反对神圣的论点，若是要将自身与神圣区分开来，就不能使用神圣的方法。我们的时代的特征是对暴力的人类起源的不断揭露。我认为其中存在着一种系统性逻辑。一个没有祭牲保护的世界会创造出各种各样的越来越危险的工具，这些工具终将威胁到那些创造它们的人。技术被应用于破坏性目的时便是如此运作的：它揭示或者说揭露暴力的人类起源。基督教文本预示了这种揭露，在这一意义上，它便是具有启示性的。它宣称暴力不来自上帝，暴力完全来自人类。这是民族间的对立、兄弟间的对立。这是一种力量、一种剩余。因此，我们西方所处的时代不仅是启示性的时代，而且可以说是约翰的启示文本及整本《新约》最为适用的时代。今天的我们要如何否认约翰？然而不可思议的是，我们西方的文化并不怎么提及这一点。那些曾经可以在《纽约客》上看到的漫画——“垮掉的一代”的青年举着一块写着“末日”（Doomsday）的牌子走来走去的场景，如今已经很难再看到了。

贝尔托诺：我想您指的是斯泰恩，他在20世纪50年代早期和中期就以这类漫画著名。如今，人们需要在档案室里深挖一番，才能再读到这些作品。

基拉尔：是的，很有意思的是，它们距离原子时代的开端如此之近。这表明当时的情况就已经和今天一样了。也许有一些细微之处的变化。我从来就没有搞清楚过原子弹和氢弹之间的区别。但是“畏”（Angst）早已存在。事实上，可以说像海德格尔这样的人正是现代气质的先驱，他们预先察觉到了一种正在变得越来越显著和普遍的情形。不过，我对此的感觉，坦白来说，要比他们更乐观。当然，2000年近在眼前，但这并不意味着世界末日就近在眼前。这意味着这个世界上任何极端的宗教体验都必然是“预示着末日的”，必然是以可能出现彻底的毁灭为先决条件的。今天的道德律令是由此主导的。任何没有将氢弹这一事实考虑在内的想法都是不全面的。不过，如果这只是对彻底毁灭的可能性做出的反应，那它很可能流于表面。但这也是当下体验的一部分，从本质上来说，也是历史的一部分。凡是撇开当下的历史条件的事物，必然是陈腐或肤浅的。这正是为什么我认为像《存在与时间》这样的作品——借用科技的语言来说——是要被淘汰的。如今，我们的生存体验中包括了完全毁灭的可能性。每个人都知道，这一可能性在20世纪20年代或20世纪30年代并不存在。而在1986年，一个人阅读报纸时，不可能不意识到人类拥有自我毁灭的能力。

贝尔托诺：道德律令是康德的概念。在您今天的讲话中，您使用了康德的另一个术语，“超验性”。在《创世以来的隐匿事物》中，您将您的人类学称作一种“基础人类学”（Fundamental Anthropology）。今天，您却将之称作“超验人类学”。您真正想表达的是什么呢？

基拉尔：我所说的“超验性”是胡塞尔意义上的“超验性”，因为我同时说还存在着经验的参照物。我所说的“超验性”是指［在文化的任何特定层面和一些原始的］仪式之间存在一种联系，无论这种联系有多遥远。但是，鉴于仪式的重复者，或者说显现仪式之意义的人，并没有见证仪式的起源，我所谈论的便是在另一层面——重构的层面——之上。“超验性”指的就是这一层面。我所说的“超验性”是哲学而非宗教意义上的。

贝尔托诺：如果我理解得没错，那么您说的对原始意义的重构应该是一种本质重构。

基拉尔：对——本质。真希望我说的是“本质”而非“超验性”。“超验性”太容易被误读了，“本质”则不会。

贝尔托诺：既然我们谈到了术语，我还想请教两个在《祭牲与成神》和《替罪羊》中使用得颇多的术语之间的区别，尤其是在《替罪羊》中。我指的是“神圣”和“超自然”。这两者看起来全然不同。在《替罪羊》中，您写道，在福音书中存在一种普遍且绝对的“超自然”元素，您不想贬损它。您对福音书的解读与这两个术语有怎样的联系？

基拉尔：我并没有试图系统性地使用这两个术语；我想表明的是，我们无法对福音书进行人文主义解读。换句话说，圣父无法被简化为某种心理学手段。但在一定程度上，我们可以将此解读应用于撒旦。你可以称他为模仿性欲望式的角色。但我们不能这样解读圣父。

贝尔托诺：我不确定我是否听明白了。

基拉尔：我们必须假定，耶稣所说的一切都涉及这个世界之外的事实，这是人类无法触及的，但又对这个世界产生影响。基督提到了“那差我来的”。这与神圣完全不是一回事。重点在这里。

贝尔托诺：“超自然”不能被人类所把握。

基拉尔：完全不能。这正是福音书的主旨的一部分。

贝尔托诺：福音书的问题可能再次引发人们对您的理论的抵抗。

基拉尔：是的，当然。

贝尔托诺：我这么问可能并不公平，但是人们需要有信仰才能接受您的理论吗？

基拉尔：在我看来，我的论点有很强的逻辑性。如果你将古老的神圣理解为一个封闭的体系，将福音书理解为对该体系运作方式的揭示，那么福音书不可能来自暴力的终结，它也不可能来自人类，因此它必定来自暴力未终结之处。如果你认为上帝就是暴力，那么事实上，你心中并没有上帝；你所有的就只是你自己的欲望。因为暴力在自己的封闭体系中居于统治地位，如果上帝进入暴力的世界，那么就将无法在此留驻。证明祂是上帝的正是祂被杀害的事实。但上帝的行为是反神圣的，祂甘愿就死，而不是模仿暴力的范例，祂由此战胜了暴力。整个救赎计划以上帝的暂时在场为开端。这就是我称之为福音书人类学的逻辑顺序。你完全无法反驳它。人们不需要祭牲，不需要重回古老的神圣，才能得到超验性——这里使用的是该词在宗教领域的含义。福音书时常通过谈论中介力量来认可这一点，保罗称之为天上的力量（celestial powers）。次要的诸神也许确实存在，但他们与独一的真神完全不同。

贝尔托诺：摩西禁止崇拜假神这一点在这一语境下也就说得通了。

基拉尔：《旧约》与《新约》之间伟大的延续性就在于对偶像崇拜的拒绝。

贝尔托诺：在这种对上帝的超验性或超自然的反证中，存在着与德里达的“形而上学的终结”概念的类似之处：我们只能把一个系统的“他者”假定为该系统之外的事物。

基拉尔：我在一定程度上同意这一点。请注意，德里达并没有谈及《妥拉》[1]。但在他对无等级高下之分的多中心的论断中，存在着某种非暴力怀疑主义。是的，这是反偶像崇拜的，就像所有伟大的悲观主义思想家一样，譬如尼采。

[1] 即犹太教律法书，又称《摩西五经》，包括《创世记》《出埃及记》《利未记》《民数记》和《申命记》。——编辑注

贝尔托诺：我认为，在某种程度上，我们必须将尼采甚至海德格尔当作宗教思想家来阅读，与此同时，又要承认这样的描述几乎必然会被误解。

基拉尔：我会把海德格尔排除在外，因为他对“存在”的偶像崇拜，或者说他对古希腊的崇拜。这类事情很困扰我。更不用说围绕在海德格尔自身周围的崇拜。此外，他对诗歌的解读的部分层面可能也可以被视作具有偶像崇拜的因素。不过，我并不知道海德格尔的宗教立场。尼采则不同。他的反《圣经》立场在他的作品中十分鲜明，但这并不会激怒我，即使他与我对《圣经》的态度有所不同。然而，海德格尔却会让我恼怒。这完全是我个人层面的。我的意思是，抨击海德格尔的人会说不要阅读他的作品，因为他与纳粹的联系，他存在污点，等等；对于这种愚蠢的禁令我并不买账。不管怎么样，在海德格尔身上存在着一种对我们这个世纪所涌现的最糟糕的事物的深刻同情。但他就像瓦格纳一样，令人费解，因为他是如此的可怕。

贝尔托诺：我想问一个有关您所说的模仿性挪用的问题，今天在场的一位观众试图将此问题投射到马克思主义经济学中的稀缺性模型上。其中的假设显然是欲望总是由物质条件激起的。然而，就我对您的理解而言，模仿并不需要在物质层面展开。是这样吗?

基拉尔：是的。我来解释一下。首先，我的模仿理论无论如何都与稀缺性理论无关，马克思主义的评论家们充分意识到了这一点。经济学的评论家们也意识到了这一点，不过其中一部分人对模仿理论对他们所在领域的影响很感兴趣。有一本书题为《货币的暴力》（*La violence de la monnaie*）[5]，我认为它很值得被译为英文出版。该书谈论的是通货膨胀理论，在我看来很不错。作者的论点与支配模式有关。你知道，在动物之间，模仿性欲望运作时，一种支配模式就会作为这种运作的结果出现。被支配的动物会更愿意撤退而不是挑战支配者。虽然支配模式和模仿性欲望不完全是一回事，但前者预示着后者。因此，我们不应该将模仿性欲望或模仿性挪用，与马克思主义经济学家所描述的稀缺性导致的物品争夺相混淆。为阐述这一点，我可以引用一则很有趣的例子。在一项实验中，房间内有五个四岁左右的孩子，他们的面前有五个一模一样的玩具。这些玩具都是批量生产的，相互之间毫无差别。一个孩子选择了一个玩具。其他孩子实际上看不出这些玩具之间有什么不同，但他们的行为显示，他们偏爱一个玩具而不选择其他玩具的唯一标准是别人先选择了这一玩具。这是合理的。我的意思是，第一个孩子可能发现了他选择的玩具的特别之处，而我看不出来。但这个玩具成了最优选之后，我就有理由渴望这个玩具。

贝尔托诺：当您将这类行为描述为“合理的”时，我想您的意思是它并非经过了深思熟虑，而是它存在一种无意识但可预测的语法。

基拉尔：当然，是这样。我认为在大多数情况下，模仿行为并没有意识到自身的存在。但对于模仿性欲望，我就没有那么确定。我感兴趣的是其中的冲突性机制，以及模仿性欲望的逆转：一个障碍物在某些情况下立刻变得受欢迎的情况。所有这类现象都完美地符合模仿模式。这一定又是我的系统化嗜好在作怪。实际上，我最近正在阅读莎士比亚喜剧。我确信，莎士比亚是按照冲突的复杂性递增的顺序来创作他的喜剧作品。按年代顺序排列莎士比亚喜剧，你便可以由此建构逻辑紧密的模仿性欲望理论。《维洛那二绅士》展现的是最早且最简单版本的模仿性欲望。不断阅读他后续的喜剧，你就会进入越来越复杂乃至失控的情景。可以说，喜剧体现了莎士比亚对模仿原则越来越深刻的理解，也表明了他发现了模仿主义。《第十二夜》中的主人公互相之间存有强烈的戒心；他们与《仲夏夜之梦》中的主角完全不同。在我看来，他们的“伪自恋”（pseudo-narcissism）相比于前几部剧的角色来说，要更为复杂。莎士比亚在详细阐述了模仿性欲望的各个阶段后，就停止了喜剧创作。

贝尔托诺：您说模仿主义几乎总是意识不到自身。这句话指出了这样一个事实，那就是某种无意识在您的理论中占据了突出位置，虽然有时候并没有那么明确。您的无意识概念与经典的无意识概念，例如弗洛伊德的，有什么不同？

基拉尔：区别就在于，在我的无意识中无法找到那么伟大的宝藏和奥秘。可以说，这是一种纯粹消极的无意识。我们深陷于仪式中，什么也看不到。洞见只有在我们从仪式实践或是习惯中惊醒时才会出现。事实上，我不喜欢使用“无意识”这样的术语，因为这会让每个人都想起弗洛伊德。此外，当然，在一些相关的问题上，我仍不确定。我最多只能说，在人类处境的历史发展中，直到某一刻之前，这种处境的某些方面仍被遮蔽着。后来，它们“被意识到了”。欲望的构形毕竟是超个体的。在模仿主义中，个体并不重要。模仿理论涉及的总是一种模式，三位一体或者类似的模式。

贝尔托诺：对弗洛伊德来说，无意识是各种驱力和内容的贮藏室；而对您来说，无意识只是内容的缺乏——是没有思考的行为。

基拉尔：我不确定我是否能完全接受这一说法，但它作为一种近似的表述是令人满意的。我认为，我们需要摆脱弗洛伊德的无意识概念。我的意思是，拉康说无意识是语言，而这是一种摆脱弗洛伊德的好方法。然而，我不能这么说。不过你是对的。弗洛伊德想要无意识成为某种贮藏室或是决定性因素。如果无意识是一间贮藏室，那么总要有人来照看这间贮藏室吧？你明白我的意思吗？然后，弗洛伊德想创建一个精神分析学派，等等。他生活在一个比我们更实质性——解构主义者可能会说更形而上——的世界里。那时候，人们相信实质。我相信实质。我的意思是，我不否认现实。但我现在谈论的是人际关系模式，这影响到人们的现实观。请记住这一点，即存在一个不受影响的现实。因此，当解构主义者告诉我们，某物的结构——有可能是人类的文化——是去中心的，我就会认为他们错了。我会说在某些历史时期结构被去中心化了。但如果说某物在当下是去中心的，那么它在某些时期就是存在中心的。

贝尔托诺：可能这就是您对西方传统的看法与德里达的看法之间的关键区别。

基拉尔：没错。我想说的是去中心化的元素一直存在。德里达［坚守通常所说的不可判定性］

是正确的，因为中心永远暗示着一个吸引人的定点（locus），一个权力的定点，并且暗示着其反定点（counter-locus）。两点之间会发展出一种张力。因此人们想要一种免于选择的方法。我想你知道，动词“做决断”（to decide）源自拉丁词 decidere，意为“割断喉咙”。因此，决断永远都会有回应——无论多么微弱——并再现某种原初的暴力。逻各斯中心主义要求我们做出决定，这在一定程度上属于古老的神圣，或者说至少可以追溯于此。神圣永远是暴力的。但请允许我说，宗教永远是追求和平的。

贝尔托诺：我们又回到了神圣和超自然的传统主题。

基拉尔：是的，而且从基督教的意义上来说，超自然尊重自由。实际上，它无法让人将它视作一股控制性力量。因此，对于某个世界，它绝对是无法触及的。[超自然] 对人类，尤其对官僚组织来说，极其危险。

贝尔托诺：您的思想似乎与部分基督教存在

主义者——我主要想的是索伦·克尔凯郭尔和加布里埃尔·马塞尔——有一些共通之处，因为您也坚定地区分了福音书传递的信息和各色机构对其过于人性化的挪用。

基拉尔：没错。与此同时，我也告诫自己，因为自己不属于任何机构，就摆出纯粹个人的姿态来咒骂机构这似乎很容易做到。这就是知识分子的立场，不是吗？我认为知识分子这么做是没错的。但与此同时，这种做法也可能过于轻率了。

贝尔托诺：尤其是在通常的情况下，该知识分子受雇于某所大学。

基拉尔：是的，他们经常责骂机构，试图削弱其可信度。我听到过某些法国学者在演讲的前半段中谈论"我们应该如何摧毁法国的大学"，又在后半段中说"教育部长是如何请我创建一个新科系的"。［笑］这样的场景很可笑。我们应该尽量避免这么做。如今就存在着将机构当作替罪羊的趋势。

贝尔托诺：近来，还有什么其他东西能被变为替罪羊的吗?

基拉尔:一时间想不到什么。[笑] 在今天,对于所谓懂得太多的人来说,机构是唯一可以充作替罪羊的。你永远都可以让机构显得应当承担责任或是接受责罚。如果你做出这样的指控,你听起来总是非常纯粹的。你明白我的意思吗?

贝尔托诺:是的。还可以举一个例子,那就是美国选民和总统制度之间爱恨交加的关系。今天有人暗示说,我们选总统更多是在选替罪羊。这本是句玩笑话,但其中不乏真理。

基拉尔:这种反对机构的现象几乎是全球性的。看看法国人和戴高乐。或者看看戈尔巴乔夫是如何把苏联经济困境归咎于苏联体系的。解决人的政治问题意味着什么?大概就是成为某种程度上的……民主的弑君者![笑] 原谅我,我并非故意冷嘲热讽。

贝尔托诺:我想问一问您的思想发展过程。在《祭牲与成神》中,相比于您后续的作品,您似乎更感兴趣于重建创世情景。我这一看法是正确的吗？

基拉尔：我想我已经说过一些与此有关的内容了。当我在写《祭牲与成神》时，我认为与我对话的应该是人类学家。我接触到了其中一些人，但并不多；通常情况下，他们都拒绝对话。人们说这是因为我与列维-斯特劳斯的论战太过激烈了。可能是这样。但这也与我本人所受的教育有关，我一开始是学历史学，后来才进入文学领域。我不是一个哲学家，可能正因为我不是哲学家，我才开始从其中的戏剧性情节这一角度攻读人类学。我就像阅读古希腊悲剧那样攻读人类学。欧里庇得斯、苏格拉底，以及后来的莎士比亚和拉辛——这些对我来说都是伟大的摆渡人。不过，也许我在哲学上还相当无知。

贝尔托诺：作为一位学术研究横跨如此多的学科的学者，您是否认为现代学术过于局限于特定学科了？

基拉尔：是的，而且事实上，当我说要警惕所谓的"区域本体论"（regional ontologies）——借用胡塞尔的术语——的支配地位时，我想的就是这一点。实际上，近来最伟大的学术成就似乎都是由那些跨学科的人创造的：列维-斯特劳斯、福柯，等等。今天我想问问自己：我的学说究竟位于何处？它属于人类学还是别的什么？也许我该尝试拥抱新的身份。对于我所做的究竟是什么，学界还存在很多误解。你的本质人类学的提法很有意思。不过，现象学中存在静态，或者说静止的一面。但人们应该尝试使用新词。

贝尔托诺：您所说的，预判了我下一个问题，还回答了其中一部分。您的理论是否缺乏一个完整的认知论？确切地说，欲望是如何影响个人的？它是如何塑造认知的？

基拉尔：因为在我的体系中，个体与其他个体有关，独立意识的认知论对我来说没有多大的意义。我感觉我的理论的优点之一就是其实用性。你可以用这一理论生成解释。回到我们最开始的对话，你可以说，它的产出太多了；但作为知识分子，我们如果不进行解释的话，还该做什么呢？如今，伟大的理论已不再流行。在 19 世纪，它们还十分盛行。人们觉得一切都能够被解释，因此弗雷泽[1]等人会有全面的体系。

贝尔托诺：然而，近年来仍有人提出能够全面解释人类行为或文化的理论，譬如 E. O. 威尔逊和他的学生布拉弗・赫迪。[6]他们提出社会生物学，以作为所有人类行为和机制等的还原性解释。您和社会生物学存在怎么样的联系呢?

基拉尔：我反对威尔逊式的解释。我反对这种理论的原因与我反对列维-斯特劳斯的原因相似。社会生物学无视人类文化的独特性；它将人和动物混为一谈。我从根本上不赞同这一点。另一方面，我认为列维-斯特劳斯及其追随者说动物行为学没有教给我们任何与人类有关的事物也是错误的。这就是为什么模仿理论让我如此感兴趣：你可以从动物的层面开始，跨过"人化"(hominization)的门槛，来到人类文化领域。跨过这一门槛的时刻即是受害者成为群体内有意识的关注对象之时。这一行为由此就不再是纯粹本能性的了。不管你花费了多么漫长的时光来到这一节点，至

[1] 即人类学家詹姆斯・弗雷泽(James Frazer)，著有《金枝》等作品。

少你都得到了一些将兽性考虑在内、但不任由其主宰的东西。你拥有了文化特性，人兽以此区分。

贝尔托诺：这让我感到，您的理论存在相当矛盾的要求，那就是野兽和真正的原始人类之间既有连续性又有断裂性。您是如何调和这种矛盾的，或者说是否需要去调和？

基拉尔：任何健全的理论都必须有连续性和断裂性。这并非一个非此即彼的问题，这恰恰不是一个需要做出的决断。动物行为学家的问题就在于他们并没有做切割。结构人类学家的问题在于他们没有连续性。他们显然都错了。在我看来，我们最终必须揭露这些片面性，因为它们妨碍我们理解自己的起源，因此也妨碍我们理解自己的命运。如果说我对命运感到乐观，那是因为我对复原我们的起源的可能性感到乐观。一旦做到这一点，我们便拥有了一个立足之处，可以由此理性地审视关于我们自己、我们的人性的问题。

暴力、差异和祭牲

丽贝卡·亚当斯/1993[1]

丽贝卡·亚当斯（以下简称亚当斯）：您的研究具有高度的跨学科性，主题和成果覆盖各个领域。在斯坦福大学，您在法语和意大利语系就职，同时，您也在比较文学系和宗教研究系执教。您接受过什么样的学术训练？

基拉尔：我在我的家乡阿维尼翁上了高中（公立学校），并且接受了历史学专业的高等教育。我是一名古文字学档案管理员（archiviste-paléographe），换句话说，我毕业于国立文献学院，这是一所完全致力于法国中世纪研究中最技术性层面研究的学校。（我的父亲是一家图书馆和一家博物馆的馆长。）我在那里上学时，对学校中枯燥的实证主义感到很不满，但当时的我太年轻也太无知，不明白自己为什么学得如此平庸，我浪费了很多时间。第二次世界大战后的几年，我来到这个国家，在印第安纳大学获得当代史的博士学位。

很多人认为我最早是在文学批评领域做研究的，但从学术上来说，相比于文学批评，人类学、心理学或宗教研究才更算得上是“我的”领域。如果我们“真正的”领域是非自学的领域，那么我“真正的”领域就是历史学。不过，在一切对我来说真正重要的领域上，我都是自学的。

亚当斯：您在“二战”后来到美国，成年后的大部分时间里都生活在美国。战争给您带来了什么样的影响？您能跟我们分享一下，您的学术背景和发展吗？

基拉尔：在战争期间的1943年，我19岁。我的故事和保罗·德曼[1]的有所不同——很幸运我的父母极其反德亲英。因此抵抗的想法令我着迷，虽然我并不会说我是个多么伟大的活跃分子。不过，战争深深地影响了我，很可能也让我对欧洲

[1] 比利时文学理论家，与基拉尔一样，在“二战”后移居美国并在美国的大学执教。不同的是，保罗·德曼在“二战”期间的经历颇具争议，他曾为纳粹控制的报纸撰写具有反犹主义色彩的文章。此外，与他颇为亲近的叔叔亨利·德曼（Henri de Man）在“二战”时是比利时的高层官员，支持对纳粹实施绥靖政策乃至合作。

产生了负面的情感，这一定是当我有机会来美国一年时，选择了留在美国的原因之一。我父亲在政治、历史问题上十分清醒明智。我也有一些学术上的朋友与超现实主义流派有关联。但当时的我觉得学术和艺术生活并不适合我，我感到格格不入。

马塞尔·普鲁斯特是第一个在文学上对我的思想产生重大影响的人。我在他身上看到了某种研究人际关系的方法，对我来说，这似乎比我在同时期接触到的各类哲学、心理学、精神分析学的方法更有力且更真实。普鲁斯特小说中的思想性最先吸引了我。在我成为印第安纳大学的法语讲师后，我被邀请去教授一些文学相关的课程，虽然我很不称职，但我还是接受了。我当时甚至还没有读全我要教的那些小说。我无法以一种有意义的方式谈论文学。然而，很快，我就被我所熟悉的普鲁斯特与其他小说家之间的相似之处触动了，他们是司汤达、福楼拜、陀思妥耶夫斯基，还有最重要的塞万提斯——他是我最心爱的小说家，也算是对我的模仿性欲望定义贡献最大的作家。这就是我的第一部关于小说的作品［《浪漫的谎言与小说的真实》〕的诞生过程。

当时，我很幸运地对“批评理论”一无所知。我没有意识到，批评家们应该在他们所研究的作品中寻找差异和特殊性，而非相似之处。对于相似性，人们一直且至今仍不以为然。相似性与不惜一切代价追求原创性和新鲜感的浪漫主义倾向背道而驰。如果一个作家与其他作家太过相似，那么人们就会怀疑他的原创性，他的声誉就会受到损害。相似性已过时；流行的是差异性。这一点在浪漫主义时期早期就成了真理，到如今更是如此，只是形式上产生了些许变化。解构是对浪漫主义独一性（singularity）的最终民主化。让我们都坚守差异，做“我们自己”。这甚至可能给我们带来安迪·沃霍尔承诺给我们每一个人的“15分钟名气”。一个将作为差异的差异视作终极的智性迷恋的世界，必定是一个无法抵抗模仿和趋同压力的世界。

作为一种学术机制，文学批评与我在优秀的文学作品中真正欣赏的一切全然不同。它仍然是沿着浪漫主义独一性的路线运作的，当它反对独一性时，它又是以斯坦利·费什（Stanley Fish）[1] 和反文学经典之战的形式进行的，这是一场更糟糕的灾难，顺便说一句，对浪漫主义独一性的迷恋也使这场灾难变得完全可预测且不可避免。反精英主义的歇斯底里正是浪漫主义独一性完美的模仿性孪生兄弟。

亚当斯：我理解的是，这些文学文本，随后是神话，最终是希伯来/基督教圣经，虽然非常相似，但实际上表述的内容与神话大相径庭，您对它们的解读最终使得您重新审视了基督教。您的作品有时候几乎属于虔敬主义流派。我想到的是法国20世纪30年代的天主教复兴运动中的那些作家。在弗朗索瓦·莫里亚克给埃利·威塞尔的《黑夜》写的导读中，莫里亚克讲述了他在“二战”结束后遇见威塞尔的震撼人心的故事。威塞尔跟莫里亚克讲述了他见到一个被吊死的孩子的事，以及他思考上帝何在时的痛苦。那个孩子就

[1] 美国文学理论家，读者反应批评理论的重要倡导者，该理论强调阅读文学作品过程中，读者作为个体的阅读体验赋予文本意义。

是一个替罪羊，就像每一个私刑的受害者。对年轻的威塞尔来说，那个孩子是宗教信仰之路上的绊脚石。但对莫里亚克来说，那个孩子是基督式的人物，是在绝望的处境里给予他希望的那个人：他想，上帝就在树上与受害者同在。这些与您的思想明显有着相似之处。

基拉尔：我感觉“虔敬主义”这个词有些误导人。在我们的世界里，替罪羊和所有相关的主题都会激起强烈的情绪反应。这种情绪反应与我的研究间接相关，但是相当间接。在我的人类学观点中，替罪羊的中心地位并非源于情绪，而是植根于一种对于文本解读的态度。当我确信替罪羊是神话和文化文本的起源之关键后，我进入了一个我前所未知的精神和思想世界。我清楚地认识到，有些问题是可以解决的，或是已经得到解决，而我们大多数人却认为它们完全无法解决，甚至是无意义的。就我所知，“文本的不确定性”“无尽的解读”“不可判定性”等概念虽然可能适用于马拉美的诗歌，但并不适用于神话和传统文化中的其他伟大文本。

我提出的对神话的解释非真即假。它最接近

的是我们对中世纪晚期猎巫运动的历史性去神话化或者说解构，而这也是非真即假的。文本背后的受害者是真实的，他们或是因合法的理由被处死，或是疯狂的模仿性暴民的暴力的受害者。这个问题不可能是不可判定的。不可能存在无尽的“有趣”或无趣的解读。所有这些解读都是错误的。当代批评无休止的矫揉造作与我的问题毫无关联。

这个有关解读的问题将我带回了一种宗教的世界观上，但这种世界观与上一代人的宗教文学，尤其与天主教文学是互不相容的。我对那种文学很感兴趣，不过原因与我的研究没什么关系，至少没什么直接的关系。我很想为这些作家正名。例如 20 世纪最伟大的法国散文作家克洛岱尔[1]，但法语系从不教授他的作品，甚至很少有人敢提及他，害怕犯下政治不正确的错误。关于克洛岱尔的荒诞传说不绝于耳，每个人都在尽职尽责地传播，仿佛它们就是真理。在普遍的宽容和多元文化的背后有大量的残酷的替罪羊行为正在发生，

---

[1] 即法国著名诗人、剧作家和外交官保罗·克洛岱尔（Paul Claudel）。

它们理应遭到谴责，我也要感谢你给我机会来谴责它们。

你所提到的天主教文学对我没有产生多大的影响。我扎根于先锋和革命传统，当然，随着年龄的增长，我对这些传统的反应也变得十分强烈；但我的根仍在那里，而不在法国天主教传统中，我是近期才对后者产生兴趣的。

亚当斯：还有其他哪些哲学家、历史学家或批评家对您产生了影响或是让您钦佩？

基拉尔：当然还有很多。我记得，在我刚来到这个国家后的头几年，我还在读安德烈·马尔罗有关艺术的作品。他的作品极具感染性，很可能对我最早期发表的文章产生了一定影响。如今他很少再被人提及，当我重读他的作品时，我发现他极具浪漫色彩。我还和我同时代的人一样，受到了萨特和加缪的影响，尤其是萨特，他是我真正读懂的第一个哲学家。他在我们的世界里也不再流行了。当然，他的哲学体系存在一定的天真之处。然而，他很快就被打发走的原因并非他与当下流行的哲学调性不符，反而是过于接近了，尤其是他出于非海德格尔式的目的而挪用海德格尔的概念。当你在某些圈子里提到萨特时，随之而来的将是一阵令人尴尬的沉默，就好像你触犯了某种社会禁忌，这种禁忌是如此强大，以至于它无法被阐述清楚。

亚当斯：让我们来聊聊您与当代哲学的对话。安德鲁·麦肯纳（Andrew McKenna）在他的著作《暴力与差异：基拉尔、德里达和解构主义》（*Violence and Difference: Girard, Derrida and Deconstruction*）中指出，解构具有重要的伦理意义，德里达却对此避而不谈，这本质上是因为其不愿意最终因为受害者或替罪羊而不得不停止文本中的意义游戏。德里达拒绝这么做，似乎将学术理论与社会和政治现实之间的传统差距具象化了。部分女性主义理论家甚至认为，理论——理论的实践——本身可能就是暴力的，特别是当其坚持保留抽象性的时候。您是如何看待理论所扮演的角色的？您又是如何看待作为理论家的自己所扮演的角色的？

基拉尔：如果拉伯雷[1]在恰当的时候出现，他可能会拿我们当下的“经院哲学”，尤其是我们对“理论”一词的使用大开玩笑。足够年长的我已见过数种文学潮流，因此我对这种未来的预测——就很容易让人理解这件事：为什么我不愿意将自己称作理论家。“理论”这个词近年来是如此时髦，相信在不远的将来它就会变得过时且可笑。下一代人会想知道，到底是什么驱动了这么多人在自己创造出的一片空白中无休止地创作最为迂回曲折的文章，这些文章与他们所处世界的现实脱节，与伟大的文学文本脱节，而近来的理论正无耻地寄生在这些伟大文本上。

在我看来，“理论”这个词更严重的问题是，它暗示着放弃追寻真理。“理论语境”下的智识生活被称作“游戏”，因为它缺乏目的。从我的角度来看，一个拥有终身教职的理论家仍在创作大量理论文章简直是一个难以理解的人类之谜。如果我是他或她，我会选择任何其他活动，或者完全

[1] 即弗朗索瓦·拉伯雷（François Rabelais），法国文艺复兴时期的伟大作家，常在作品中抨击古板的教育制度和僵化的经院哲学。

不做事，那都会好过无聊透顶的理论创作。

然而，对真理的追寻必然是暴力的，因为这很可能指引你走到某个明确的立场上，指出什么是正确的，什么是错误的。与观念不同的人产生冲突成了一种明确的可能性。思想生活中无疑会存在暴力，但在我看来，与模仿性竞争——例如学术竞争——的暴力相比，这种暴力微不足道。当人们真正相信某种高于学术界本身的真理时，他们就不会像毫无信仰的人那样不遗余力地追求学术上的成功。如果我没弄错的话，这就是我在近些年里观察到的。在我看来，当下的虚无主义非但没有让人们变得更放松、更慷慨，反而让学术环境变得更严苛、更缺乏同情心。

当然，模仿性竞争隐藏在理念背后，很多人会将它与理念战争（war of ideas）相混淆，但两者其实是截然不同的。然而，即使人们仍然相信当下流行的那些理念，他们也不像过去那样依附于理念而存在。我们的理念变得越来越不可爱，因此它们也就越来越不受到人们的喜爱。我不是一个柏拉图主义者，但当我发现这一点后，我感到自己终于能更好地理解，柏拉图为什么会在他所处的那个文化堕落、诡辩激烈的世界里如此颂扬理念（Ideas）了。

我不赞同理念和信仰是暴力的真正源头。尤其是宗教信仰。如今很流行说宗教极其暴力，是大多数战争的真正起因。希特勒敌视宗教，但他们杀害的人数比过去所有宗教战争的死亡人数加起来还要多。当南斯拉夫开始分崩离析时，再次有迹象暗指宗教才是真正的罪魁祸首。自那时起，我从未见过一项证据能够证明，宗教与当地发生的种种恶行有关。如果我们有更多真正的宗教，那么暴力就会减少。这正是大多数普通人所坚信的，而且在通常情况下，当普通人和知识分子意见不统一时，选择普通人的那一边总是更稳妥些。

亚当斯：您的想法常常具有很大争议，或受到赞美，或被忽视，或被抨击。在您看来，人们对您的作品的最大误解是什么？

基拉尔：主要的误解与神话中受害者的真实存在有关。大多数人认为，这是我个人的一种先验的推断，是对现实世界中受害者的一种错误的人道主义回应，或者说是某种哲学上的缺陷，以及智识上的无能使得我无法理解后结构主义理论的精妙之处。事实上，我的出发点和我全部的分析纯粹是基于文本的。对于神话背后的文本“所指”，我不做任何假定。我所坚信的是，文本背后的受害者真实存在这一点是可以从文本内部推断出来的，用于阐明这一点的理由及其确定性就和15世纪女巫审判记录文本背后真实存在受到迫害的女巫一样。如果你不假定一个真实的替罪羊，即被指控的女巫，那么关于猎巫的欺骗性记录就没有任何意义。如果你假定一个替罪羊，那么文本中的一切就都有了意义。世人对神话的解读不是建立在这样的基础上的，而我认为应当如此。

我认为，同一套规则既应当适用于神话，也应当适用于历史文本，因为这些文本是以相同的方式组织起来的。如果采用同样的规则，神话的主题就会让我们认为，在大多数神话背后必定存在真实的受害者，神话中的一切也都说得通了。人们所谓的“我的”神话理论事实上并非我的。这是一种早已存在于这个世界上的解读方式，我们会系统性地将之应用于具有欺骗性的迫害文本。我所提出的，实际上是，在面对历史文本时，这种解读已是平平无奇甚至自然而然的，但它尚未并且理应被应用于神话这种非历史性文本。

亚当斯：当您说，在您的思想中，存在真实的受害者的概念并非*先验的*推断时，从某种意义上来说，您指的是神话等文化文本中的一切都已经是一种表征。您所谈论的整个“替罪机制”事实上是一种象征系统，它*创造出*受害者，而这个受害者又*创造出*这个系统。因此，只有在表征系统内部谈论“受害者”才是有意义的。

基拉尔：没错。但是如果你对表征体系提出猛烈且毫不妥协的质疑，那么它就会引导你找到*真正的*受害者。然而，神话表征体系本身绝不会将真正的受害者判定为无辜；它总是会将其表现为有罪的。俄狄浦斯就应该是一个弑父且乱伦的儿子。神话在对我们说谎，到了现在，20 世纪的尾声，这个谎言已显而易见。

当我第一次读《柏拉图的药》时，正值《祭牲与成神》出版之前，我很确信德里达和我走的是同一条路。我仍然相信他的早期工作是历史性地揭示替罪羊这一起源原理的一部分。他从未得出我所认为的关键结论，但他的部分分析仍然十分有力，尤其是在他所谓的“补充”（supplement）中。这种说法源于卢梭，但其背后的结构出现在了德里达分析的很多文本里，并且享有各种不同的名字。如果你仔细地考察德里达式“补充”的运作模式，你会发现奠基性神话（foundational myths）就是其最鲜明的例证，因为它们最为粗糙，最不符合逻辑，且在不符合逻辑的层面也是最为一致的。在这些神话的开端，似乎并不需要新的文化起源：文化似乎已经存在。然而，在其他神话中，文化仍然是不完整的，或者正处于崩裂的状态。主角是个不知从哪里出现的陌生人，或是犯下了某种罪行，或是破坏了律法，抑或是犯了某些看似无害实则致命的错误；结果是，这个男/女主人公遭到一致的驱逐和/或杀害。正是由于这场暴力的驱逐，一种新的开始，或者说最初的开始成为可能。文化的法则得以确立。但在主角触犯这一法则时，法则实际上还不存在。整个体系也得以形成。但在主角破坏这一体系时，体系实际上还不存在。这就是被德里达称作“补充”的模式。它并非毫无意义可言。就像所有真正的谜语一样，这个谜语也是可以被解开的。为了破解它，我们必须首先放弃后结构主义对语言之无能的自满。所有的补充结构都是替罪羊现象留下的稚嫩痕迹，从整个过程的角度来看，它们只是有一部分被重新编排了。

古老的神圣是对迫害者谎言的必要转录。受害者被塑造成秩序和无序的全能操控者、创世的先祖乃至神明。后来，迫害者的后代将从他们对群体苦难的失真回忆中寻找精神寄托。被神化的受害者成为仪式表演的典范，成为禁令的反抗模型。这就是宗教和文化的起源。

亚当斯：我知道您使用“神话”（myth）一词的消极意义，来形容那些没有发现“起源”已经存在、没有看到补充逻辑的思想。然而，也可以将这个词转向其相反的含义，用于描述那些识别出并且表达出“补充”的话语。在《柏拉图的药》中，德里达展示了哲学是如何通过驱逐写作，令写作成为替罪羊来建构自身的，他同样展示了柏拉图是如何将神话（神话体系或故事）与写作并列起来的。神话和故事都被哲学排除在外，就像诗歌被《理想国》排除在外一样。神话是在写作这一边的。德里达对“神话”一词的使用似乎与您有所不同。他所展示的是哲学，即您所指的那个“神话”，也就是说，一种为了建构自己而排除他物，并且掩盖自身之暴力的意识形态。

基拉尔：哲学通过驱逐写作来建构自身。但它也突然将原始宗教排除在外。

亚当斯：因为在柏拉图眼中，那也是神话的一部分，是写作的一部分。

基拉尔：我认为哲学排除宗教的原因有好也有坏。其合理性在于，柏拉图对其中的暴力深恶痛绝。他认为他可以通过不断驱逐宗教来远离宗教，我认为这就是文化运动。在这一点上，德里达对“神话”一词的使用与我没有区别。确切来说，他从哲学文本中读出了补充结构，我则是从神话中读出来的。唯一可能得出的结论（当然这需要大量的文本分析支撑），是哲学以更复杂的手段延续神话。正如德里达所指出的那样，最基本手段是对神话和古老宗教的驱逐；作为制造替罪羊的手段，这种驱逐已变得过于透明，令人尴尬。哲学驱逐神话时，它所做的是抛弃过时的替罪工具，并以不那么暴力且能再次隐形的形式重启替罪过程。

德里达和我之间的区别在安德鲁·麦肯纳的杰作中得到了充分阐述。在海德格尔的影响下，德里达强调形而上学传统，更广泛地来说，他羞辱西方文明，但他对其他文化不置可否，从而暗示它们可能与补充互不相容，没那么容易成为被害者。结果是，解构主义成了很合时宜的反西方和“政治正确”的事物。然而，如果你去考察世界各地的神话，你会发现补充结构并非欧洲神话所特有的。与杜梅齐尔[1]的观点相反的是，“印欧”神话在全世界的神话中并没有那么与众不同。它们的结构就和非洲神话、波利尼西亚神话或美洲印第安神话一样。补充并非仅仅是形而上的和西方的，而是普遍的、全人类的。德里达的写作问题只是一个小插曲。我们没有理由单独将西方

[1] 指法国历史学家、宗教学家乔治·杜梅齐尔（Georges Dumézil）。

视作典型的文化恶棍。当然，对于坚持政治正确的人来说，这是黑暗的异端邪说，正是因为这个，以及其他一些原因，我并不乐意将我们的学术机构捧得高高在上。

文化、模仿和神学

亚当斯：让我们从神学的角度来探讨替罪机制。在我看来，您的整套理论在某种程度上重新构建了原罪学说。它使用了新的语言和更精密的概念，但在某些方面和圣奥古斯丁的世界观十分相似。在《创世以来的隐匿事物》中有关人化的那一章中，有关人渐渐与动物区分开来的那部分内容给我留下的印象是，您几乎是在讲述一个有关原罪的创世故事——但其中只有堕落，没有创世。

基拉尔：是的，我的一些神学领域的朋友对此也很担忧。但是他们是错的。我并没有排斥《圣经》意义上的创世。我谈论的是文化。我们必须谨慎地区分这两件事：（1）创世故事，这是上帝独自一人的杰作；（2）文化的诞生，在《圣经》中，这发生在创世和堕落之后。这是该隐的故事。

对观福音[1]和约翰都从谋杀的角度谈到了世界的创建（katabole tou kosmou）、起源或者说开端（archē）。传统上，人们将这些文本解读为针对犹太人的颇具争议的指责。事实上，它们是一种启示，有关我所说的“创世谋杀”。这些概念并非我的编造；它们属于福音书。但我不会将这些材料与创世学说混为一谈。我并不是要抹杀《创世记》的开端。我对福音书中关于人类文化及其谋杀式开端的内容极其感兴趣，但这不意味着我在狡猾地试图取代或者淡化《圣经》中从无生有的创世观。

很多人都误解了我的观点，尤其是约翰·米尔班克。在《神学与社会理论》（*Theology and Social Theory*）中，他将我描述为一个将混沌视作一切事物之绝对开端的人。他没有意识到，我读的是福音书中的具体段落。米尔班克并非一个无足轻重的思想家，但是他奇怪地将后现代主义和传统天主教教义结合在一起，这使得他尤其不适合理解福音书在我的作品中扮演的角色。他是

[1] 即《马太福音》《马可福音》《路加福音》的合称。

一个彻底的天主教哲学家，甚至无法想象人们会直接质疑福音书，而不是通过教会神父或是托马斯·阿奎那作品的中介。就我所知，在他的整本书中，没有一处对福音书的直接引用。

人们又很容易将我视作又一个基督教哲学家，或是鸡汤文作者。我并不一定敌视我书中没有提及的一切事物。那些抱怨在我的书中找不到这个或那个的人，往往也是嘲笑“基拉尔体系”的野心太过狂妄的人。他们误以为我有着百科全书式的胃口，但其实我只是在一切我所能识别出它的地方追求着单一的洞见，这与他们的思维方式全然相异，因而他们感知不到这一洞见的独特性。

亚当斯：您说您在作品中并没有试图解释一切，您只是在探讨具体的文本和具体的观念。但是，在《创世以来的隐匿事物》中，关于人化的那一部分内容是如此密集，以至于它给人的印象是，您在试图构建一套完整、全面的人类起源理论。

基拉尔：我写作这部分内容时，当然是很谨慎的，但也很迅速，而我写下它的理由是它似乎与其余的一切十分契合。这是单一洞见的一部分，是一种无法抗拒的诱惑。模仿理论是一座完美的桥梁：一边是行为学理论的片面性，它轻率地将动物文化等同为人类文化，仿佛人类文化的象征特性只是一种微不足道的补充；另一边则是结构人类学家如列维-斯特劳斯的片面性，在他看来，人类文化就好像全然是从天堂中坠落而来的，他完全忽略了人类文化和动物文化之间的相似性。

在我写作这些内容时，我根本没有考虑到它们在神学上的影响，但是如今我越是思考它们，就越是怀疑这整个理论是否真的像部分神学家所宣称的那样与基督教不可调和。当然，我所说的是那些并不会**先验地**拒绝接受一切进化论观点的人所信的基督教。根据这套人化理论，人类是宗教形式——当然是非常粗糙的宗教形式——的产物，但不管怎么说仍然是属于宗教的。这与现代人将宗教视作“迷信”的观点相去甚远。神学家应该在这种宗教至上的视角中看到一些积极的东西。我指出这一点，并非因为我想要点明我的人化理论在逻辑上的长处，而是因为我发现它不仅在一个，而是在多个通常互不相容的视角上都具有启发性，例如进化论视角、人类学视角，以及基督教视角。我再重复一遍，这个理论是一个“机会主义的”理论，我将它视为一种尝试。从某些方面来说，这不过是模仿理论在伸展拳脚，可以说，《创世以来的隐匿事物》中很多其他的分析也是如此。它不过是将该理论应用于人类学领域的又一例证。

亚当斯：所以您当时是在展开一场对话，而不是在就人类起源问题给出明确的解释，而后者很可能就是神学误读的源头？

基拉尔：是，也不是。当然，所有理论都想要明确解释其试图理论化的事物，我认为这个解释从我的视角来看很有吸引力，但它又不是完全板上钉钉的。

当我说我的模仿人类学是一系列假说时，我真正的意思是，人们所谓的“基拉尔体系”——它甚至被印在了我的作品的法语平装版的序言里——主要存在于那些没有亲身体验过模仿理论之活力的人的头脑中。他们认为我的研究是静态的，是一堆关于事物本质的教条般的论点。我并不认同他们对我的观点的总结。这并不是说我没有严肃对待我的研究。全然相反。但人们应该认真对待的是模仿理论本身——其分析能力和通用性——而不是这个或那个特定的结论或观点，批评家们倾向于将后者视作某种信条，并且认为我在强塞给他们这些信条。我并没有某些对我的作品的解读所认为的那么教条。

亚当斯：我记得您在《创世以来的隐匿事物》的开头有一条免责声明，声称所有对读者的让步都被省去了。

基拉尔：那是让-米歇尔·欧古利安的主意。

亚当斯：让我们再来谈谈您的论点中所蕴含的神学意味。在《创世以来的隐匿事物》中，您声称追随基督就意味着“放弃”或摒弃模仿性欲望，然而人化那一部分内容暗示了模仿性欲望是唯一存在的欲望。整套理论中似乎潜藏着一种怀疑，对能动性的怀疑。模仿性欲望理论本身似乎蕴含着一种意志受到束缚的——还是奥古斯丁式的——理念。意志的自由是一种幻觉，一种必须被放弃的幻觉。在您看来，我们甚至在“堕落”之前就不曾拥有真正的能动性，就像加尔文[1]等人所认为的那样。

基拉尔：不，这种感觉是错误的。我相信自由意志。耶稣说绊倒人的事是免不了的，他告诉他的门徒，等他被捕后，他们都会遇到绊脚石。但与此同时他说，“凡不因我跌倒的，就有福了”。[2] 因此，不管怎么样，都会有一些人不被绊倒。绊脚石是免不了的，这听起来像是决定论，但事实并非如此。

亚当斯：您的意思是说，模仿，以及模仿催生的暴力极具诱惑且强大有力，就像河中的水流一般，但人并非不能抵御它们?

基拉尔：人们即使不能抵御，仍然可以转变想法以远离它们。

---

[1] 即约翰·加尔文（Jean Calvin），法国著名的宗教改革家，基督教新教加尔文派的创始人，他否定人类在救赎中的能动性，强调救赎仅在于上帝的拣选。

[2] 可参见《新约·马太福音》18：7、《新约·路加福音》7：23 等篇章。

亚当斯：但这又回到了放弃意志的想法，不是吗？

基拉尔：无疑，放弃（renunciation）的想法被清教徒和杨森主义者[1]夸大了，但目前普遍存在的对它的敌意却更糟糕。认为应当彻底地放弃一切形式的放弃，这很可能是人类文化所提出的最骇人听闻的无稽之谈。至于我是否主张“放弃”模仿性欲望，是，也不是。并非放弃模仿性欲望本身，因为基督所宣扬的正是模仿性欲望。他说，模仿我，通过模仿我来模仿圣父，因此这是双倍的模仿。耶稣似乎是在说，避免暴力的唯一方式就是模仿他，以及模仿圣父。因此，模仿性欲望本身是不好的，这一观点并无道理。不过，我有时候说“模仿性欲望”时，确实指的是只是会催生模仿性竞争并由此滋生的那种模仿性欲望。

---

[1] 杨森主义是17—18世纪流行于法国及荷兰境内的异端运动。以其发起人杨森命名。其强调原罪、人类的全然败坏、恩典的必要和预定论。杨森主义者认为，自从亚当、夏娃堕落后，所有人类都受到罪恶的腐蚀，因此他们主张人只有靠个人的自由意愿和努力去实行神的恩典，才能获得救赎。——编者注

亚当斯：这是一个很重要的澄清。从您的理论自身来看，应该放弃模仿性欲望的说法似乎是说不通的，因为模仿性欲望本身就是一种药或是毒药。《创世以来的隐匿事物》在结尾处宣称“放弃”或舍弃模仿性欲望是我们所必须做的，我认为这句话具有误导性。或许模仿性欲望本身不能被舍弃，应当被满足——转化、“转变”。

基拉尔：我认为对欲望的简单舍弃是不符合基督教教义的；这更像是佛教。无疑，我所谈论的和佛教之间存在相似性。如果你去读一读佛教的经文，你会发现它们很深奥；它们很了解模仿性欲望及其传染性，也了解人际关系中所有重要的事物。就和所有伟大的宗教著作一样。基督教的独特之处在于，它想要回到源头，回到祭牲的源头，揭开这一层面纱。佛教对此完全不感兴趣。佛教主张出世。基督教从来不这么做。基督教宣称，十字架将在那里等着你，这是不可避免的。但它的这种舍弃是全然不同的。

亚当斯：实际上，您提倡的并非舍弃，而是模仿一个积极的榜样。圣保罗也说“效法我”。他还说要思考这些积极的事物、精神的果实：爱、喜乐、和平，等等。在约翰·S. 邓恩的著作《当下的平和：非暴力的生活方式》(*The Peace of the Present: An Unviolent Way of Life*) 中，有一小部分内容是您与他就欲望问题的交流。他的概念“内心的欲望”（heart’s desire）最初似乎与“模仿”基督的说法很相似；如果内心的欲望确实是模仿性的，那么它会通过对基督的模仿或是通过基督模仿上帝来表达自己。但是邓恩并没有从模仿的层面来谈论欲望。按照他的说法，我们拥有主动积极的能动性来渴望美好的事物，拥有非暴力地渴望的能力和选择。

基拉尔：但我想说的是，模仿性欲望，即使在糟糕的时候，本质上也是好的，因为它绝非狭义上的单纯的模仿，而是自我的敞开。

亚当斯：对他者的敞开。

基拉尔：是的。极端的敞开。即一切。这可能很凶残，可能是竞争性的，但这也是英雄主义的根基，是为他人奉献的根基，是一切的根基。

亚当斯：对他人的爱，以及从好的意义上想要模仿他们？

基拉尔：是的，当然。小说家、剧作家，以及原始宗教都不可避免地关注竞争——冲突性的模仿性欲望，它总是碍手碍脚，是共同生活中的重大问题——但这并不意味着这是他们唯一关注的。我将作家们描述为“超级模仿性的”（hyper-mimetic），但这并不一定是病态的。文学转向了超级模仿主义，因此作家痴迷于糟糕的、冲突性的模仿性欲望，这就是他们的写作内容——这就是文学的内容。我同意纪德的说法，文学是关于恶的。这并不意味着恶就是生活的全部。我经常听到这样的问题：“所有的欲望都是模仿性的吗？”但它们并不全是坏的、冲突性的欲望。没有什么比孩子的欲望更具模仿性了，但那是好的。耶稣说那是好的。模仿性欲望也是对上帝的渴望。

亚当斯：对那些不*先验地*接受宗教框架，也不接受您所使用的“模仿基督”概念的人来说，这也可以被理解为对爱、创造力和群体的欲望。

基拉尔：文化模仿就是一种积极的模仿性欲望。

亚当斯：在《圣徒和后现代主义：重审道德哲学》(*Saints and Postmodernism: Revisioning Moral Philosophy*）中，当代道德哲学家伊迪丝·维绍格罗德（Edith Wyschogrod）谈到，为了他者而产生的过度欲望是伦理的基础，即因为他人的他者性而对他人产生欲望。请注意从模仿性欲望的层面来看，这将是怎样的一种情况。积极的模仿性欲望重新诠释了那条黄金法则：我们对他人的渴望正是*他人对自身的渴望*。因此，这种欲望既不是殖民主义的，也不是替罪羊式的。维绍格罗德呼吁一种新的后现代圣徒精神，它植根于此类过度欲望和对差异的真正重视。我想知道的是，在您的理论中，是否有可能将这种为了他者的欲望——非暴力的、圣人般的欲望——完全解释为过度的欲望，而不是对欲望的舍弃。

基拉尔：你的问题对我来说很有意义，尤其是近来我已不再试图回避神学。我想说的是，无论你在何处拥有这种欲望，这种对他人的真正的主动的积极的欲望，存在着神圣的恩典。这就是基督教明确告诉我们的。如果我们否认这一点，我们就会陷入某种形式的乐观人文主义。

亚当斯：您是否认为，神恩已然存在，无论人们是否承认？

基拉尔：是的。

亚当斯：很显然，知识界存在的一些运动、理念和潮流，正是以这种欲望的伦理概念为中心的。一些当代的欧洲大陆理论（尤其是列维纳斯[1]）、后结构主义和女性主义思想的某些流派，都在关注着与您相同的任务：分析文化中的结构性暴力，并且/或者建构一种新的、非暴力的伦理模式，正如您在《福音书文本的非祭牲式解读》（“A Non-Sacrificial Reading of the Gospel Text”）中所做的那样。不过，他们中的很多人并没有使用神学话语，因为他们认定所有神学都是祭牲性的。

基拉尔：是的。有一种想法认为神学语言和概念都不可避免地是祭牲性的。

---

[1] 即法国犹太裔哲学家伊曼努尔·列维纳斯（Emmanuel Levinas），经历过两次世界大战，是“二战”俘营的幸存者，因而极其关注具有普遍性的暴力问题。

亚当斯：因此宗教遭到遗弃，它被认为是这个问题的一部分。

基拉尔：如你所说，宗教遭到遗弃，因为它被认为必然是祭牲性的。而垂死的上帝——用尼采的话来说，是已经死去的上帝——也是祭牲性的神明。这并非一件坏事。

文化与基督教中的祭牲

亚当斯：您是如何理解历史，以及如何解读历史进程中的祭牲与基督教的。您的思想似乎倾向于诺斯替主义，认为知识最终会拯救我们，历史是一个越来越深刻地认识替罪机制的过程，我们正在朝着一个方向前进，终将由此获得决定性的启迪。

基拉尔：是的，但不要忘了这种知识在与人打交道的过程中是很不明确的，总会存在很多歪曲和颠倒。

亚当斯：所以历史不是一条直线，不是朝着终极目标不断前进的人文主义进程或诸如此类的东西。

基拉尔：不是的。

亚当斯：然而您仍然能感受到一种进程。

基拉尔：是的。19 世纪给了人太多这样的感觉；我们的时代又太过不足。我们的时代是对 19 世纪做出的剧烈反抗，这从很多方面来说都很积极，但从某些方面来说有些过度：那些针对我们的宗教、我们的文化，以及我们的一切的悲观主义。这也是一个问题。

亚当斯：您指的是多元文化主义，至少是某些极端的分离主义或以惩罚形式出现的多元文化主义？

基拉尔：是的，诸如此类的事物。

亚当斯：这是我们在反抗自己的民族中心主义，这是一种健康的冲动，但本质上我们在这一过程中又将自己的文化当作替罪羊，这是成问题的。

基拉尔：这是我们对历史上被当作替罪羊的

人们的一点补偿。但我们回过头来又将我们自己的传统当作了替罪羊。背叛我们的传统，使之成为替罪羊，已经成为一种绝对的责任，尤其是以基督教之仁爱的名义这样做时。

亚当斯：安德鲁·麦肯纳认为，这种背叛就类似于德里达的行为。德里达在解构主义中对自己的伦理学见解施以暴力，而不是被困于逻各斯中心主义的暴力之中。所以您对基督教也有着类似的看法。

基拉尔：是的。这就好像说宣扬基督教拥有独一无二的真理是很“不基督徒”的做法。德里达的所作所为是一种很法国、很先锋的传统做法，以如此伦理化、清教徒化的方式对待伦理，以至于你从不谈论伦理，或是将之转变为一种自我毁灭的冲动。萨特，还有福柯，以及后结构主义，都有诸如此类的做法。这也是为什么我会说在某些本质的层面，解构主义就是新萨特主义。

亚当斯：关于极端形式的多元文化主义，将西方传统或基督教全盘当作替罪羊，不过是继续陷于种族主义和暴力的循环之中，这些都应当被摒弃。用弗洛伊德的话来说，杀死“父亲”就是继续受控于父亲的法则，并且重申了这一法则。这本质上就是您所说的替罪羊的恶性循环，很多女性主义者也有着同样的见解。不过，我感觉您的理论含蓄地提出了一些有关《圣经》及其启示性的有意思的问题。您似乎将《希伯来书》视作《圣经》中的“坏的父亲”，因为其“祭牲性”。准确来说，在《创世以来的隐匿事物》中，您提出希伯来人的神学属于更早期的祭牲思维模式，如今这种思维模式已经被取代了。当然，从一种关于历史与启示的普遍的进化论视角来看，这不成问题。从经文和正典等权威性的传统观念来看，这却是一个问题。更有意思的是，您对《希伯来书》的解读，从您的理论内部来看也并不令人满意，因为您的理论强调要小心不要将替罪行为本身当作替罪羊。《希伯来书》从某种意义上来说不具有权威性吗？您是否在某种意义上“杀死”了这位祭牲的父亲，将《希伯来书》当作了替罪羊？

基拉尔：我完全同意你的说法，我对《希伯来书》的处理存在问题。这是一个语言问题：“最后的祭牲”。即使最终我在《创世以来的隐匿事物》中说“祭牲”一词并没那么重要，但我说得太简略了。我之前在“祭牲”这个词上附加了太多的意义。这是我误读《希伯来书》的原因之一。我意识到了它其中蕴含了伟大的事物，尤其在其对《诗篇》的引用之中。

亚当斯：您是说您太快地否定了《希伯来书》?

基拉尔：是的，确实。我完全错了。而且我不知道我是怎么了，真的，因为我通常会很谨慎地避免这么做。

亚当斯：《希伯来书》是祭牲神学的主要来源之一。因此它值得被认真对待。

基拉尔：是的，它值得被认真对待。它的“最后的祭牲”概念可以很容易地被解读，以符合我所提出的观点。这并没有什么大问题。但在《创世以来的隐匿事物》中，我要求《希伯来书》使用我所使用的词，这一点荒谬极了。

亚当斯：早期的一些教会神父使用“祭牲”

一词的方式让读者们清楚地认识到了，在某种意义上“祭牲”——希伯来语中指赎罪性的动物献祭——是一种完全不恰当的谈论基督的方式；从神学上来讲，同一个词被转换成了明显相反的用法。

基拉尔：我很喜欢这个想法。

亚当斯：那么我们还可以期待您进一步对《希伯来书》展开研究吗？

基拉尔：是的。这也是《创世以来的隐匿事物》中我想要修改的一部分。

亚当斯：让我们继续来谈谈作为一种发展中的、不稳定的概念——“祭牲”——的问题。

基拉尔：我在《创世以来的隐匿事物》的结尾处谈到——我认为这是一种正确的态度——“祭牲”一词的意义变化包含了人类的整个宗教史。因此，当今天的我们在教会或者宗教语境下谈论“祭牲”时，我们所说的与原始宗教无关。当然，我在写作那本书时想的都是原始宗教，我的主题就是原始宗教和基督教之间的区别，所以

“祭牲”一词完全是为原始宗教准备的。

亚当斯：所以您在《圣经》正典中将《希伯来书》当作了替罪羊。

基拉尔：我将《希伯来书》当作了替罪羊，将“祭牲”一词当作了替罪羊——我假定它理应有着一致的含义，这背离了我自己思想中的主要倾向，从我在该书中对所罗门的审判的解读中可见。这一文本构成了我的祭牲观念的基础。这里再次出现了该词的两种用法的问题，我们以两种截然不同的方式使用这个词，我在《创世以来的隐匿事物》中对此进行了准确的研究。不过，在我对所罗门的审判的解读中，我拒绝使用“自我牺牲”的概念，这个概念遭到了精神分析学家和其他思想家的批评。这些批评是正确的，因为这一概念已被滥用。但与此同时，它应该也存在一种合理的用法。当我在写作那本书时，我正受到精神分析学家的影响，他们对“祭牲”这个词有着某种恐惧。因此我当时实际上是想要摆脱它。我主要是在思考如何回应对基督教的某些异议，这些异议依赖于《新约》中的祭牲语言来否定基督教的独特性。

亚当斯：在您的整套理论中，“祭牲”一词的意义并非固定不变的，会随着时间的推移不断演变，事实上成了暴力的原始宗教意义上的“祭牲性”，这样才更有意义。这也与您的观点相符，那就是历史是逐步地——虽然可能并非线性地——揭露替罪羊机制的。这也说明了语言和伦理进程之间的关系。在您对所罗门的审判的分析中，“祭牲”一词有两种截然相反的意思：该词的第一种意思是“坏的”，它意味着将他人或自己当作替罪羊；但是第二种意思是“好的”。您指出，为了拯救自己的孩子而放弃孩子的那位妇人并不是在“自我牺牲”，也不是出于舍身替罪的愿望或职责。她所做的是为他人，为了拯救那个孩子的生命；她所想的是爱，而不是牺牲。因此，可以由此重新解释“为了他人的自我欲望”的传统概念；重点在于给予他人生命；但这不能被理解为要求将自己当作替罪羊。

基拉尔：认为自我牺牲必然是坏的、是“受虐狂”的表现，这一观点再次成了一种教条式的为了舍弃而舍弃，是一种对现代主义道德说教——我们即使因此遭受损害，也必须义不容辞地遵循它——的反转。所罗门的审判对我来说极其重要的原因之一，是它将我从这种反向的道德主义中解放了出来。不过，我必须承认，直至今天，我的语言中仍留有这种痕迹，这无疑是因为我的胆怯，也是因为我继续屈从于虚假解放的神话。

亚当斯：我们一直在谈论《圣经》。您认为《圣经》是独一无二的，我对这一观点感到很好奇，这与您之前所说的西方文化尤其是基督教中的反向替罪有关。您说《圣经》独一无二地揭示了替罪羊机制，这基本上是对基督教中特殊启示思想的重构。但一些欣赏您的研究的人仍然对这种说法持批评态度，他们提出这种机制或许具有自我毁灭性，或者说人们可以通过纯世俗的角度来理解这一点——以及理解暴力正在被去神秘化的事实。他们（从基督教内部的视角来看）坚信的是一种“普遍的”启示观念。

基拉尔：我不相信这种机制真的在自我毁灭，也不认为你可以通过纯粹世俗的角度来理解这一点。我们认为我们理解了它，是因为我们不将其当作一种宗教来信仰，但很多人仍然相信俄狄浦斯情结，这是一种以未经改良的俄狄浦斯神话为基础的简易宗教。它是对俄狄浦斯有罪这一信仰的一种新的曲解，而这种罪恶如我所说，是神话中最具神话色彩的元素。

在我看来，基督教的独特启示是基督教教义中所必不可少的。但这并不是我接受它的主要原因。我接受了它，是因为我认为这是真的。我所研究的一切都指向这一独特的启示，它定义了基督教的特殊性。我最终的目的是要说明，我们能够且必须从理性的角度来看待这一独特的基督教启示，从福音书本身对人类所有宗教的批评的角度。所有宗教，包括伟大的东方宗教及犹太教-基督教，最早都是神圣的古老形式，植根于替罪羊机制的模仿性全体一致。基督教的独特启示事实上就集中于“基督之死是不公正的”这一说法上。这种说法否认了替罪羊的罪责，而这正是群体对替罪羊达成共识的根基所在，是宗教的本质所在。为基督的辩护延伸至“自世界建立以来”的所有受害者，是世界上所有真正的去神秘化的源头。

如果我们已经能够揭开中世纪猎巫运动的神秘面纱，却还不能破除俄狄浦斯神话的神秘性，那么原因就在于，我们正处于一个过渡时期。基督教的独特启示已经渗透得足够深入，使得受到启蒙的我们能够注意到自身社会中的替罪祭牲行为（至少在大多数情况下如此），但又还不够深入，不足以让我们将古老的宗教解读为同一替罪祭牲行为的美化版本。当有足够多的人意识到，猎巫人对待他们所认定的女巫的方式，与历史上某些暴徒对待基督的方式非常相似，甚至可以说是一脉相承之时，女巫审判这一活动也就终结了。人们第一次将猎巫人视为暴徒，而这种看法一直延续至今。

替罪羊的去神秘化是基督教和犹太教所特有的现象。它在《希伯来圣经》中表现得尤为突出，主要采取叙事的形式。例如，我们被告知约瑟和他的兄弟们一样无辜，他与波提乏的妻子私通一事只是无中生有，饥荒实则与他无关（不像俄狄浦斯，他带来了瘟疫，并且在每一项指控上都是有罪的），这些都是**最为典型的**《圣经》教训：站在神话中心的受害者是无辜的。他们是被冤枉的。

约瑟的故事是对神话故事的颠覆性和去神秘化解读，这一故事此前必定与俄狄浦斯神话十分相似。约伯是另一个反叛的俄狄浦斯，他试图直面指控他的人，英勇地反抗将自己当作替罪羊、神话化自己政治失势的行为。在任何宗教传统中，你都找不出类似的文本，即使是在存在反祭牲倾向的传统中，例如印度的梵书也不例外。

在神话和其他宗教中是无法找到试图揭开受害者之真相的不懈努力的，这种努力意味着一种认知，即意识到群体所经历的替罪羊式和解本质上是纯粹模仿性的。正如我此前所提到的，洞察一切的佛教对回溯并揭开暴力的起源并不感兴趣。这是犹太教所独有的，它是我们这个世界为宗教去神圣化的独特力量背后的动力。费尔巴哈、黑格尔和马克思等人理解了这一点，但理解得并不全面。他们认为基督教的历史作用就是释放一种最终能够自洽且独立的理性的力量，而事实并非如此。

亚当斯：您声称替罪羊机制的启示是基督教《圣经》所独有的，这一说法对其他宗教会有什么影响？尤其是在过去，譬如基督教的传教士常常说没有基督教的独特启示，其他宗教或文化是无法得到拯救或重视的。您的说法在这一点上也可以被理解为危险的殖民主义。

基拉尔：毫无疑问会，这已经发生了。尽管基督教所宣称的真理可能不受欢迎，甚至令人不悦，但我们绝不能回避它。然而我认为问题在于，要在一定程度上恢复所有替罪或者祭牲宗教的声誉，无论它们是在何处创立的。我认为应该直面它们在福音书中被称作“撒旦”的事实——但这并不意味它们是撒旦式的或者说邪恶的，只是说它们存在局限性。保罗在谈到这些“力量”时，说它们在宗教上是合法的，可以成为真理的载具：在所有伟大的宗教中，在俄耳甫斯教（Orphic traditions）[1] 中，你都可以找到非基督教性质的皈依观念，但这些观念在反对暴力的模仿性欲望的意义上是真实的，并且具有其他我们认可的积极的宗教意义。认为其他宗教是“撒旦的”，不意味

[1] 古希腊民间宗教，其提出的人类起源说为：婴儿狄俄尼索斯遭到泰坦的撕裂和吞噬，宙斯出于报复，用雷电击中泰坦，将他们化为灰烬，人类便诞生于灰烬中。

着我们应该用武力摧毁它们——在基督教《圣经》创作之时，也从未考虑过这样的毁灭计划。这一说法真正的意义在于，大多数宗教建立在谎言之上，这一谎言就是指受害者是有罪的，俄狄浦斯犯下了罪行。

神话是“撒旦式的”，这是因为其建立在撒旦的指控（accusation）之力量上。在《圣经》中，“撒旦”首先意味着指控者，“保惠师”（Paraclete）的意思是辩护律师、受害者的辩护人。在《约翰福音》中，耶稣将撒旦定义为“说谎者”和“说谎人的父”，这指的是全体人类，不只是犹太人，因为人类仍然生活在表征体系之中，这个体系植根于神话、受害者的罪孽和对上帝终极之善的否认。当保罗谈及“力量”和“撒旦”时，我们会感到非常震惊，因为现代人往往不相信字面意义上的“撒旦”。事实上，保罗所说的与传统中的“好”天使、“坏”天使无关。他指的是在宗教体系中提出指控的力量。

在俄狄浦斯神话中，“撒旦”是让主角为瘟疫负责的错误指控。这一指控就是撒旦的谎言。如我所说，我们生活在没有神话的社会中，因为我们自动地将我们自身文化中的撒旦的谎言去神话化了，但这种去神话化的过程还没有延伸至其他文化。这一发展进程将受到漫长的抵制。这种抵制一旦瓦解，我们的整座反基督教、后启蒙文化的大厦就会崩塌。我们一旦信服于启示的吸引力，福音书和《圣经》的独特性就会变得显而易见。在我们所处的世界中，一切非神话化的真正源头就是保惠师，即受害者的辩护人，圣灵。我发现，这一点意义重大，那就是基督教之圣灵的名字是一个普通的希腊词，意思是辩护律师。

我认为不再愿意承认基督教之独特性的基督徒有些虚伪。他们说要以基督慈善的名义放弃基督教的一切真理主张。他们不想冒犯其他宗教的信徒。在这种态度的背后，我看到的不是对其他信仰的尊重，而是对一切宗教的不尊重，更是对包括基督教在内的一切宗教的令人痛心的怀疑，认为它们都带有同样的神话色彩。我们的态度事实上是在加深信念危机，这在 20 世纪初被称作现代主义。

在我看来，“上帝之死”不过是对基督教启示所带来的大规模去神圣化过程的误读。正在死去的神明事实上是祭牲的神明，而非基督教的上帝，祂与祂们毫无关系。然而，在基督教上帝真正的独特性得到认可之前，两者的混同很可能会继续下去，甚至变得比现在更为彻底。

“启示是危险的。它是一种精神核能。”

米歇尔·崔格/1996[1]

米歇尔·崔格（以下简称崔格）：你在我们谈话一开始曾表示，只要有一小部分心地善良的人执掌权力，就足以“让人类重回正轨”，让富人救济穷人，等等。困难在于逆转模仿性欲望，让其服务于善而非恶：很多人，每个人，都需要同时做出改变，都需要变得既善良又仁爱。

基拉尔：如果我们想那么做，那就再简单不过了。但我们并不想。要理解人类，理解人类长期存在的矛盾、天真和罪恶，就要理解我们都得对这种事态负责，因为我们与基督不同，并没有做好赴死的准备。

崔　格：《圣经》中关于巴别塔的故事让我困惑：语言的多样性被描述为对人类的惩罚，赐予人类不同的语言是一种旨在削弱人类的策略，是耶和华施加给人类的考验，因为他嫉妒人类作为一个整体所具有的力量。

我更倾向于不追溯得那么久远，而是把文化多样性看成一种最初的恩赐、上帝的赠予。有没有这样一种可能，那就是上帝想要传达的信息是祂热爱祂的每一个子民，即使他们各不相同？

基拉尔：是的，这就是祂传达的信息。如果我们背叛了祂，那么这不是祂的错。你是在强迫我反复说相同的话。

崔　格：格拉森人请求耶稣离开，从而让他们继续在自己的文化中生活，也许他们这么做并没有错，因为耶稣可能会带来远比普通的魔鬼更严重、更猛烈的灾害。

基拉尔：但耶稣的确离开了，他没有留下来。

崔　格：我想要听你说：这里，耶稣自己选择了离开。最后，他让这些人继续做异教徒，他保留了他们的差异性。

基拉尔：但这是因为对格拉森人来说耶稣的时刻还没有到来。这并不意味着他们不需要这位救世主。我认为，从他们对待被附身之人的方式上可以看出，他们的集体生活非常邪恶。你美化了他们。我认为你不会想跟他们交换命运。而且你为什么坚持认为基督教能带来一种拉平效应呢？基督教让替罪羊的作用越来越小，由此促进了不同世界之间的交流，各个世界的自我隔绝程度也越来越低。但让各个世界趋于相同的并非基督教，而是我们的模仿天性。基督教并没有强迫我们法国人去模仿美国最糟糕的那一部分，却对其精华无动于衷。征服和统治的欲望并不是基督教发明的。

崔　格：当然，但尽管如此，它还是因势利导，让这些欲望为自己的扩张服务。

基拉尔：并不是基督教把我们变成了狂热的游客，想要一口气走遍整个地球，这样就能吹嘘自己比朋友们去过更多的地方。旅游业也是模仿性的；是无差异化的源头之一。

崔　格：尽管如此，你也不能避免产生某种形式的怀旧情绪？

基拉尔：我很可能要比你想象的恋旧得多。我很愿意承认，我在书中花了太多的篇幅谴责替罪机制。这些机制的目的是，遏制暴力的释放，用一种程度更低的暴力形式，即祭牲的暴力，来取代可能出现的普遍暴力。我并不想美化当下的这种世界趋于同质化的演变，我想说它是有意义的，我想说“替罪羊”这类机制不再起作用了；我想说我们的历史既有积极的一面，也有消极的一面。

崔　格：一切都有意义，甚至包括人口过剩、艾滋病？

基拉尔：当然。艾滋病能提醒我们，初民社会中的性禁忌有其存在的理由。摩西十诫也是如此，有些人会认为那些规定具有压迫性，但它们根植于人性。

崔　格：你将同一化说成是我们为了通向更好的世界必须付出的代价，说成是通往天堂的门票。但也有一部分人刚刚从同一化的进程中走出来，对他们来说那是一场噩梦。东欧国家的人们都曾成了苏联人，如今他们成为一个个不同族群的成员，如俄罗斯人、乌克兰人、亚美尼亚人。

对他们来说，这是他们重新找回的自由的一部分。

基拉尔：我没有把同一化或其他任何东西说成是某种东西的代价。你在这里犯了错误。一边是宗教，另一边是历史和社会，这两者之间并不存在任何交易或是协商。你用功利主义的视角来看待宗教，才会这样看问题。同一化是在搜寻差异，但它将自己误认为差异本身，因为它正是冲突的根源。例如，我们这些知识分子不断地通过创造伪差异、制造更激进的反抗来让自己区别于其他人，结果先锋潮流却变得越来越温顺，甚至越来越千篇一律。100 年来，不惜一切代价追求原创的迫切需求扼杀了创造力。

最近我问斯坦福大学的一名克罗地亚女学生，她与塞尔维亚人之间有什么不同。“没什么！”她回答说。“但他们信东正教，你们信天主教！”“那根本不重要！”“那什么才重要？”“没什么！除了这一事实——我们都一样！”冲突的激烈程度与差异的事实无关。

人们对当代显而易见的全球化现象感到害怕，这促使他们紧抓着地方特性不放，但在美国这样普通人平均五年就搬一次家的地方，地方背景又有什么意义呢?

[停顿] 你有什么建议?我们都穿上普罗旺斯的传统服装,吹长笛?[笑]

崔　格:我的意思是,比如说,我们至少可以试着挽救语言这一宝藏,哪怕只是为了消遣。就我个人而言,我对布列塔尼方言的喜爱很难说是政治性的。但我喜欢这么想,如果我唇齿间说的是特里斯坦和兰斯洛特[1]的语言,那我会比仅能复述他们英雄事迹的贝鲁尔(Béroul)和克雷蒂安·德·特鲁瓦(Chrétien de Troyes)更能亲密地触及他们的思维方式。相比于地中海俱乐部(Club Med)[2]的度假村,我更愿意畅游内在的世界。

基拉尔:布列塔尼是很特别的,但就法国的其余地区而言,地方主义的真实性在历史上是可疑的。美国人如此喜爱的地方服饰,不过是巴黎时尚的外省改造版,它们因现代人对民间传说和古怪的痴迷而被永远地固定在了浪漫主义时期。

---

[1] 均为亚瑟王传说中的人物。

[2] 法国的旅游度假连锁集团,以度假村和全包式旅游著称。

真正的普罗旺斯与遍布吕贝宏（Luberon）的那些度假屋又有什么关系呢？至于语言，恐怕法语已经打了败仗。全世界都在说英语，即使是在法国，英语也已最大限度地巧妙潜入了研究机构和学术期刊。

对现代性持批判态度的哲学家们指出，人权概念的发明本是用于结束各种形式的压迫的，结果却制造了新的压迫：精神病院、监狱等——读一读米歇尔·福柯的理论。一些知识分子坚称西方存在独特的扭曲之处，据他们所说，西方擅长谈论自由，以便更好地建立霸权。这一论点即使是真的，也很难被证实，首先我们缺少参照物：在我们之前还没有哪个社会强烈地批判过替罪机制。因此，这一切都能揭示出这些机制顽强的生命力。你在这一处消灭它们，它们又能在另一处涌现。福柯研究的价值之一就在于揭示了这一点。有一天，他对我说："我们不应该发明一种受害者哲学。"我回答说："是，我同意。不是一种哲学，而是一种宗教！但它已经存在了！"

福柯认识到了乐观的理性主义没有预见的东西：新的"迫害"形式正不断地从旨在消除它们

的手段中涌现出来。他的悲观主义将我和他区分了开来：与他不一样的是，我认为历史进程是有意义的，我们必须接受这一点，否则就只能直面彻底的绝望。在“意识形态已经终结”的今天，接受这种意义的途径之一就是重拾宗教。当然，虽然迫害机制不断重现，但基督教也始终在改造并且推翻它们，发挥着发酵剂一般的作用——例如18世纪启蒙运动中的人文理性主义。伏尔泰为让·卡拉斯（Jean Calas）[1]辩护时，比反对他的天主教神父更像一位基督徒。他的错误在于太过相信自己是完美的，认为自己站对了立场是因为自己的天分。他没有看到过去就站在他的身后，对他产生了极大的影响。我尊重传统，但我不会为历史辩护。

崔　格：但你就这么做了。你在为历史辩护。

基拉尔：我想表达的是，如今，在虚无主义的诱惑最为强烈的地方，也仍然存在着意义。我

[1] 18世纪法国的一位新教徒，被指控因儿子想要改信天主教而谋杀了自己的儿子。卡拉斯声称自己无罪，儿子是自杀的，但最终仍被审判、折磨并处决。伏尔泰发起了恢复其清白的反抗运动，为其辩诉，最终成功翻案。

想说：启示是存在的，人们可以随意地处置它。但它会不断涌现。它比人们更为强大。此外，正如我们所见的，它甚至有能力让模仿现象为它工作，因为今天的每个人都在相互竞争，看看究竟谁“受迫害”更深。启示是危险的。它是一种精神核能。

最可悲的是，平庸乏味的现代化基督教对一切转瞬即逝的当代思想俯首称臣。基督徒们没有意识到，他们手握的一大利器，远比他们有意识地灌输给自己的精神分析和社会学那一套要优越得多。这何尝不是以扫为了一碗红豆汤而舍弃自己继承权的古老故事的重演。

所有曾用来驳倒基督教的思想方式，都轮番被同一种批判的更激进版本推翻。我们没有必要去驳斥现代思想，因为每一股新的潮流都拍打在前一股潮流上，快速地进行着自我清算。学生们越来越怀疑它们，但是，尤其在美国，那些当权者、系主任、所谓的“主席”，都是其狂热的信徒。他们都是60年代的激进分子，如今占据着学界、媒体和教会的管理岗位。

长久以来，基督徒都被保护了起来，免受这

种疯狂的螺旋式下降的影响，等到他们终于涉足其中时，你能看到他们的不同之处在于那种天真的现代主义信仰。他们总是落后一圈。他们总是选择跳上他人正在仓皇逃离的船。

他们希望拉拢那些抛弃了各自教会的人。他们不明白，最不能吸引大众的就是煽动民众放纵自己的基督教版，而他们自己就沉溺于这样的状态中。

今天的人们认为，无论是在个人还是群体的层面上，遵循社会的游戏规则比反思更不可或缺……人们认为有些真理不应该被说出口。在美国，你若是一个基督徒、白人或欧洲人，就不可能不面对着被扣上“民族中心主义”的帽子的风险。对此，我的回答是，事实恰恰相反，那些讴歌“多元文化主义”的人恰恰站在了最纯粹的西方传统的立场上。西方文明是有史以来少数的对自己提出如此批评的文明。据我所知，印加的首都有一个地名的意思是“世界的肚脐”。绝大多数民族一直怡然自得地生活在不切实际的民族中心主义之中。而自蒙田的《随笔》[2]问世以来的西方除外，甚至在那之前也是如此。

18 世纪文学之精华在于孟德斯鸠的“一个人怎么会成为波斯人呢?”[1]，以及围绕这个问题展开的整套哲学故事，它讽刺了“文化地方主义”——今天，我们则迂腐地用“民族中心主义”一词来加以表达。关于这个话题，我们没什么可以教给伏尔泰的，他倒是还能给我们上几课。

自文艺复兴以来，西方文化一直在自我分裂。一开始我们支持古代，反对现代；接着我们反对文明，提倡野蛮；在那之后的浪漫主义时期，我们又支持异域，反对熟悉，等等。在我们这个时代，很多人认为他们是在打破传统，实际上却在重复传统，而且还缺少他们的先祖展现出的优雅简洁。

西方将自己指责为所有社会中最糟糕的那一个——它作为替罪羊的角色，给人们留下了很深的印象。我们是否迈入了这样一个时代，西方在整个地球上扮演的角色，有点像犹太人在基督徒面前扮演的角色?

---

[1] 见孟德斯鸠的《波斯人信札》。

弗洛伊德

基拉尔：我很喜欢弗洛伊德分析、写作和处理文本的方式。但我不喜欢他对文化和家庭的根深蒂固的偏见：《文明及其不满》、“俄狄浦斯情结”。弗洛伊德没有意识到，社会机构和宗教机构本质上具有保护作用。它们可以降低冲突的风险。

当然，有时候它们也会以粗暴的方式发挥这种作用，限制某些形式的自由。事实上，文化禁令并不是用来阻止人们享乐的，而是为了消除复仇的可能性：迫使他们选择不同的目标，以将潜在的敌人隔离开来，预防模仿性竞争的发生。

崔　格：但没有什么像基督教那样通过解放个体，来打破这些束缚，消除这些障碍。“人要离开父母……”[1] 你实际上是在为古老的祭牲机制辩护。

基拉尔：这些是弗洛伊德所谈论的机制。是

[1] 出自《创世记》2：24。

的，我在为它们辩护，反对它们本质上是一种神经症的观点。它们都非常现实。正如我在《祭牲与成神》中所说的，弗洛伊德非常接近模仿体系，在我研究的一开始，这确实困扰了我，花费了我很多时间，甚至让我看到了我与弗洛伊德在思想上的相似性。我差点就认为，我的理论不过是弗洛伊德理论的劣质版本、简化版本，很多人至今仍这么以为。

随着研究的深入，我发现了模仿性欲望的阐释力，包括在精神病理学这类明确属于弗洛伊德的领域中。论点的简洁优雅仍然是一项基本标准：你会突然发现，上千种不同的现象，如受虐狂、施虐狂，都有了同一种解释。

崔　格：但简洁优雅的解释是否也可能是一种陷阱？它为何成了真理的检验标准？毕竟整个世界都既扭曲又混乱，也许这种体系性的简洁优雅只存在于我们的头脑中，存在于我们的逻辑和语言中。也许“简洁”只是一种“简化”？

基拉尔：当然存在这样的可能，但你在研究一个复杂的问题时，突然出现了一个非常简单的假说可以阐释这一问题的各个方面，而没那么简单的假说却到处碰壁，这就很难不让人认为你找到了正确答案，你不觉得吗？

你若是不愿意亲自尝试一下，就很容易去批判这种选择“更简洁优雅的”解决方案的传统偏好，也很容易将其视作一种学术上的矫揉造作。但事实恰恰相反。当你想要阐释些什么的时候，简洁意味着以最小的代价获得最高的效率。具体来说，它是战无不胜的。那些持相反观点的人从不去解决实际问题。我们所处的世界正屈服于来自虚假的复杂性的诱惑。它能为你树立起研究者的名声，赋予你科学家的气质。“用数学模型解释一切，不成功便成仁！”这就是我们的座右铭！

不过我同意，最简洁的推论也可能在本质上是虚幻的。我认为就人类秩序而言，错误的解决方案比比皆是，但它们常常，或者说总是，出于无意识的模仿性激情。顾名思义，我所捍卫的立场就是尽量对这种危险保持警惕。

崔　格：你是如何看待弗洛伊德提出的著名

的“死亡驱力”[1] 概念的？

基拉尔：这就是毫无意义的复杂化的一个很好的案例。在我看来，死亡驱力是存在的，但它完全与模仿性竞争有关。模仿性欲望会让你成为你的模仿模型的对手：你与他竞争着他向你指明的对象。这种处境会强化欲望，增强障碍本身的威望。而终极障碍自然是死亡，它将置你于死地。死亡驱力是这一机制的必然结果。这是一种对生物性的无生命状态的欲望，但弗洛伊德没能将这种自相矛盾的自恋式欲望与此过程中的其他阶段联系起来；甚至也没有与他自己的概念，譬如俄狄浦斯情结联系起来，尽管他本人清楚地意识到了后者的模仿性本质。从某种意义上来说，他满足于添加一种额外的驱力。这套杂乱的组合收获了轻信者的敬畏，但如果说它是能被简化的，那么我们就必须简化它。

崔　格：在听的过程中，我想到了这样一个

[1] 又译为“死亡本能”，由奥地利心理学家弗洛伊德提出。他认为，死亡驱力是一种与生俱来的、要摧毁秩序、回到前生命状态的冲动。——编者注

问题：是“死亡驱力”还是“驱向谋杀”?

基拉尔：[停顿] 它们是一样的！而情欲则两者兼而有之。试想这两个过程的对称性。以罗密欧与朱丽叶为例，劳伦斯神父完美地定义了他们的处境：“这种狂暴的快乐将会产生狂暴的结局。”(《罗密欧与朱丽叶》，第二幕，第六场)[1] 人们总是忘记，莎士比亚从一开始就向我们表明，年轻的罗密欧疯狂地爱上了一个不愿与他有任何瓜葛的女人。莎士比亚的剧作总是以惊人的方式展现出，事物与我们对其所持的传统印象，以及顽固的浪漫主义印象相对立的那一面。对障碍的崇拜驱动人们离开原有的处境，走向最不利于他们、最有害于他们的处境，走向非人的、无行动力的、无机的处境，走向死亡……走向爱与精神的对立面。福音书中所说的与贪欲相关的绊脚石就是一种障碍，它越是把你推开，它对你的吸引力就越大。这种吸引和排斥之间的来回拉锯起初会相互破坏，带来不稳定性，最终则会导致彻底的覆灭。

拒绝接受上帝也是一样的，因为上帝就是绊

---

[1] 译文引自《莎士比亚全集·第一卷》，朱生豪译，人民文学出版社，2014。

脚石的对立面。上帝为人类而死。对上帝视而不见，却紧跟在第一个现身的超模身后——这就是人类的所作所为。

超现实主义者

基拉尔：如果我是弗洛伊德，超现实主义者找上我时，我会做出和他一样的反应，说道："一群狂热分子！"

他们实际上就是被宠坏的孩子，故意点燃窗帘，只是因为知道他们的爸爸妈妈，还有消防员会来收拾他们搞出的这堆愚蠢的烂摊子，并且会对他们大加赞赏。你可以从他们的行为中感受到五月风暴时期的那种滑稽精神：资产阶级家庭的父母对着出去玩革命游戏的孩子大喊"别忘了戴围巾！"……"革命"是一种消费品。

马克思

基拉尔：马克思主义当然想能拯救受害者。它认为制造出受害者的过程从根本上是一种经济行为。

苏联成立后，其执政者首先看到财富正在枯竭，紧接着意识到经济上的平等并不能阻止各种形式的区别对待，因为它们往往更根深蒂固。随后，他们便表示："有一些叛徒正在阻碍这个系统的正常运转。"他们开始寻找替罪羊。换句话说，差别原则要比经济因素更强大。把人放在同一社会高度是不够的，因为人类总能找到新的方式来互相排斥。

分析到最后，我们是无法找到导致区别对待的经济、生物或种族标准的，因为罪魁祸首实际是在精神层面。否认恶的精神维度，就和否认善的精神维度一样，是错误的。

萨特（和弗吉尼亚·伍尔夫）

基拉尔：从今天来看，萨特渴望打造一个哲学"体系"的想法显得有些可笑，当然也很感人，甚至值得钦佩。就和笛卡尔一样，我自己也曾被人指责说想要建造一个体系。但这不是真的。我这么说不是为了显得与时俱进，而是因为我已经太老了。

我认为萨特对他人在他所谓的“计划”中扮演的角色的分析，即《存在与虚无》中的咖啡馆服务员，以及对恶意和调情的分析，都很精彩。它们都很接近模仿性欲望。他甚至创造了一种形而上学的范畴——他称作“为他”。

但是，奇怪的是，对他来说，欲望仅属于“自为”的范畴。他没有看到主体在自我和他者之间的拉扯。然而他很欣赏弗吉尼亚·伍尔夫，伍尔夫以令人钦佩的方式展现出了这种痛苦的挣扎，尤其是在她的《海浪》中。这再次体现了小说之于哲学的优越性。在萨特的内心深处，他是一个十分安逸的小资产阶级，热爱旅行，过于求稳，很难称得上是一个真正的天才。

结构主义者

基拉尔：现代结构主义悬浮在虚空之中，因为它缺乏现实原则。这是一种文化唯心主义。你不能谈论具体事物，只能谈论指称物（referents）：只能用语言学术语来谈论现实，而不是让语言回归现实——就像我们在“现实仅仅只是现实”时所做的那样。这种思维方式的后果是只能看到差别。它无法理解现实也能对应着相同和始终如一的事物。

在结构主义者看来，真实的对象和怪异的对象这两种类别之间没有区别，而在我看来，这就是模仿性危机的混乱所留下的痕迹，没有这种混乱，就不会出现神话。结构主义一方面研究真实的女性和真实的美洲豹的叙事序列，另一方面也研究美洲豹女的序列，它将她/它们放在同一维度。

至少涂尔干能够这么说：“多么奇妙啊，神话思维——人类的智性已经开始发展了——中存在真正的差异，但其中也有错误的分类。原始思维有时基于与我们自身类似的区分，有时又建立在毫无意义的分类上。”结构主义在突出差异方面有着杰出的成就。但你若是去研究人类思维的发展，就必须直截了当地承认现代理性主义与神话不同，因为它摈弃了美洲豹女。如果丰田和日产的用户手册中出现了龙，那么日本的汽车产业就不可能成功地将其产品推广到全世界。

达尔文之后

崔　格：你是如何看待那些逐字理解《圣经》的“创世论者”的？

基拉尔：当然，他们错了，但我不想说他们的坏话，因为如今他们成了美国文化的替罪羊。媒体曲解他们所说的一切，将他们看成最低等的人。

崔　格：但如果说他们真的错了，那么我们为什么不能这么对待他们呢？你提到了替罪羊，但就我所知，没有人想要置他们于死地，对吧？

基拉尔：他们被社会排斥。据说美国人无法承受同侪压力，一般来说确实如此。看看学术界，那一大群盲从的个人主义者：他们觉得自己受到了压迫，但其实并没有。创世论者才是真的受到了压迫。他们在承受同侪压力。我向他们致敬。

崔　格：但如果说他们彻底错了呢？你是一个重视真相的人，愿意为之付出一切代价，但我突然发现你对他们十分宽容。

基拉尔：那么信仰自由又意味着什么呢？在美国，就和在其他地方一样，原教旨主义源于宗教和反宗教的人文主义之间的古老妥协的破裂。正是反宗教的人文主义导致了这种破裂。在人文主义信奉的“信条”中，有基因操纵，未来无疑会包含超高效的安乐死方式。最多几十年后，我们就会把人转变成一台台恶心的小型享乐机器，彻底摆脱了痛苦乃至死亡的束缚，矛盾的是，这也就意味着我们要摈弃一切能够鼓舞我们去追求崇高的人类目标、宗教上的超凡脱俗的事物。

崔　格：所以说，最糟糕的，莫过于试图用错误的信念来躲避真正的危险？

基拉尔：人类一直就是这么做的。

崔　格：这不应该成为继续下去的理由。

基拉尔：原教旨主义者常常捍卫我所痛恨的观点，但残存的精神健康让他们预见了仁慈的官僚机构正在为我们准备的那些温暖而柔软的“集中营”有多恐怖，在我看来，他们反叛的模样要比我们的昏昏欲睡更值得敬佩。在这个人人都自诩为社会边缘的异见分子、人人又表现出惊人的模仿性顺从的时代，原教旨主义者才是真正的异见分子。我最近拒绝了一项所谓的科学研究。这项研究的工作人员把这些人视作小白鼠，自认为正在完全客观、不偏不倚地研究一种现象，却从没有质问过自己的学术意识形态在其中发挥的作用。

莎士比亚

模仿与欲望

罗伯特·波格·哈里森/2005[1]

罗伯特·哈里森与勒内·基拉尔的本次访谈最初于2005年9月17日在斯坦福大学KZSU电台播出。在访谈中，这位法国思想家与一位朋友“自如地”探讨了模仿性欲望及其在西方文学中的体现。这是系列访谈（共两部分）的第一部分。两部分内容均收录在本书中。

——编者

罗伯特·哈里森（以下简称哈里森）：西方哲学的奠基性格言是“认识你自己”。这不是一个简单的命题。认识你自己，首先意味着认识你的欲望。欲望潜藏在我们行为的核心，决定了我们的动机，组织着我们的社会关系，影响着我们的政治观念、宗教信仰、意识形态和矛盾冲突。然而，没有什么比人类的欲望更神秘、难解且任性的了。

我们的政府每年投资数十亿美元用于科研，以便我们更深入地了解自然世界，在求知的道路上走得更远，然而其中只有很小一部分被用于推进加深自我认知的事业。我们今天的大多数重大问题就和世界本身一样古老。例如相互间的暴力的问题。您可能会认为我们会想要了解它的运作机制、心理特征和失控趋势。相反，我们只是像我们的祖先几百年乃至几千年以来所做的那样，不断延续着暴力的循环。我们也没有更深层次地了解我们那充满冲突且不断制造冲突的欲望。

勒内，您的研究影响深远，涉及数个领域和学科，包括文学批评、人类学、宗教研究等。今天，我想要聚焦于我所认为的您的思想中的基础性概念，也就是模仿性欲望。您能否告诉我们的听众，模仿性欲望这个词究竟是什么意思？

基拉尔：模仿性欲望是指我们的选择不像我们通常认为的那样由欲望客体本身决定，而是由欲望介体决定。我们仿效他人，这就是“模仿”。例如，为什么过去五年里每个女孩子都在露肚脐？显然，她们并非每个人都自己决定最好秀一秀自己的肚脐——或者说觉得肚脐太热了，因而需要对其做点什么。

在这一潮流崩溃的那一天，我们会看到这种欲望的模仿性。突然之间，露肚脐变成一种非常过时的行为，没有人再这么做了。这种情况会因为其他人而发生——就像现在她们因为其他人而露肚脐一样。

哈里森：欲望——人类的欲望，在其本质上——从根本上来说是模仿性的？

基拉尔：也许可以从这个问题开始：需求

（need）、生理性渴求（appetite）和欲望（desire）之间存在什么样的区别？需求是所有动物都具有的一种生理性渴求。我们清楚地知道，我们独自一人在撒哈拉感到口渴时，我们并不需要他人来告诉我们对水的渴求。这是一种我们必须满足的需求。但是文明社会中的大多数欲望并非如此。

想想虚荣或势利。什么是势利？势利就是你的欲望并非来自你的生理性渴求，而是因为你想要模仿有着同样欲望的那个人，或是假装有这种欲望的那个人，为的是让自己看起来更光鲜、更时尚。

哈里森：让我来读一段引文，摘自您在《双重束缚》中的一篇文章，在文中您说模仿性欲望“先于其对象的出现而存在，并将存续至……其对象消失之后。……模仿若不是互惠的，就无法传染”。接下来的这句话对我来说十分重要：“欲望相互吸引、相互模仿、相互束缚，创造出对立的关系，而双方都试图用差异来定义这层关系。”[2]

那么，关于那些露肚脐的年轻女性：在这种基于时尚的互相模仿中，似乎并不存在对立的因素。然而，在您的理论中，您坚称当模仿性欲望变得具有竞争性时，对立几乎是不可避免的。

基拉尔：最好的例子也许来自莎士比亚的戏剧，剧中有两个男性朋友。他们总是渴望相同的东西。他们一起生活。他们做同样的梦，饮食也都一样。他们甚至对对方说，如果你不想要我想要的，你就不是我的朋友。但是，突然之间，他们中的一个爱上了一个女孩。而当另一个人也因为朋友而爱上了同一个女孩时，敌对情绪就会开始滋生。

存在两种欲望客体。一种是我们可以分享的，因为它们很充足，比如饮料等。另一种是我们无法或者不想分享的，例如女朋友的爱。我们不想分享这种爱，尤其是和我们最好的朋友一起。

这些角色都很缺乏安全感。他们一旦渴望一个女孩，就会想要让他们的朋友也渴望同一个女孩。

哈里森：这一点至关重要。因争夺稀缺资源而竞争，比如两个男人争夺同一个女人，或是两个女人争夺同一个男人。但我想您的意思是情况要比这更复杂?

基拉尔:复杂得多。

哈里森:这不仅仅是两个人有着相同的欲望客体,而是说他们的欲望是相互混杂在一起的。他们的竞争建立了一种对对手的欲望,不是吗?

基拉尔:是的。很明显。例如,在《维洛那二绅士》中,两个男孩中的一个爱上一个女孩后,他的朋友立刻就不可避免地被卷入了这场游戏。

哈里森:这是为什么呢?

基拉尔:因为如果他的朋友没有爱上他的女朋友,他就无法确定他是否做了正确的决定。因此,他也受到了影响。这类友谊令莎士比亚和其他作家都感到痴迷。

哈里森:在但丁《神曲·地狱篇》的第五首中,佛兰切丝卡回忆了她和保罗某一天下午一同阅读兰斯洛特的爱情故事的时光。当他们读到兰斯洛特亲吻桂妮薇儿时,保罗和佛兰切丝卡也放下书亲吻了对方。[1]

基拉尔：保罗和佛兰切丝卡是姻亲。佛兰切丝卡嫁给了保罗的哥哥。他们此前完全没有互相示爱的想法。没有想过。但当他们读到这里时，他们突然受到书中内容的启发，做出了相同的动作。显然，这就是为什么但丁在某种程度上将这本书看作煽动了这一切的魔鬼：“加勒沃特正是这本书及其作者。”[2] 这本书就是他们的加勒沃特[3]。

哈里森：加勒沃特是兰斯洛特故事中这对私通的情人的中间人。

基拉尔：加勒沃特正是那个背叛者，是他向男方建议应当示爱的。中间人的主题在莎士比亚的作品中极其重要。你知道的，比如潘达洛

[1] 佛兰切丝卡和保罗是13世纪意大利的一对著名的苦情恋人，但丁将两人的故事写入了《神曲》中。圆桌骑士兰斯洛特和王后桂妮薇儿的私情则是亚瑟王传说中的重要情节。

[2] 原文为意大利语“*Galeotto fu ‘l libro e chi lo scrisse*”。

[3] 因怂恿并促成兰斯洛特与桂妮薇儿的私情，“加勒沃特”在后世成为“淫媒”的代名词。

斯[1]。因此，中间人在某种程度上就是玩弄他人的模仿性欲望的人。剧作家通过煽动模仿性欲望并且观察其结果来编造故事，这样的结果通常就是戏剧，关于嫉妒、羡慕和冲突的戏剧。

哈里森：是文学首先让您看到了模仿性欲望的结构。您在您的第一本书《浪漫的谎言与小说的真实》中首次提出了这一理论。

基拉尔：是的。

哈里森：那么，在您对模仿性欲望的结构和运作机制的思考中，文学扮演了什么样的角色？从塞万提斯到加缪，您对欧洲小说进行了广泛的探究。文学显然发挥了启示性的作用。

基拉尔：是的，但更重要的是，文学和我自身经历之间的联系。当时，我 20 出头，当然对找女朋友很感兴趣。突然，我意识到自己就像大多数小说——比如普鲁斯特的小说——中的主人公。

[1] 莎士比亚剧作《特洛伊罗斯与克瑞西达》（*Troilus and Cressida*）中的人物，是恋人特洛伊罗斯与克瑞西达的牵线人。

有一个女朋友想让我和她结婚，但我并不想。所以，当她想要我做出一些承诺时，我离开了她。但当我离开她，她也接受这一点并且离开我时，我又再次被她吸引，而这在某种程度上正是因为她拒绝了我。

我突然意识到，她既是我的欲望客体，也是欲望介体，某种模式（model）。你明白吗？她通过拒绝我的欲望影响了我的欲望。所有这些消极的游戏始终存在于欲望中。即使对欲望毫无了解的人也知道，欲望客体的否定会增强欲望。欲望客体的否定与第三者（介体）的存在息息相关，第三者可能将欲望客体从你身边偷走。缺席是一种中介形式。

哈里森：因此当您翻开文学作品时，您发现欧洲小说中存在大量对这种常见至极的症状的再现？

基拉尔：作家可以分为两类。一类是我所谓的浪漫主义作家。浪漫主义作家相信欲望的真实性和自主性。他们相信他们对欲望客体的选择完全是由自己的本性决定的。但更有意思的作家会意识到介体在他们的欲望中所发挥的作用，他们会玩弄这一点，以获得想要的结果。

哈里森：在您看来，这类作家都有谁？

基拉尔：在欧洲小说家中，第一个伟大的作家就是塞万提斯。堂吉诃德为什么想要成为一个游侠骑士呢？他所在的世界里已经没有游侠骑士了。他就像佛兰切丝卡。他阅读骑士小说。正因为他阅读骑士小说，他才想要变成一个大英雄。他模仿高卢的阿玛迪斯（Amadis of Gaul），这当然是一个纯粹虚构的角色。结果是，他一路上被打得鼻青脸肿。但他很快乐，因为他认为自己成了阿玛迪斯的大弟子，而且自己将重振消失了几个世纪的游侠骑士精神。

哈里森：因此文学不仅揭示了模仿性欲望的运作机制，而且为读者提供了模仿的模范。当然，这种现象随处可见，不仅在文学作品的读者中，而且很显然也存在于电影、电视的观众中。不可否认的是，在我们所处的文化中，我们沉浸于娱乐产业和其他媒体传播给我们的模仿模范中。

基拉尔：正是如此。而且显然，新媒体总是比旧媒体更有影响力。今天，我们总是试图让孩子们多阅读，少看电视。但在早些年，书籍很吸引人，因为它们扮演了电视在今天扮演的角色。它们本身就是一种诱惑。当你试图说服学生，应该抵制自己的模仿性欲望，多阅读书籍时，你或多或少地是在告诉他们，他们对书籍毫无兴趣。他们无法在书中找到任何能够激发欲望的东西。这可能就是今天的文学教学如此艰难的原因。

哈里森：那么对司汤达、福楼拜这些作家来说——我是说，显然，爱玛·包法利就像佛兰切丝卡……

基拉尔：是的。

哈里森：爱玛就是现代版的佛兰切丝卡。她受到当时廉价的浪漫小说的滋养。与其称之为廉价，倒不如说是流行的浪漫小说。这些小说为她提供了模仿的对象。当然远不止如此。在《浪漫的谎言与小说的真实》中，您描写了一整套情绪类型，尤其是被我们称为负面情绪的仇恨、嫉妒、羡慕、憎恨……

基拉尔：当然，这些都与自尊心有关。因为如果你有模仿的对手，你的虚荣心就会被牵扯在内，你想要不计一切代价赢得这场竞争。不管怎么样，主要的斗争是两个年轻的男人想要吸引同一个女人。他们在这上面花费了大把时间，尤其是在拉丁文化中。我认为盎格鲁-撒克逊文化——我该怎么说呢？——更具经济活力的原因在于，没有那么多的能量被投入这种模仿性欲望之中，而这种欲望在意大利小镇、法国南部或是西班牙都发挥着巨大的作用。

哈里森：这引发了一个我将用略带挑衅意味的口吻来问您的问题。您所描述的内容对于法国等文化来说正确且准确，这类文化有着悠久的贵族传统，通常都极度崇尚势利和虚荣。这也适用于拉丁文化，就像您提到的那样。但如果说它不那么适用于盎格鲁-撒克逊文化，更不用说非西方的文化，那么其普遍程度究竟如何？

基拉尔：我们可以说它具有普遍性。当然，在这些小说中，性欲望扮演了重要的角色。但是在“企业家”（entrepreneurs）——用你们英语的表述来说，虽然这本就是个法语词——的世界里，模仿性欲望同样非常重要。最具模仿性的机制是一个资本主义机制：股市。你渴望股票并不是因为它在客观上是值得渴望的。你对它一无所知，你渴望它仅仅因为别人渴望它。如果别人也渴望它，那么它的价值就会不断上涨。因此，在某种程度上，模仿性欲望是一个绝对的君主。

市场分析师尚未发现这一点。当他们告诉你心理因素正在影响市场，他们的意思是使得股价上涨的模仿潮流正在失去控制。股市行情与现实失去关联。股票市场总是受到如此重要但又如此缺乏客观性的模仿潮流的影响。

崩溃是不可避免的，而这也缺乏客观性。就像巴尔扎克笔下的时髦女性，当她被情人抛弃时，她可能在同一时间被所有潜在的情人抛弃了。这对她来说是一场彻底的灾难。她成了一支失去价值的股票。

马克思认为经济层面比其他任何层面更为根本。弗洛伊德认为性欲才是最根本的。他们都将模仿性欲望局限在一个领域，人类活动的一个方面，并将此视作唯一重要的，视作一切的关键所在。但是模仿性欲望揭示了弗洛伊德和马克思之间的关系。

哈里森：我认为您的模仿性欲望理论并非一种心理学理论。它不是建立在心理学的前提之上的。

基拉尔：是的，它是建立在人际关系上的。

哈里森：以及凌驾于个体心理之上，且决定了这些人际关系的外部结构。

基拉尔：是的。

哈里森：您的模仿理论，就我的理解来看，并不局限于人类。动物世界里也有这一理论的基础。

基拉尔：当然。在动物世界里存在所谓的支配模式。这是如何建立起来的呢？通过雄性对雌性的争夺。雄性动物是如此热衷于争夺雌性动物，以至于有时候在雌性消失后，它们还在继续争斗，只是因为它们被模仿激起了斗争欲。斗争本身变得比争夺对象更为重要。

但它们永远都不会杀死对方，人类却发明了复仇。复仇是模仿性竞争的终极形式，因为每一次复仇都是对前一次的完全模仿。如果你研究过复仇，你会发现在欲望的所有表现形式中，模仿无处不在。在人类内部，模仿被推向极端，以至于它会带来死亡。复仇是无法被限制的。

哈里森：这就是为什么我在开场白中问道，为什么我们不能建立一个机构专门研究复仇问题，以及其内在的逻辑——相互间的暴力等？我们还远远没能掌控这种贯穿人类历史的行为。

不过，现在让我们来关注另一种情绪——嫉妒，它显然与仇恨、复仇和妒忌紧密相关。[1] 我认为在人际关系中，嫉妒是一种远远被低估了的情绪。您是如何看待它的？

基拉尔：我认同。在今天的社会中，嫉妒扮

[1] 妒忌（jealousy）是保护性的情绪，害怕自己已有的事物被他人夺走；嫉妒（envy）则指对他人的所有物或优越性的占有欲。

演着最为重要的角色。因为一切都指向金钱，所以你会嫉妒那些比你拥有更多财富的人。你无法谈论你的嫉妒。我认为我们如此频繁地谈论性的原因是我们不敢谈论嫉妒。真正的压抑在于对嫉妒的压抑。

当然，嫉妒是模仿性的。你无法做到不模仿你的模范。如果你渴望金钱，你就会进入你的模范所在的行业。更有可能的是，你会被力量摧毁。因此，当人们谈论受虐狂等问题时，他们讨论的仍然是模仿性欲望。他们讨论的是我们总是沿着我们最为嫉妒的欲望的方向，不断接近最为强大的力量。我们会这样做，是因为那股力量比我们强大——它很有可能会再次摧毁我们。因此，人的心理上会存在弗洛伊德所谓的重复，我们执迷于此前打败我们的事物。在情爱上取胜的竞争者会成为一个永久的模范。因此像陀思妥耶夫斯基和塞万提斯这样的小说家会创作出请求情敌为他们选择自己该爱的女孩的角色。

哈里森：在中世纪，嫉妒常常被描述成一个蒙着眼睛的女人的形象。我认为，这可能与“invidia”

这个错误的词源有关，意为“看不见”。您是否认为嫉妒的核心存在着一种盲目……

基拉尔：是的。

哈里森：或者说，这是否就是一个盲点：我们没能意识到，嫉妒是我们这个社会中最具支配性的激情之一？

基拉尔：是的，这一点很难被人们承认，因为它涉及你的存在本身。从某种程度上来说，嫉妒是对你自身存在的否定，是接受你更想要竞争对手的存在这一事实。这对你来说是可恨的，它唤醒了一种对谋杀的渴望，渴望谋杀你所嫉妒的他者。你无法压抑这种嫉妒。

哈里森：有时候是谋杀，但在某些情况下也可以说是仰慕。

基拉尔：这是同一回事。[笑]

哈里森：这两者的后果是不同的。我很想知道广告行业是否了解您所说的内容。他们对嫉妒有很深、很深的理解。

基拉尔：我相信他们对此很了解。广告并不试图从客观的角度向人们证明它们销售的物品是最好的。它们总是试图向你证明，人们渴望这一物品，你想要成为的那类人拥有这一物品。因此，可口可乐会出现在风景优美的沙滩上，在迷人的阳光下，在一群皮肤晒得黝黑的人手中，他们往往16—22岁，正是你想要成为的模样，穿得很少，但衣着昂贵，他们拥有完美的身材。一切都让你羡慕不已。

其中存在着一些神圣的东西。宗教总是与这些东西混在一起。如果你消费可口可乐，如果你消费得足够多，你可能就会变得有一点像你想成为的那些人。这是一种圣餐礼（Eucharist），将你变为你真正崇拜的那种人。

哈里森：让我们来谈谈您写的关于莎士比亚的书《嫉妒剧场》（*A Theater of Envy*）[1]。您为什么取了“嫉妒剧场”这个书名？

基拉尔：这来自莎士比亚早期的诗作《鲁克

[1] 中译本题为《莎士比亚：欲望之火》，唐建清译，南京大学出版社，2021年。

丽丝受辱记》(“The Rape of Lucrece”)。这是一个关于罗马所有男性的故事，当时正值战争期间，他们都在军营中。夜里，他们谈论起了自己的妻子。其中一人，柯拉廷——或者说拉丁语中的柯拉廷努斯——将自己的妻子描述得如此光彩动人，以至于国王之子塔昆当夜就骑上马前往罗马，强奸了这名女子。

在李维创作的原故事中，塔昆先看到了这名女子。换句话说，他爱上了她。他意识到、看到或是认为，她就和她丈夫描述的一样美丽。莎士比亚删去了这一部分。他在没有睁眼看她的情况下强奸了她。他的欲望被她丈夫的言语激起。换句话说，莎士比亚强调了模仿性欲望中矛盾的层面。扮演介体角色的就是那位丈夫。这也是为什么大多数批评家将《鲁克丽丝受辱记》视作一首疯狂的诗。我认为他们不喜欢它，是因为它试图向他们展示对莎士比亚来说真正重要的东西：“对异宝奇珍的嫉妒。”这句话是最关键的。

哈里森：但除非像您这样理解模仿性欲望，不然这一情节就会缺乏合理性。因为在没见到的情况下强奸一名女性的想法似乎并不符合真实性的规则。

基拉尔：在某种程度上，它并没有遵守真实性的规则。但莎士比亚事实上是用夸张的手法来让人看到真相，让真相变得更清晰可见。

哈里森：您书中的一个主张——不得不承认，这让一些批评家感到不快——是说莎士比亚懂得模仿性欲望的真相。他是所有作家中唯一一个真正地从理论上彻底理解了这一点的人。他对模仿现象的理解是如此深入透彻，以至于他能够将其融入他所有的戏剧作品中，令他的作品集成为一个巨大的展现模仿性欲望的剧场。

作为莎士比亚的评论家，您声称莎士比亚是您在发现模仿性欲望的道路上的伟大先驱。不得不说，这已经不是第一次有人宣称莎士比亚是某种理论的权威了。我们都知道弗洛伊德是怎么说他的。

基拉尔：当然。

哈里森：但是在您看来，他确实是一位主要写作模仿性欲望的诗人吗？

基拉尔：是的。例如《仲夏夜之梦》这样的戏剧，你会发现两个男人总是倾向于爱上同一个女人。他们突然改变，因为爱的汁液滴进了他们的眼睛，他们都爱上了另一个女人。他们由此成了情敌。

大多数在舞台上呈现莎士比亚剧作的人都很强调精灵主题，这一主题应当被理解为古代社会中的人们是如何未能认识到模仿性欲望的。这一类神话和故事永远都是借口，人们通过神奇的事物来解释模仿性欲望的恶果。

哈里森：您认为莎士比亚清楚地认识到了这一点？

基拉尔：我确实这么认为。“见鬼，选择爱人要依赖他人的眼光”，这句话是剧中的关键台词。换句话说，当你依赖他人的眼光来选择所爱之人，你便来到了地狱，你不可避免地被牵扯进嫉妒的冲突和朋友之间的麻烦中，这个故事便是如此。《仲夏夜之梦》讲的就是这些。

哈里森：您在书中声称，喜剧中的模仿行为比悲剧中的要多得多，或者至少可以说，模仿行为在喜剧中更加显而易见。

基拉尔：更加显而易见，是因为存在种种安排。我在谈《维洛那二绅士》之前说过。在莎士比亚最早期的戏剧中，只有一对恋人。两个男孩爱上了同一个女孩。之后，戏剧中出现了两对恋人，两对恋人互相纠缠。这就像一出芭蕾舞剧。如果你去观察芭蕾舞的形态或者说动态，你便会认为其背后存在着某种形式的模仿性竞争。最终，这种艺术会发展为其姿态和语言都是按照对称性编排的，因为模仿性竞争的存在。

你与某个人的模仿性竞争越激烈，你就越能感受到自己与此人的不同之处。然而，在现实生活中，你们总是做相同的事，以相同的方式行事，差异也就由此崩塌了。随着差异的崩塌，人物也就变成了彼此的分身。他们有着相同的行事方式，相同的说话方式。他们感到自己在被对方模仿，认为这是在取笑自己。但事实上，这种模仿是强迫性的。这就是《仲夏夜之梦》中的赫米娅和海伦娜。

哈里森：让我们再来谈一谈《哈姆雷特》。在文学批评中，哈姆雷特被视作意识存在内部冲突的最早的现代案例之一。这是一个内化的自我，与自身对话，与社会疏离。他似乎正是这样一种角色：摆脱了围绕在自身周围的杂乱的欲望的循环。他退缩至自我内部。这就是内在忧郁的浪漫主义形式的诞生——

基拉尔：在这部剧的大部分时间里，他确实如此。这也是为什么他无法完成社会要求他做的事，也就是复仇。他看到了父亲和叔叔之间的相似之处。他们都是杀人犯。他们憎恨对方，但他们也都是模仿性角色。

哈里森：因此他意识到这是徒劳的——

基拉尔：他意识到这是徒劳的。

哈里森：复仇法则是徒劳的。

基拉尔：是的。

哈里森：接下来发生了什么？我们可以说哈

姆雷特最终成了这种现象的受害者吗?

基拉尔：剧情中还嵌套着剧情，即波洛涅斯被哈姆雷特刺杀的桥段。然后是雷欧提斯，也就是波洛涅斯之子，此人在很多方面就是哈姆雷特的对立面。他很愿意并且随时准备好了执行哈姆雷特所无法执行的复仇。他准备好了用一种强有力且富有情感的方式来悼念他的妹妹。哈姆雷特看到这一切后，说道："可是他倘不是那样夸大他的悲哀，我也绝不会动起那么大的火性来的。"[1]

这意味着，出于对雷欧提斯的模仿，他变得能够去杀死雷欧提斯，开启此前无法开启的复仇过程——因为雷欧提斯离他更近了。这存在着很大的不同，但雷欧提斯成了他模仿性欲望的模范，虽然他自己没有意识到这一点。模仿最终解决了紧张和无法行动的问题。

在某种程度上，人们无法在我们的世界里行动，就是意识到了模仿性欲望的愚蠢之处，以及事物之间的相似性。你行动得越多，就越容易陷入模仿的处境，而模仿是不断循环往复的。

[1] 本书中的莎士比亚作品的译文均参考自《莎士比亚全集》，人民文学出版社，2014。

哈里森：这就是悲剧的本质吗？

基拉尔：这是莎士比亚。大多数悲剧作家没有这么现代。莎士比亚，至少从我对他的解读来看，是如此现代。莎士比亚是非常现代的。他表达的是要让复仇悲剧延续三到五个小时是很困难的。要做到这一点，我们必须有一个无法复仇的主角。一个不相信现状的主角。他不相信母亲的高尚品德。他不相信他的叔叔和父亲之间存在差别。他不相信他应该相信的一切。

当他看到一个演员能够为特洛伊王后赫卡柏落泪时，他感到很意外。演员知道这不是真的。但他想到，演员能为赫卡柏流泪，他却无法为真实的家庭生活流泪。剧中剧的场景在那一幕中非常重要。

哈里森："赫卡柏与他有什么相干，他与赫卡柏又有什么相干？"

基拉尔：是的。赫卡柏与他有什么相干？

哈里森：我认为可悲的是，即使人们理解了相互间的暴力的疯狂之处，理解了其以复仇的形式出现，将不断循环往复，人们仍然无法避免让自己深陷于这种——

基拉尔：模式。

哈里森：模式。这使得《哈姆雷特》这样的戏剧充满了深层次的悲观主义色彩。这就像我在节目开始时所说的：即使我们创建了专注于自我认知的机构，来研究诸如复仇、相互间的暴力等问题，我们还是会发现，人类的行为，往往难以与心智认识到的东西保持一致？

基拉尔：但是在很多情况下，事实并非如此。很多人会像哈姆雷特一样，从模仿处境中抽身。从某种程度上来说，现代智慧不就是如此？我们不会去彻底地分析模仿处境，但我们会意识到自己正处于一种经典的模仿处境中，这种场景每分每秒都有无数例子在全世界上演。我们会从中抽身，因为我们清楚地知道结局会和此前所有的例子一样，而我们不想重蹈覆辙。

哈里森：再来谈谈莎士比亚的另一个案例：

《罗密欧与朱丽叶》。在这部剧中，恋爱关系中似乎完全不存在介体，是一对一的。您是如何从模仿性欲望的角度看待《罗密欧与朱丽叶》的？

基拉尔：事实上我确实认为，莎士比亚正是出于这个原因创作了这部浪漫悲剧的。换句话说，罗密欧与朱丽叶没有互相戏弄。他们是真心相爱的。他们的爱恋是完全真实的。因此大多数人总是会引用《罗密欧与朱丽叶》这部剧来反驳我的论点。但与此同时，莎士比亚给出了很多线索。罗密欧与朱丽叶相爱的原因是他们本不该相爱。他们被世仇阻隔。他们分属两个处于持续冲突中的家族。

如果我们去分析莎士比亚的戏剧《罗密欧与朱丽叶》中的语言，那么他是如何表达爱和模仿性欲望的呢？答案是使用矛盾修辞法。“我既爱又恨这个女孩”，爱与恨常常交织在一起。然而，很多人并没有意识到，使用这种矛盾修辞法，正是因为爱与恨在现实中往往是混合存在的。

在罗密欧与朱丽叶的关系里，爱与恨并没有交织。但罗密欧与朱丽叶可以使用仇恨和暴力的语言，因为他们分属世仇的两端。“我爱我心爱的敌人”是 16—17 世纪爱情的基本表达方式。在《罗密欧与朱丽叶》中，“敌人”一词的真正含义便是他是凯普莱特家族的还是蒙太古家族的。因此，你可以看到，你可以压制模仿性欲望，但它就在那里，潜伏在语言之下，因为世仇会给你带来所需的暴力以获得令人信服的激情。

哈里森：没错。我记得泽菲雷里[1]拍了一部电影版的《罗密欧与朱丽叶》，他想用一个伟大而浪漫的爱情神话来结束这出戏，因此在电影的最后一幕中，只有这对恋人在舞台上。然而，在莎士比亚的版本中，恋人身边还有一具尸体，那就是被罗密欧杀害的帕里斯。

基拉尔：那是一个障碍。

哈里森：是的。这显然是在提醒人们暴力的存在……

基拉尔：朱丽叶没有在她该醒来的那一秒醒来，愚蠢的罗密欧因此自杀了。随后，朱丽叶终

---

[1] 意大利导演佛朗哥·泽菲雷里（Franco Zeffirelli），他导演的《罗密欧与朱丽叶》于 1968 年上映。

于醒来，她发现他死了，于是她也自杀了。几乎就在《罗密欧与朱丽叶》上演的同时，莎士比亚讽刺了这一结局："看看这两个傻瓜，他们相信自己的真爱，酿成了一出悲剧；而事实上，这些恋人就只是一场愚蠢的误会的受害者。"

在《仲夏夜之梦》的皮拉摩斯和提斯柏的故事里，发生了同样的事：他们理应被他们的父母分开。他们与对方做出约定。皮拉摩斯来到森林后，看到一头狮子在啃食提斯柏的头巾，于是他自杀了。两分钟后，提斯柏回来了，发现皮拉摩斯死了。她也自杀了。显然，这是对《罗密欧与朱丽叶》的戏仿。

哈里森：我得告诉我们的听众，我认识勒内很久了。我可以就文学史上的任何一个文本请教他，每一次我都会被彻底说服，相信模仿性欲望是无处不在的。相信这个理论是无法证伪的。这是一个问题。请注意。

正如卡尔·波普尔所说，一个理论要成为真理，就必须要在特定情况下是可证伪的。因此，我想要问您：您认为您的模仿性欲望理论在什么情况下是可证伪的?

基拉尔:在《罗密欧与朱丽叶》中,莎士比亚本人就向人们展示了,如果你摒弃模仿性欲望,就必须使用其他能创造悲剧的道具。你可以写一出喜剧。相比于悲剧,恐怕喜剧是一种更真诚的体裁。但要写悲剧,你就不得不暗中引入世仇之类的东西,这是现成的道具。这是世代相传的,所以你会让一个家族的儿子向另一个家族的女儿示爱。

请看罗密欧与朱丽叶在阳台上的那一幕。他们都还很年轻。她大约 13 岁。这本该是莎士比亚戏剧中最伟大的爱情戏。但他们谈论的是什么呢?他们谈论的是家族的随从正在树丛里等着杀死罗密欧。阳台那一幕中并没有爱情的语言。他们无法与彼此畅谈,但他们可以大谈特谈两个家族的随从打算杀死罗密欧的事。那正是朱丽叶所担心的。他们没有太多可说的,因为朱丽叶已经接受了与罗密欧相爱的事实,而罗密欧也正打算这样做。

哈里森:我答应过不这样做的,但我想我还是得问这个问题。我们谈论了文学和个人内心，以及人际关系之间的模仿性欲望。但世仇、复仇、以暴易暴，这些都是我们所生活的世界里的地缘政治现实。您认为我们是否有可能从这种无尽重复的古老循环中抽身出来？或者说，您认为从政治上来说，我们是否有可能陷入一个旋涡，永远无法真正摆脱相互间暴力的循环？

基拉尔：我认为我们是自由的。这是一个有关理解和意志的问题。人类是如此充满激情，以至于我们总是被困于旧有的陷阱。你知道的，我们自己就会如此。我们致力于自己的事业。我们想要有所成就。而我们的成功总是以牺牲他人为代价。因此我认为，我们正因为竞争而逐步走向越来越多的暴力。

我谈论了很多有关文学的内容，但最近，我读了一本对我很有启发的书：克劳塞维茨[1]的《战争论》（*On War*）。克劳塞维茨将战争称作一条变色龙。他说这是一种向极端的升级，为了赢得战争，你必须不断模仿你的敌人。如果你认真地

---

[1] 指德国军事理论家、军事历史学家卡尔·冯·克劳塞维茨（Karl Von Clausewitz）。

阅读克劳塞维茨的作品，你会发现它就像一本模仿小说。哪一方获胜并不重要。克劳塞维茨没有教你如何取胜，但他不断地向你展示战争的模仿性本质。

他是普鲁士人，他说要打败法国人，就必须发动全民战争。必须动员所有人。所以我们在这里看到了向全面战争发展的态势。他也非常清楚地看到，战争的技术层面，例如炮火的威力，是一种模仿游戏。如果对方有大炮，那么我就必须拥有威力更大的大炮。换句话说，他向我们展示了走向全面战争及全面的模仿性冲突的过程。

哈里森：如果政治家听您的，您会向他们提出什么样的建议，以尽量避免陷入这种典型的症状？

基拉尔：这个问题很复杂，因为我的观念从本质上来说是宗教性的。我相信非暴力，我也相信对暴力的认知可以教会你如何拒绝暴力。这会让人们明白：我们总是在陷入一场游戏，而这场游戏和上一场如出一辙，这种重复将不断发生。

哈里森：是的，哈姆雷特认识到了这一点，但是这并没有拯救他。

基拉尔：不过，莎士比亚不得不引入雷欧提斯这个角色。如果雷欧提斯是另一个哈姆雷特，那么这部剧就无法结尾了。这将是悲剧的终结。但是当莎士比亚创作《哈姆雷特》时，他说："我厌倦了悲剧。"他也十分接近悲剧的终结了。自那之后，他转向了传奇剧。在传奇剧中，我们可以看到有很多角色对自身的暴力、对复仇的模仿性欲望感到后悔——例如《冬天的故事》中的里昂提斯。里昂提斯怀疑自己的妻子与朋友偷情，对自己不忠，又意识到这样想的自己就像一个疯狂的野人。

哈里森：勒内，我们的谈话仅仅触及皮毛。在您出版第一本书《浪漫的谎言与小说的真实》之后，您将您的思想扩展到了人类学领域。您创作了《祭牲与成神》《创世以来的隐匿事物》这些作品，从人类学层面提出了以替罪羊仪式、祭牲及宗教的暴力起源为基础的人类文化理论。

您下一次来参加这个节目时，我们将从这里

开始讨论祭牲和替罪羊的话题。

基拉尔：我相信一定会和今天一样愉快的。

哈里森：一定会的。敬请期待下一期的《有识之见》。千万不要错过。

我们为何斗争？如何停止斗争？

罗伯特·波格·哈里森/2005[1]

Ⅷ

罗伯特·哈里森与他的同事兼朋友勒内·基拉尔的这场访谈最初于2005年10月4日在斯坦福大学KZSU广播电台播出。两人共同回顾了基拉尔有关暴力、仪式、祭牲和替罪羊的理论。这是系列访谈的第二部分，两部分内容均收录在本书中。

——编者

哈里森：无论从哪个角度来看，勒内·基拉尔都称得上是20世纪的思想巨匠。他的事业在他的第一本著作《浪漫的谎言与小说的真实》出版后发生了非同寻常的转向，他开始涉足宗教研究和人类学中未经探索的领域。他是一位文学学者，通过对小说的研究，偶遇了有关模仿性欲望的洞见，他由此将其引入人类学领域。在他对古老神话和原始宗教的细致研究中，他开始深入探索模仿性欲望是如何成为整个社会的组织原则的。

勒内，欢迎您的加入。

基拉尔：很高兴参加节目。

哈里森：让我们从您的宗教观念谈起。对您来说，宗教并非信仰或信条的集合，也不是对世界及宇宙的奥秘的诠释；相反，它首先是一整套习俗。我的理解对吗？

基拉尔：没错。这些习俗被称作“仪式”。所有古人都将仪式理解为对于社群的生存和福祉必不可少的事物。最原始的仪式是祭司当着整个群体的面杀害一名牺牲者。

哈里森：这是您的仪式根源理论中的基石。其中包含了集体将受害者变为替罪羊的过程。您能谈谈，您是如何从模仿性欲望理论，发展到“替罪羊机制”即人类社会起源的理论的吗？

基拉尔：模仿性欲望一旦传染开来，就会传染暴力、人与人之间的冲突，以及竞争，因为这意味着人人都渴望相同的东西。那么，这又会发展到什么地步呢？

一些迹象表明，社群——古代社群，即便是现代社群，所有社群——都容易出现骚动，这种骚动往往以模仿性欲望的形式被传染给整个群体。如果有两个人渴望同样的东西，那么很快就会出现第三个人也是如此，有了三个人之后，他们就会越来越快地污染整个群体。将他们区分开来的差异就会瓦解。随之而来的，就是我所谓的模仿性危机，即每个人都在同时争夺相同的东西。即使争夺的对象消失了，他们也会继续争斗，因为他们已对彼此产生了执念。随着这种冲突不断升级，整个群体的生存都可能受到威胁。

怎样才能结束这种危机？我的答案是，在越来越多的人看来，一个特定的受害者似乎成了整个事件的罪魁祸首。换句话说，模仿的传染从欲望转移到了一个特定的受害者身上。

一旦发生这种情况，所有人都会对这名受害者怀有敌意。最终，这名受害者将被……英语中唯一适用的术语应该是“处以私刑”（lynching）。

对受害者——一名单独的受害者——的私刑能够使得整个群体针对这名受害者达成一致。因此，人们会憎恨这名受害者，将他视作一切麻烦的罪魁祸首。但紧接着，若是麻烦就此结束，那么这名受害者就会受到崇拜，被视作冲突的解决者。在我看来，古代的，乃至古老的神明的主要特征就是他们既好又坏。这种二重性是极其重要的——这表明受害者就是整个群体的“替罪羊”。换句话说，被普遍推选出来的受害者事实上并不需要对任何事情负责，他是被模仿性传染选择出来的，因此先是被视作罪人，后来被视作救世主和神明。

哈里森：自然灾害，例如瘟疫，是如何将这种模仿性传染释放到整个群体里的呢?

基拉尔：从古至今，我们拥有很多这类描述。如果你去阅读中世纪和文艺复兴时期对瘟疫的描述，你会发现很多人都明白替罪羊现象与此高度关联。当然，只要真正的瘟疫还在继续，替罪羊便无法解决这个问题。

哈里森：是的。

基拉尔：但它将要解决的问题：由于每个人都模仿性地认定责任在于他者，群体之中出现的彻底的分裂和混乱。

哈里森：所以您认为，无论一种宗教提倡或带来什么样的信条或信仰，它都是在一场真实的私刑或替罪之后出现的，这就是古老宗教真正且隐匿的起源。您认为这是一条普遍适用的真理?

基拉尔：因为我们普遍观察到的是，祭牲是所有古老宗教的主要宗教机制。我们从未发现不存在祭牲的宗教。

祭牲是什么？祭牲并非我刚刚描述的。我刚

刚描述的是真实的替罪羊现象，这是祭牲的根基。当一个群体借助替罪羊达成和解时，起初他们会非常开心。但他们很快就会发现对立重新出现了。那时，他们会怎么做呢？他们会回想起是那个单独的受害者结束了整场斗争，带来了和平。所以一个群体要做的——所有群体都会做的——就是选出一个受害者，以杀死第一个受害者的方式杀死他，只不过这次是仪式性的而非歇斯底里的。

哈里森：所以这就是仪式性祭牲的起源？

基拉尔：是的。让人类学家对暴力的仪式化感到惊奇的是，祭牲之前往往存在自由堕落，在此过程中，整个群体都受到扰乱。他们不知道为什么为了阻止这次混乱，他们需要进入更大规模的混乱。但他们所做的就是模拟整个危机及其解决过程，而这就是仪式。事实上，仪式确实是有效的。

哈里森：它的运作模式就是恢复一个群体的秩序……

基拉尔：恢复秩序。由最初的替罪羊创造出来的秩序。

哈里森：您是基于什么样的证据来证明，在仪式机制建立之前存在私刑或……

基拉尔：仪式和神话。如果你认真地研究神话，你就会看到这样的故事：某个浑蛋扰乱了整个社群，受到社群的惩罚，并在那之后他成为一个神明。这就是对社群之创建过程的误解。

哈里森：哪里存在误解？是在讲述该事件的故事里吗？

基拉尔：不，在于人们认为受害者真的有罪这一事实。祭牲性社会的特征在于他们相信神明既好又坏，会扰乱社群来惩罚人们，又通过其自身的行为来拯救社群。

哈里森：神话和仪式之间存在区分。仪式是您刚才描述的一整套习俗。神话则是以另一种方式叙述基于仪式的事件。您的神话理论表明，神话，尤其是古老的神话，一边揭示您所说的那些机制，一边又掩盖了它们。

基拉尔：它们并不起揭示作用。如果它们揭示了，我们就知道了。

哈里森：但它们肯定揭示了这一机制，至少揭示了一部分，否则您就无法在对神话的解读过程中推断出这些机制的存在了。

基拉尔：你解读的神话越多，就越容易意识到它们总是在讲述相同的东西。在古希腊，最能体现神话累积体系的是狄俄尼索斯的循环。因为在循环中，每一次都存在一场私刑。

令人惊讶的并非我注意到了这一点，而是在此之前，竟没有人注意到此现象。我们的宗教体系完全建立在一大堆神话的基础上，位于其中心的就是一场私刑。私刑成为最为重要的因素——解读者理应关注到这一因素，却从来没有人这么做。一个社会非常不愿意认为人类的一些基本因素会导致暴力。事实上，这就是这些神话所展现的：模仿性竞争越激烈，这个社会就越容易出现问题。

这就是为什么社会中的所有规则都是为了预防模仿性竞争。例如在初民社会中，为什么存在如此复杂的婚姻规则？就是为了防止那些会争夺同一个女人的男人聚集在女人身边，产生相同的欲望。乱伦总是被禁止的，因为这会导致兄弟间的争斗。

哈里森：我想要搞清楚神话的问题。您是因为从仪式根源理论出发才能以这一方式来解读神话的呢，还是通过对神话的解读，您得出了故事的背后存在替罪羊机制这一结论？

基拉尔：必然是两者皆有。因为达尔文理论，史前动物残骸的发掘引人注目。要验证理论就必须有理论的存在，理论也不能缺少验证。这是一个相互的过程。

哈里森：您在一开始是如何想到这一理论的？

基拉尔：我阅读了英国人类学家在英国殖民地的研究成果。你会发现世界各地的宗教现象都是一样的，但理论在某种程度上尚未意识到这一点。它们（宗教现象）在任何地方都相同，并且使用相同的词汇。然而，人们却无法为这些现象构建理论。我坚信，对于这些事实，一定存在着一个正确的理论。

哈里森：我喜欢特定的事实能够被准确地理论化这一想法。但请允许我读一段您在 1978 年《变音符》（*Diacritics*）访谈中所说的话："同一神话文本确实可能存在不同的解读和改写，但它们都是错误的，唯有一种解读是正确的，那就是揭示了迫害者立场下的结构性权力的那种，其余的解读都没能看到这一点。"如今回过头来看这句话，您是否认为自己言过其实了？

基拉尔：若是不提及相关的论据，那么这一论点可以说是言过其实的，目前的情况就是如此。你必须去看论据。

文本中要有替罪羊现象，就必须不提及替罪羊，因为人们必须相信受害者是有罪的。作为替罪羊的神明既非常坏，又非常好。如果没有替罪羊现象之类的东西，又要如何顺理成章地理解这一文本？人人互相对立的祭牲危机怎么会不是最终通过单一替罪羊原则解决的呢？

模仿性欲望以不同的方式传染开来，直至所有人都加入斗争。解决这种冲突的唯一方式就是借助一个受害者。之所以只可能有一个受害者，是因为在那一刻，所有人都采取了同样的行动。

我可以用一个问题来回答："你认为我们的社会中存在替罪羊吗？"

如果我们的社会中存在替罪羊，那么显然，在古代社会中，这些替罪羊很可能会变成受害者，然后被杀害。

哈里森：但是，让我们以常理来解读神话——例如，奥维德的《变形记》。该书汇聚了各种不同类型的神话故事——

基拉尔：是的。但这是一种没有结局的汇编。奥维德的汇编具有很强的文学性，且与神话存在很大的区别。

他收集神话是因为它们的艺术性。他深受我们喜爱，是因为他拔掉了神话中的"利齿"，将它们转变为故事。正因为奥维德这样的人，我们才会认为神话不过是故事。

• • •

哈里森：那么您心中的神话准确来说是什么样的呢？是远古的、最为古老的神话吗？

基拉尔：是的。我们并没有太多来自这些真正古老的社会的神话，这是因为19世纪的西方人很难让当地人以一种可以理解的方式讲述神话。但有些人在这方面颇有天赋，我们有了足够的神话来认清它们就是替罪羊的故事。它们都是被误解的替罪羊的故事。

哈里森：让我们以一个神话为例。俄狄浦斯神话对于弗洛伊德来说，意义重大。他以此为基础构建了一整套无意识理论。您有您自己对该神话的解读。它完美地蕴含了您此前所描述的模仿性危机的场景。一场瘟疫……

基拉尔：一场瘟疫暴发并被记录在了悲剧中。可能还存在神圣的王权，其中国王就是神明。因此，他必须像神明一样是有罪的。他必须乱伦和弑父。他必须犯下各种罪行。我们亲眼见到，在殖民时代的初期，非洲还存在和俄狄浦斯神话几乎一样的神圣王权。当他们在选定国王时会让国王与他的姐妹或是母亲乱伦，他被告知这么做是为了恐吓他的民众，让他们相信他既是一个危险的人，也是一个救世主，正和神话中的主角一样。

哈里森：在这里，我们领略到了您是如何用一套非常特殊的诠释学来解读我们所说的古老文本和古老神话的。根据您所说的，它们是对一些原始事件的歪曲。它们拥有揭示其运作机制的力量。古代社会建立在暴力和神圣之间的联系上……在这里，我引用了您的著作《暴力与神圣》[1]（1972）的书名。在该书中，您将暴力视作古代社会中神圣的必然形式。然而，它们结合在一起的方式，实际上使得社会在这些危机中幸存了下来。

基拉尔：正是如此。

哈里森：社会通过实施有节制的、仪式化的暴力行为，使得集体免于自相残杀，由此从模仿性危机中幸存下来。

基拉尔：而且有证据证明，这是有效的。即使像亚里士多德这样智慧且现代的人也认为，悲剧中最后被杀害的主角在根本上是有罪的。换句话说，hamartia[2]意味着神话中的罪——没有人

[1] 即中文版的《祭牲与成神》。

[2] 源自希腊语，在亚里士多德的《诗学》中，该词可以理解为“缺陷”或“缺点”。

真正确认过这种罪的存在。这就是俄狄浦斯的罪。

哈里森：那么让我们带着这个与神话相关的hamartia或者说罪的概念，转而来讨论关于《希伯来圣经》的问题。您将《希伯来圣经》视作对神话去神秘化过程的开端和神圣的暴力起源。

基拉尔：从这一角度来看，犹太教《圣经》中的基础文本是《以赛亚书》的后半部分，被称作"第二以赛亚书"（Second Isaiah）。其中有著名的诗歌讲述"受苦的仆人"（Suffering Servant）。这位"受苦的仆人"是一位很好的先知，但他非常弱小。他被描述成总是不受社会欢迎、总是被人们毫无理由地排挤的那类人。最终，他在私刑中遭到全体人民的杀害，这一事件被视为基督受难的典范。有些人可能会说这并非一种典范，而是完全相同的过程，这么说没错。这是对神话的颠覆，是对神话本质的首次发现。在神话文本中，它首次不再被当作神话来对待——换言之，不再被那些不理解受害者无辜、从而将受害者描绘成有罪的人所阅读。

受害者被描述为遭到全民憎恨，并且最终被

犯下错误的人们杀害。正如在福音书中，耶稣说“父啊，赦免他们。因为他们所做的，他们不晓得”[1]，我们应当按照字面意思来理解这些话。它们并非怜悯之词，并非为这些一无所知的可怜人说些好话。它们是对真相的揭示。这些人真的认为替罪羊是有罪的。

彼得在面对耶路撒冷的众人时同样这样说：“你们不像你们现在所想的那样有罪。在这之前，你们认为自己是无罪的，因为你们的受害者是有罪的。如今，你们会认为自己是有罪的。”这种情况常常发生。

人们必须改变自己的行为。不能再像过去那样聚集起来反对受害者。我们正在进入一个崭新的世界，这一类真相将变得显而易见。这将是一个更加艰难的世界，但也会变得更为美好。

哈里森：我们很快就会谈到基督教的《圣经》。首先是《希伯来圣经》中的两个故事。以撒的祭牲……

[1] 见《新约·路加福音》23：34。

基拉尔：这自然就涉及比“受苦的仆人”早得多的事了。

哈里森：我想请您谈谈这个故事，以及约瑟的故事。

基拉尔：《圣经》中很有意思的是，我们总是在向着暴力越来越少、古老的事物越来越少的方向发展，《圣经》的开端是非常古老的，当时，无疑还用孩童献祭。

在亚伯拉罕听到上帝的旨意时，还存在用孩童献祭的做法。我的解读与克尔凯郭尔的有所不同，他认为上帝是在对这位父亲玩弄某种把戏，以测试其忠心。这是一种极其现代的解读方式，与古老的文本无关。如今我们知道人祭——尤其是用长子献祭——是一种更为广泛的习俗。顺便提一句，北美和南美都不乏这种习俗。

这是一个非常重要的现象，我们在以撒的故事中就可以看到。这令人难以置信。这是世界上唯一一个记录了从用长子进行人祭转变至动物祭的文本。以撒最终被替换了，这被描述为上帝的所作所为。整部《圣经》是向着揭露祭牲之罪的方向发展的，或是受害者被替换为没那么重要的对象，或是直接就不存在受害者。

哈里森：动物能否扮演替罪羊的角色？

基拉尔：在一定程度上，动物是可以扮演替罪羊的角色的。在我们的世界里，我们仍能看到这样的场景：一个员工在上班时受到老板的虐待，但因为害怕丢掉工作，他并没有做出什么举动；等到他回到家后，愤怒的他可能会去踢狗；若是他更愤怒一点，他就会去扇孩子耳光；若是他真的气疯了，他还可能伤害他的妻子。祭牲的本能在我们身上是如此明显，以至于我们在谈到这些的时候，甚至可能会发笑。但是，这是一种邪恶的笑。古老世界中的祭牲等级制度仍存在于我们的心理结构中。当然，它们正是对愤怒做出的反应。

哈里森：因此您认为我们随时都可能回归这些古老的行为模式？

基拉尔：我们仍保有一部分这样的模式。就算你只是打破了一个盘子[1]，你实际上仍会回归献祭行为。

哈里森：那么《圣经》中约瑟的故事又如何呢？

基拉尔：这是最伟大的故事之一，因为约瑟就是一个替罪羊。

约瑟的故事令人着迷。他的兄弟多到甚至像是一个社群。十二个兄弟，其中一人被其他人憎恨。你无须解释这种憎恨。“他的父亲更喜欢他，因为他更优秀，因为他更智慧，因为他能支配他们。”这就足够了。因此他们聚到一起，想要除掉他。他们试图杀害他。然而最终，十二人中的一人，更善良的犹大说道：“让我们将他卖为奴仆。”他们因此将他卖到了埃及。在埃及，又有几乎相同的事发生在他身上。

因为他才华出众，这个年轻又聪明的犹太男孩被卖给了法老的官员波提乏，但他在这个家庭

[1] 打碎盘子有时被用来代表旧事物的毁灭和新事物的开始。当你打破一个盘子时，这可以代表你个人与变化做斗争，以及从不健康的日常生活或环境中解脱出来的艰难过程。

中变得越来越有权势。由于他长相俊美，波提乏的妻子有一天试图勾引他，但他一心忠于主人，并未让她得逞。她后来指控他试图勾引她。他被迫入狱。就这样，他再次成了替罪羊。在狱中，他得到了拯救——在一定程度上就像俄狄浦斯一样——因为他具有一定的预知能力。他能够预知未来。他通过两个梦预知了大规模饥荒的到来。因此，法老任命他为埃及的宰相。在七个丰年期间，他积蓄了粮食。

在大饥荒期间，中东各地的人们前来请求救济。其中就有他的兄弟。约瑟认出了他们。但他们并没有认出他，因为他打扮得像个埃及人。他位重权高。他让他们接受替罪羊的考验。他说他想要留下最小的弟弟便雅悯，随后约瑟诬蔑便雅悯偷了自己的杯子。后来发生的事是，从某种程度上来说救了约瑟一命的犹大开口说道："我再也忍受不了了。我将代替我的弟弟。你留下我，放走便雅悯。因为若是便雅悯无法回家，我们的老父亲雅各便会死。"约瑟大受感动，原谅了所有的兄弟。

在这个故事中，你能看到《圣经》发展的全

过程，即揭示替罪羊为了揭示真相而牺牲自己，将自己当作替罪羊，乃至废除替罪羊机制的过程。这是世界上最美妙的故事之一，完整地展现了犹太教和基督教的精神。这也是为什么，基督徒会说："这是对耶稣之死的完美预言。"

哈里森：勒内，现在我想要聊聊现代的事。不过在这之前，我想先简单聊聊基督教《圣经》在您的思想体系中扮演的角色。是否可以说，您将基督教《圣经》视作对古代宗教中替罪羊机制的全面揭露，而不仅仅是部分启示？以及对耶稣施以私刑、将其当作替罪羊的行为完全揭示了先前的宗教的暴力起源？

基拉尔：让我给你举个例子。在受难之前，耶稣问跟随他的人们："你们为何不将这句话解释给我听？"这句话是《旧约·诗篇》118：22 中的"匠人所弃的石头，已成了房角的头块石头"。听耶稣说话的人并没有回答他的问题。现在你可以告诉我，替罪羊是不是社会的根基——因为这句话显然是在说这一点。神学家们迷失在了各类希腊事物中，再也没有回答过这个问题。

或者可以问问神学家，为什么在《新约·约翰福音》中该亚法说："一个人替百姓死，免得通国灭亡?"这句话被视作一句预言。如果不是因为替罪羊对人类文化和宗教来说如此重要，这又要做何解释呢?《圣经》中充满了这样的事例。那些伟大的寓言，比如那个关于凶暴酿酒人的寓言，就是典型的例子。葡萄园的主人总是派人去给他们传话，但他们却杀害了这些使者，并说："我们杀了他们之后，就能成为我们自己的世界的主人。我们将成为自己的基石。"

哈里森：在东正教的神学中，基督在十字架上的牺牲被认为具有救赎价值。我认为对您来说，十字架上发生的事与其说是救赎，不如说是对您所谓"绊脚石"的揭示。您要如何回答那些问"救赎层面又在哪里"的神学家呢?

基拉尔：让他们来告诉我哪里存在救赎吧。我和他们一样相信救赎，但他们尚未将此解释清楚。而你所说的事实上是圣安塞姆 12 世纪的理论。

哈里森：还有圣保罗。

基拉尔：我知道。但圣保罗从来不采取这种方式。事实上，如果你去考察教会，便会发现教会黑暗无比。并不存在官方的救赎理论或是十字架的作用理论。因此你有权做出推测并给出你自己的理解。不过当然，我所说的是从人的层面上去理解。

你明白我的意思吗？我研究的并不是神学，而是宗教人类学。

哈里森：是的，正是如此。

基拉尔：我认为神学家和人类学家的过错在于，他们没有意识到他们是在用两套不同的语言谈论同一件事。

哈里森：向前迈了一大步。19 世纪的尼采标志着西方文化中的重大转折点，尤其是因为他在诸如《敌基督者》之类的著作中发起的反基督教战争。他基于一种怨恨和失望的心理，将基督教谴责为奴隶宗教（slave religion）。您对尼采有很深的研究，而且您与他有一层很有意思的联系，因为对您来说，他并非只有错误或疯狂的见解。他看到了很多在您看来十分重要的东西。

基拉尔：是的。他的错误太过严重，以至于在某些层面上，他说得没错。

哈里森：他主要错在哪里？

基拉尔：多亏意大利的出版人科利和蒙蒂纳里[1]，我们有了完整的尼采全集，我们也有了这一文本："狄俄尼索斯和耶稣，同样的死亡，同样的集体杀害。"

基督教不接受祭牲，不希望任何人死；而狄俄尼索斯则接受祭牲。因此，狄俄尼索斯意味着生。如果尼采足够坦诚，他就会说："狄俄尼索斯正是我所说的群体。狄俄尼索斯是群体的私刑，私刑使得其成为典型的奴隶宗教。"我们很清楚，在某种程度上，这是对复活或创造了狄俄尼索斯的最为古老的社会体系的破坏。狄俄尼索斯正是典型的群体的宗教信仰。

尼采颠倒了这一点，出于对基督教的极度憎

[1] 即意大利学者乔治·科利（Giorgio Colli）和马齐诺·蒙蒂纳里（Mazzino Montinari），两人共同主编了尼采全集。

恨。但这种憎恨太过接近于深沉的爱，以至于他总是在谈论正确的话题。很多时候，他都明显是在颠覆他的答案。今天信奉基督教的人寥寥无几。基督教已前所未有地成了精英阶层的宗教。

尤其是在欧洲，胆敢信仰基督教的人极其稀少。在某种程度上，基督教是那些反对私刑暴徒者的宗教，尼采最终接受并且赞美了它。

哈里森：尼采在都灵精神崩溃后，写了许多才华横溢但又疯狂的信。在一些信上，他署名“狄俄尼索斯”。在其他的信上，他署名“被钉十字架之人”。

基拉尔：我认为这一点非常重要。需要对此进行详细的分析。不过，我认为这意味着他的体系终于崩塌。因为他一直在试图建立起有利于狄俄尼索斯的差异。然而到了最后，这种差异完全崩塌了，两者变得完全对等。尼采无法接受这一点，从而落入了永生神的手中——这是一种非常危险的命运，犹太人对此深有体会。

但在内心深处，我感觉尼采得到了拯救，因为他思考的内容超出了他清晰思维的范围。而当他这样做的那一刻，正是他可能向任何方向摇摆不定的时刻。换句话说，他的整个世界崩塌了。他一生都在努力证明狄俄尼索斯相对于基督的优越性。而在那一刻，他崩溃了。

哈里森： 1966年，另一位德国思想家海德格尔接受了德国周刊《明镜》的采访，他被问及他的政治立场，以及他对现代科技和所谓现代虚无主义，或者说虚无主义之力量的看法。这个词对您来说也很重要——虽说您关于它的观点与海德格尔的有很大的不同。采访者问他："那么您认为，哲学家能做些什么来抵抗虚无主义或者说科技的破坏性力量，重新为政治和这个世界赋予人性呢?"海德格尔回答说，哲学家什么也做不了，任何人都无能为力。"只有神——"

基拉尔： 只有神。

哈里森： "能够拯救我们。"

基拉尔： 准确来说，现代世界**无法**创造出的就是一个新的神。在某种程度上，海德格尔所主张的是，古代诸神这一伟大序列并没有被犹太教和基督教所摧毁。换句话说，谎言并没有被揭穿。如果它真的没有被揭穿，那么就会有新的古老神明出现。这就是海德格尔所谈论的。若是无法再有古老的神明出现，那也就意味着我们被剥夺了祭牲的权利。意味着若是我们继续延续暴力，那就将面对世界毁灭的威胁。

哈里森：对您来说，这是一件好事？

基拉尔：这并不是好事与否的问题。基督教和犹太教的文本中总是包含世界末日的内容，这并非如基要派所相信的是上帝摧毁了世界，而是人类自身摧毁了世界。如果你去读福音书中的有关末日的章节——它们比约翰的《启示录》要重要得多，你会发现我们所处的世界一直在变得越来越暴力，终将自我毁灭。这并不像我们今天所听到的那样，是上帝的责任。我们应当重温这些文本。不谈论这些文本，正是教会的一个重大过错。

哈里森：那么我有两个问题。海德格尔说："只有神能够拯救我们。"您的回答是，只有我们能够拯救我们自己？

基拉尔：只有我们能够拯救我们自己。我比他要人文主义得多。

哈里森：您会为这种自救，为了我们能够自救，开出什么样的药方？

基拉尔：那就是福音书的根基，不报复，即和平。如果没有牺牲者将和平归还于你，你就必须自力更生，而我们也知道该怎么做。这么做很艰难。不报复很艰难。这是三部对观福音所定义的神的国（Kingdom of God）的准则。

哈里森：另一个有关海德格尔所说的“只有神能够拯救我们”的解释是，我们所生活的这个世界已经完全去神圣化了，而神会带来一定层面的神圣。

基拉尔：是的。

哈里森：那么您认为在一个没有神圣性的世界里，人类的内心将足够自在吗？

基拉尔：不，不能。但……

哈里森：……没有神圣的维度？

基拉尔：……等一下，因为……

哈里森：存在没有暴力的神圣（sacred）吗？

基拉尔：呃，我不想用“神圣”这个词。我的回答是，是的。而这种真正的“神性”（divineness）、真正的“圣性”（holiness）将从去神圣化的过程中现身。海德格尔想要的神圣化是回归古老的状态，他自己也明白这一点。因此，他很清楚这是做不到的。如海德格尔所想，现代并不坏。现代只是被人类之恶败坏了。但现代本身是件好事。这是一种很好的发展。这意味着人类拥有更多的智慧和更多的人性——尽管这个世界存在各种不好的方面，但它在很多方面确实是我们所知的最好的世界。因此，我们必须拯救的就是这个世界。要拯救这个世界，正如你刚才所说的，唯一方式：人类必须和睦相处。

哈里森：这么说很容易，但——

基拉尔：哦，我没有说“这很容易做到”。很可能，这完全不会发生。

哈里森：对此，您会开出什么样的处方？

基拉尔：没有任何处方。这就是为什么福音书从神的国开始，福音书表明神的国的存在，并且试图劝服人类停止复仇。

哈里森：对于您的人类能够自救的观点来说，基督教福音书是否至关重要？还是说，人们不借助这套文本也可以得到相同的结果？

基拉尔：这套文本包括犹太教的《圣经》和先知书，以及基督教福音书，这都是不可或缺的。我们需要做的是用人类学的解读为神学解读做补充，使其在人类层面上能够被理解。这非常困难，因为人们对此并不感兴趣，因为人们正试图反击它。在我看来，这是一种真正的无意识、一种真实的防御机制在运作，它拒绝意识到我们自身的暴力。当然，尤其是在国家和国际关系层面，另一个国家总是可以被当作侮辱、诽谤的对象，可以成为替罪羊。

时至今日，各个国家仍然如此。这可能是最本质的事。而当今国际社会的种种现象，更是生动地印证了这一点。当我在法国的时候，我必须将伊拉克问题视作每一个美国人的过错。当我在美国的时候，我必须把每一个法国人视作背叛了美国的人。

哈里森：您认为启蒙运动是从我们一直在谈论的传统中发展起来的吗？

基拉尔：是的，当然是。这个问题很复杂。在启蒙运动中，人们认识到了很多有关基督教的事，它们并非仅仅是宗教层面的，更是有关良好的人际关系层面的。人们坚信自己能够建立起这种人际关系，因为人类是“善良的”。人类具有“善意”。这也是为什么如今我们阅读人类学的方式发生了变化。因为我们相信，启蒙运动，发现人类之善意的运动，必定是在与宗教做*对抗*的过程中发展起来的，宗教只是它的障碍物。实际上，是宗教的行动使得启蒙运动成为可能。因此，这一行动似乎变得不必要了。实际上，从某种程度上来说，它确实是没必要的。我们今天明白，祭牲是疯狂的。找到替代的受害者？我们不信这些。

因此，启蒙运动的说法是：“人类并不需要这些。人类是善良的。就让他们做善良的人。宗教事实上就是善意的绊脚石。”他们看到了一些非常真实的东西。但他们的看法是错误的，因为他们并没有理解历史；没有理解他们能有这一天，在某种程度上，是因为祭牲行为慢慢地让他们变得更好。他们的确应该摆脱祭牲，但并不是出于反宗教的精神。他们对于自己的善良抱有巨大的幻想。

哈里森：但如果说人类必须自救，是我们人类自己造成了降临在我们身上的社会问题和生存困境，那么从很多方面来说，启蒙运动就是在唤醒这种自我责任，不是吗？

基拉尔：是的。这是一件好事。伏尔泰有一句话说得没错。他说，在卡拉斯遭到迫害期间，他比他的基督徒对手们更像个基督徒。这一点无可否认。事实上，所有教会都已面临这一境况。我们必须非常小心，不能用非黑即白的态度来看待。历史是一门非常复杂的学科。

“我一直试图在进化论的框架内思考问题。”

皮耶尔保罗·安东内洛

若昂·塞萨尔·德·卡斯特罗·罗查/2007[1]

至此，我终于有了一个可行的理论。

（查尔斯·达尔文，《自传》）

对话者：您说过，当生理性渴求变为一种欲望时，它必定受到了一种模式的影响。欲望完全是由社会建构的。然而，您的理论体系似乎并没有将基本需求纳入在内。

基拉尔：我来做一个基本区分：生理性渴求并不存在着模仿。当一个人被掐住脖子时，他会极度渴望呼吸，其中并不存在模仿，因为呼吸是生理性的。一个人为了寻找水源，会在沙漠中行走数英里，这时的他并没有模仿任何人。然而，在现代社会，情况发生了变化，因为存在作为社会和文化模式的潮流饮食，任何形式的食欲都会经过行为模式的调节，并且矛盾的是，我们越这样做，就越会认为我们在满足"私人化"和"个体化"的偏好，且这些偏好完全属于我们自己……

一个社会越是残酷、野蛮，暴力就越源于纯粹的需求。我们绝对不能排除存在这种暴力的可能性。它与稀缺性有关，与模仿性欲望无关。然而，即使在基本需求的层面上，当对立出现并且与某一对象挂钩时——任何类型的对象都可以——模仿必定会传染开来。在这些情况下，总是会有某种社会中介在发挥作用。马克思主义者坚信，某些情绪具有特定的社会性，因为它们会出现在特定的社会阶级内部。对他们来说，模仿性欲望是一种贵族特质、一种奢侈品。我的回答很简单：当然如此！在现代以前，只有贵族负担得起模仿性欲望。例如，骑士理论就是美化模仿性欲望的一种方式，塞万提斯对此深有体会。堂吉诃德是一位 hidalgo，即“某人之子”，属于有闲阶级、贵族。毫无疑问的是，在一个满是迫切需求的世界里，普通人就只有需求和生理性渴求。如果你去看中世纪的韵文故事（fabliau），就会发现它们主要讲的都是生理性需求，其中发生的争执或斗争都与争执者所没有的那块面包有关。因此马克思主义者在一定程度上是正确的：若是模仿理论否定了特定斗争的客观性，那它就是错误的；这无异于对生存及其基本需求的否定。同样正确的是，模仿主义会在极端的痛苦中兴盛起来，尤其是在那些尤为擅长模仿的人之间。例如，《罪与罚》中马尔梅拉多夫的妻子。

对话者：这也是为什么您不能接受吕西安·斯库布拉（Lucien Scubla）对您的作品的解读，即“模仿性竞争是人类暴力的唯一源头”[2]。

基拉尔：我同意其基本观点，不过这种说法严重低估了客观需求和生理性渴求。正如我刚刚说的，基本需求可能引发冲突，但冲突一旦被引发，同样也容易被困于模仿机制之中。可以说，任何具有时间性、会持续一段时间的暴力过程都注定会出现模仿现象。如今人们越来越关注“暴力行为”，即在大城市的“和谐生活”中随时都可能发生在任何人身上的随机暴力行为，譬如被抢劫或强奸。这是人们在现代社会的富足生活中最为担忧的事。这是一种被剥离了所有相关背景的暴力。既无前例，也无后续。然而，研究暴力问题的专家指出，胡乱攻击并非暴力的主要原因。暴力行为大多发生在相识乃至相识很久的人之间。[3]在暴力的历史中，大多是模仿性的，例如那些令人痛心的家暴案。这是最常见的犯罪类型，比陌生人之间的暴力要常见得多。在受害者和施害者关系的层面上，马路上的抢劫事件并不具有直接的模仿性，不过在随机攻击的背后，在攻击者个人经历或是其与社会的整体关系层面存在着模仿性，这一点很难被看到，但仍然是可以被探究的。

对话者：然而，我们也应该强调，模仿一方面通过占有性模仿（acquisitive mimesis）产生破坏性的影响，另一方面也能够传播文化。

基拉尔：确实如此。在过去，我主要强调的是竞争性和冲突性的模仿。[4]我这么做是因为我是从分析小说的过程中发现模仿机制的。在小说中，冲突性关系的表现形式至关重要。因此，在我的作品中，“坏的”模仿总是占据主要地位，但当然“好的”模仿要更为重要。没有模仿，就不会存在人类的思想、教育和文化的传播。然而，我的确认为我们应该重视“坏的”模仿，因为它的本质仍然受到忽视，它总是被忽略或是被错认为是非模仿性行为，甚至被大部分注意到它们的人否认。正是强大的模仿能力造就了人类如今的模样，但这一能力的代价很高，占有性模仿关联着冲突的爆发。模仿不仅传播知识，也传播暴力。

对话者：在诸如理查德·道金斯的理论中，积极的模仿得到了强调。他的模因（meme，即文化传播中的最小单位）理论便是一个很好的例子。[5]

基拉尔：道金斯并没有意识到模仿理论所揭示的模仿性竞争、模仿性危机、替罪羊现象及其他因素。不过，我认为从总体上来说，就我的视角来看，生物学或神经认知学的模仿理论要比文学的更先进。

科学家们并不惧怕提出与人类思想和社会行为直接相关的进步理论和概念，比如模仿和拟态，但这些对大多数文学和社会科学的学者和学生来说都很陌生。传统上，文学研究的基础是个体间性，是特定作家的独特性。因此，文学批评倾向于否认模仿性欲望。对模仿性欲望的否定和个人主义的盛行完全是一回事。因为模仿性欲望越强烈，就越是需要独特个性来否定它。

对话者：您的意思是，文学研究的制度化有助于掩盖模仿性欲望机制?

基拉尔：是的，绝对是这样。这正是桑多尔·古德哈特在《祭牲评论》(*Sacrificing Commentary*)中所说的。[6]据他所说，批评的真正作用在于令文学回归其传统的个人主义，拒绝和掩盖模仿性欲望。但文学批评的社会功能是让文学回归社会规范，而非强调伟大作家的视野和社会规范的视野之间的鸿沟。文学批评应当帮助我们揭示欲望的模仿性本质，而不是通过使用原创性、独特性之类的概念来掩盖它。以魔咒般且空洞的方式，这些概念不断地被鼓吹。

对话者：回到模仿的定义：如果将“文化性模仿”和“占有性模仿”区分开来，您的理论是否更清晰?[7]

基拉尔：我不这么认为。这一表述意味着文化性模仿不包含任何形式的竞争，这是不对的，因为我们同样可以争夺文化对象。我们或许可以说，模仿具有双重束缚的结构，因为在冲突的层面上，它并不一定是占有性的，也可能是文化性的。然而，恐怕还存在一种倾向，那就是将模仿简化为有样学样（mimicry），这么做是在强调其中最为肤浅和无害的层面。这也是为什么我要强调模仿中的暴力层面。

*

误认

对话者：为了强调我们所讨论的社会现象在结构上的连续性——尽管它们存在明显的历史差异——我们可以说，就像模仿性欲望不是现代发明一样，替罪羊机制也不仅仅可见于原始的仪式或古代社会，它同样存在于现代世界。

基拉尔：是的。而且为了看清替罪羊机制是如何在现代社会中运作的，我们有必要再次从模仿性欲望谈起。模仿性欲望的矛盾之处在于，它似乎牢牢地固定在其欲望客体上，固执地想要这个对象而不是其他对象，但事实上它很快就会表露出它完全是投机主义的。当模仿性欲望变得投机主义后，受其影响的人就会自相矛盾地将注意力集中到替代性的模范和对手上。我们所处的丑闻时代正是这种欲望的转移。大规模的集体丑闻相当于《圣经》中邻人间的绊脚石[1]成倍增长。让我再重复一遍，福音书中的绊脚石意味着模仿性竞争，因此是一种空洞的野心，一种荒谬的互相对立和仇恨，每个人都对彼此有这种感觉，原因就是我们的欲望有时会受挫。当一个小规模的丑闻变得投机主义后，它往往很容易融入大众传媒所传播的最为大型的丑闻，与许多人一起共享怒火。也就是说，模仿不再只朝着我们的邻人、特定的模仿对手的方向移动，而是趋于"横向"发展，这正是危机越来越严重、感染越来越严重的迹象。最大的丑闻永远都在吞噬更小的那些，直到只留下一个丑闻、一个受害者。此时，替罪羊机制会重新浮出水面。模仿的规模不断扩大，人们对彼此的憎恨也不断升级，这种憎恨会融入对社会中某一随机元素的更大的憎恨中，例如纳粹德国时期的犹太人、法

[1] 《圣经》中的希腊语 skandalon 一词意为绊脚石，指造成人们犯下罪恶或是对耶稣失去信仰的人或事物。现代英语中的 scandal（丑闻）一词便是从 skandalon 发展而来的，借用了后者"有损名誉"的意思。

国19世纪晚期的德雷福斯案[1]、当今欧洲的非洲移民，以及近期恐怖事件中的极端主义者等。在莎士比亚的《尤利乌斯·恺撒》中，可以找到这种现象的绝佳文学例证，即模仿性地招募反对恺撒的叛党桥段。[8]其中一人，里加律师，病得很重——“这病弱的舌头”。但刺杀恺撒的主意令他恢复活力，他那浮散的怨恨集中到了恺撒身上。他忘记了一切，因为他有了恺撒作为固定的仇恨对象。多大的进步啊！不幸的是，十分之九的政客都记得这一点。人们所谓的党派精神不过是和其他人选择了同样的替罪羊。然而，因为基督教揭示了作为替罪羊的受害者在根本上是无辜的，落在他们头上的指控是任意的，这种仇恨的极端分化很快就被揭示出来，使得完全一致的决议最终无法实现。既然我已经谈到了基督教，那就请允许我简短地阐明基督教在模仿机制的历史上所占据的特殊地位（虽然我的大多数读者很可能对

[1] 1894年法国军事当局诬告犹太裔军官阿尔弗雷德·德雷福斯（Alfred Dreyfus）犯有叛国罪，该案件在当时反犹氛围浓重的法国引发了全国范围内的轰动和争议，激发了社会改造运动。该案件经过多次重审后最终在1906年得到平反。

此已有所了解)。

简而言之：在犹太教和基督教出现之前，替罪羊机制以这样或那样的方式被人们接受并且合理化了，因为人们尚未意识到它。它在模仿性危机最为严重的时刻为群体带来了和平。所有古老宗教的仪式都是以重演创始性谋杀为基础的。换句话说，他们认为替罪羊是模仿性危机的罪魁祸首。与此不同的是，基督教通过耶稣的形象谴责了替罪羊机制的本质：无辜的受害者被杀害，为了平息骚乱中的群体。正是在这一刻，模仿机制得到了彻底的揭露。

对话者：这就回到了误认(méconnaissance)的概念，这是模仿理论的核心。您说“祭牲过程需要一定程度的误解”。如果替罪羊机制要制造社会凝聚力，那么受害者是无辜的事实必须被掩盖，让整个群体都在相信受害者是有罪的这一点上保持一致。您说过，一旦参与者认识到了模仿机制，理解了其运作方式，这一机制就会崩塌，无法再凝聚整个群体。然而，根据亨利·阿特朗的说法，这一根本性命题从未被视作一个问题。相反，它被视作不言自明的。[9]

基拉尔：这里的问题是，我没有充分强调替罪羊机制的无意识特征。这是一个很简单的问题，同时也是我的理论的关键所在。让我们以德雷福斯案为例。如果你反对德雷福斯，那你就会认定德雷福斯是有罪的。想象你自己是1894年的一个法国人，既担心军队，又关注着德国人。如果你突然之间相信了德雷福斯是无罪的，这就会摧毁你从有罪论中获得的一切精神上的安慰和正义的怒火。这就是我所说的！反对德雷福斯和支持德雷福斯完全是两码事。我感觉阿特朗虽然十分敏锐，但是误解了我所说的意思。大多数评论《创世以来的隐匿事物》的神学家也都误解了这个问题。甚至还有一些批评家说，若是真的存在替罪羊宗教，那就肯定是基督教，因为福音书明确提到了这一现象！我的回答很简单：正是因为耶稣被明确地描述为一个替罪羊，基督教作为一种宗教才不可能是建立在替罪羊机制之上的，相反，它是对该机制的谴责。理由显而易见——如果你认为替罪羊是有罪的，那么你不会将其称作“我的替罪羊”。如果法国人将德雷福斯当作替罪羊，那么没有人会意识到德雷福斯正是一个替罪羊。所有人都只会反复说德雷福斯是有罪的。如果你意识到了受害者是无辜的，你就无法如此轻易地对受害者施以暴力，而基督教就是在以最大的力度强调，受害者是无辜的。毕竟，这位受害者是圣子。这就是误认在这一过程中扮演的关键角色——它让人误以为自己只是在指控真正有罪的人，那人理应受到惩罚。要有替罪羊，人们就必须不了解真相，因而无法将受害者当作替罪羊，只是将其视作合理的受害者，这正是神话所做的事。我们别忘了，俄狄浦斯的弑父和乱伦理应是真实的。要将他人当作替罪羊，就意味着你不知道自己正在做什么。

对话者：在莎士比亚的《尤利乌斯·恺撒》中，勃鲁托斯有一段著名的发言，其中两次明确地提出了这一点："让我们做献祭的人，不要做屠夫"；"我们将被认为是恶势力的清扫者，而不是杀人的凶手"。[10]您是如何解读这些话的？

基拉尔：勃鲁托斯强调了合法的祭牲暴力和非法的内战暴力之间的区别，但他和他的同谋者最终还是无法使自己成为献祭的人。勃鲁托斯知道他在做什么，他也知道要做好这件事，他就应当宣称这不是一场谋杀。用我自己的话来说，他揭开了杀害替罪羊所必不可少的误认的面纱。勃鲁托斯说我们必须以这种明确的方式完成这件事，让它看起来尽可能地不同于谋杀。这一绝妙的文本展现了深刻的洞察力。原则就是右手不应该知道左手正在做什么。这体现了莎士比亚对祭牲的理解十分深刻，远胜于现代的人类学者。

对话者：您为什么选择了“误认”（méconnaissance）一词而非更常用的“无意识”（unconscious）？[11]

基拉尔：因为在读者的脑海中，“无意识”一词会带有弗洛伊德的意味。我使用了“误认”这个词，是因为我们无疑需要将替罪羊机制定义为一种对于其不公正性的错误认知。我认为祭牲性暴力的无意识特征在《新约》中得到了揭示，尤其是在《路加福音》中：“父啊，赦免他们。因为他们所做的，他们不晓得。”（《路加福音》23：34）这句话要按照其字面意思来理解，《使徒行传》也证明了这一点。彼得对行刑现场的众人说“你们做这事，是出于不知”（《使徒行传》3：17）。[12]“不知”（ignorance）一词源于古希腊语中的“不知情”。但在现代语言中，我们需要使用“无意识”。然而，我并不想使用带有定冠词的那个“无意识”，因为这暗示着一种我所不信任的本体本质论（ontological essentialism）。不过，替罪羊现象中绝对是缺乏意识的，这种意识的缺乏，就和弗洛伊德所说的无意识一样至关重要。但是，这并不是同一回事，这是集体而非个体的缺乏意识。

对话者：您能够进一步阐明您对弗洛伊德的无意识概念的批评吗？

基拉尔：我反对的是无意识是一种独立的精神实体的观点。存在无意识这一状态的想法是没问题的，但将无意识视作一种“黑匣子”的想法具有误导性。正如我刚才所说的，我本该更加强调替罪羊机制的无意识特征，但我拒绝将其锁进弗洛伊德式的拥有其自身独立性的无意识“黑箱子”中。

对话者：在弗洛伊德看来，无意识同样拥有一套集体结构，但它确实基本上是由个体经验构成的。在人际心理学中，误认似乎同样阻碍了对欲望的模仿性本质的认知。您是否认为，人们越是模仿，误认就越严重？

基拉尔：我会给出一个自相矛盾的回答。你模仿得越多，误认也就越严重，实现理解的可能性也就越大。突然之间，你会意识到，你自身欲望的本质就是彻底的模仿。我相信所有写作模仿性欲望的伟大作家都是超级模仿性的。正如我在我的书中试图展现的，普鲁斯特和陀思妥耶夫斯基就是极好的例子。在他们的小说中，他们早期创作的普通作品和后期创作的杰作之间存在一道根本性的裂痕，前期作品是在试图自证，后期作品则是在展现自我的堕落，例如加缪的最后一部作品《堕落》。我认为《堕落》是一部探讨现代作家虚伪心态的作品，这些作家通过谴责整个创作领域来为自己辩解，并构筑起一座虚幻的道德优越感堡垒。

*

人对神的人格化是多么地彻底。

（查尔斯·达尔文，《笔记》）

缺失的联系

对话者：根据米歇尔·塞尔的说法，您的著作提出了文化中的达尔文理论，因为它“展现了一种动态过程、一种演变，对文化做出了普遍适用的解释”[13]。这是否真的是您的目标？

基拉尔：为什么不是呢？我认为达尔文的宗教观念过于天真了。但他的论证方式极其有力且令人钦佩，我一直对他的思维方式感到着迷。这就是为什么我在《创世以来的隐匿事物》中阐述人化过程时运用了达尔文式的思考方法。我对他那“从头到尾长篇论述”[14]的论证方式很有共鸣。在我看来，自然选择理论具有十分强烈的祭牲属性。毕竟，达尔文受到马尔萨斯的人口理论的启发，以同等重要的程度看待死亡和生存。从某种意义上来说，达尔文将自然描述为一台超级祭牲机器。[15]任何展现了范式转换和格式塔转变的伟大科学发现，都由其发展过程所处的更广阔的文化背景所决定。我认为，自然选择理论的发现具有其时代特征。这是现代发现祭牲真相之过程的一部分，即祭牲不仅是人类文化的根基，也是自然秩序的根基。

对话者：为了解释符号领域的出现，在《创世以来的隐匿事物》中，您以自然主义为框架，结合人类学理论和民族志叙述，概述了人化理论和文化的起源。自那以后，您的理论一直未对人类文化的演变这一关键部分进行深入探讨。

基拉尔：我只是没有机会再回到这一话题。在用特定的科学术语来阐述我的理论这件事上，我还准备不足，但我总是尽量在进化论的框架内思考问题。有神论和进化论之间的兼容性对我来说并不是个问题，达尔文主义者和创世论者［或者智能设计（intelligent design）的支持者］之间的争论早已落伍，我也并不感兴趣。如果我们严肃对待这一问题，那么模仿理论中能对这场争论做出较大贡献的核心观点是，宗教是文化之母。我们还需要强调的是，在文化元素的产生过程中，并不存在绝对的开端。这是一个极其复杂且渐进的过程。

对话者：哲学家埃利奥特·索伯（Elliott Sober）说："对文化感兴趣的生物学家常常对社会科学中缺乏可行的普遍的理论这一事实感到震惊。生物学整个领域都被生物进化论联系在一起。或许社会科学的进步之所以受阻，是因为缺乏一个关于文化进化论的普遍理论？"[16]

基拉尔：模仿理论是始于祭牲仪式的伟大文化机制的起源，这与达尔文理论的框架完全契合。这一研究中的一系列假设与模仿理论的框架十分吻合，并且支持了其论点。我赞同社会生物学家E. O. 威尔逊的观点。虽然他认为宗教纯属异想天开，但他也声称宗教不可能完全无用，因为其具有内在的自适应价值，否则就会被当作无关紧要的文化建构而抛弃。[17]这正是我所说的宗教能够保护人类和社会免受模仿升级的影响。宗教具有自适应性价值。但这还不够：它也是人化过程的源头，将人类和动物区分开来的这一过程的源头，因为正如我在《创世以来的隐匿事物》中所解释的，宗教通过祭牲创造了文化和机制。

正是这一点让很多哲学家回避了我的理论，即宗教通过替罪羊机制创造了文化，这一机制事实上具有偶然性和机械性。然而，科学家们反对说这段话纯粹是哲学层面的，因为它太过复杂（且假设性太强），无法被论证。这就是我所参与的对话的矛盾之处：哲学家们几乎不相信“事实”；科学家们往往对从物理领域转向符号领域不感兴趣。

进化论学者们在处理文化传播问题时往往抱有一种相当矛盾的态度。尽管他们习惯于用漫长的时间周期来解释物种的演进，但在探讨人类文化及文化特征的传播和演变时，他们常常又陷入一种时间性的视角。这里存在一个不容置疑的前提，这一前提与人类的能动性有关：他们似乎采用了一种“方法论的个人主义”（methodological individualism）。他们一开始探讨人类文化，就会假定现代人是产生和传播文化的原始人的原型。这种暗含的假设与其相反的假设（如列维-布留尔提出的“原始思维”）一样有害。涂尔干指出，社会事实的自主性不能简单地用个体心理学来解释。文化的诞生就属于这一类事实。

对话者：关于文化的演变，可以说它是通过拉马克模式而非达尔文式的框架发展起来的。

基拉尔：文化和象征主义确实在本质上是通过复制和强化来传播的。但这真的是拉马克演化吗？不管怎么样，它都属于社会群体的层面，需要诉诸达尔文的自然选择。这纯粹是猜想和假设，因为无法找到绝对的证据来论证它，而且这也是为什么群体选择的观点在该领域遭到强烈批评，虽说如今它又重新受到了关注。[18]不过，我们当然可以做出推测。基于模仿理论的预设，我们可以提出，许多群体和社会毁于致命的内斗，毁于模仿性竞争无处宣泄而导致的最终爆发。替罪羊机制为群体的健康发展做出了根本性的贡献。这就是为什么世界各地都存在这类习俗。这是一种持续了数千年的系统选择的结果。正是替罪羊机制及随之而来的宗教，提供了保护人类免受群体内部的暴力危害的根本工具，出于纯粹的行为学上的原因，任何人类群体内都注定会在某一刻爆发这种暴力冲突。这就是文化演化的临界阶段，在此讨论个体的自主性毫无意义。群体自身会调节一切。

对话者：从这个意义上来说，像理查德·道金斯的自私基因这样的假说，在用于解释社会互动时是完全抽象的，因为它主要诉诸博弈论来证明动物利他主义的可能性——就好像社会的互动及文化可以被简化为纯粹的经济学理论！为了将他的理论延伸至文化领域，他不得不发明了一个更具争议性的概念，也就是模因，最小的文化单位［顺便说一句，这似乎和塔尔德在《模仿律》（*The Laws of Imitation*）中提出的观点很相似］。

基拉尔：为了做到这一点，他使得动物和人类之间出现了根本性的决裂，因为他没能对文化的产生做出解释。根据他的观点，模因似乎是凭空出现的，而将模因区分为可保留和可丢弃这两大类的选择性力量也没有得到探讨（或者这是纯粹偶然出现的）。[19]道金斯的模仿理论在我看来整体上有很大的缺陷。他提出的模仿性文化传播理论也从未解释过模仿的负面影响。

*

> 虽然我相信，人类会在遥远的未来变得更加完美，但是想到人类及所有其他生灵在这样一个漫长且缓慢的变化过程之后注定要彻底毁灭，我就感到难以忍受。
>
> （查尔斯·达尔文，《自传》）

末日感

对话者：在您与基阿尼·瓦蒂莫（Gianni Vattimo）的对谈中，他暗示说您对于创建一个现代性和后现代性理论并不感兴趣，您似乎没有考虑到您的理论在当代世界中所有可能的解释性含义。[20]对此，您要做何回应？

基拉尔：首先我得说，我是一个神话学的理论家：我不是一个道德学家，也不是一个宗教思想家。我可以回答有关这类话题的问题，但它们并不是我主要关注的方向。不过，在《我看见撒旦像闪电一样从天上坠下》（*I See Satan Fall Like Lightning*）的结尾处，我概述了一个现代性理论，它纯粹是“预示着末日的”。[21]对我来说，任何关于当代世界的理解都受到《新约·马太福音》第24章的影响。其中最重要的句子是“尸首在哪里，鹰也必聚在那里”（《马太福音》24：28），因为这似乎是对模仿机制的分解。这一机制是清晰可见的，但它并不起作用。在《新约·约翰福音》中也存在末日元素：由于耶稣在犹太人之间引发了冲突，反对他的方式变得越来越暴力（《约翰福音》8：31—59）。

早期基督徒的末日感并非纯粹的幻想。这些文本理应得到探讨：它们在今天同样具有现实意义，我为教会不再用这些文本布道感到不安。这始于核弹被发明和使用的时期，当时他们认为应当消除正蔓延至世界各地的恐惧。我们拥有关于我们这个群体的根基性文本，但我们拒绝探讨它们。杰斐逊[1]和达尔文一样，无法想象一个全国性物种的灭绝。马克思作为一个亚里士多德派思

[1] 即美国第三任总统托马斯·杰斐逊，他认为自然不会允许物种灭绝，曾派出探险队去美洲大陆搜寻被视作已灭绝的生物。

想家，认为世界是永恒的。然而，我们在当下所经历的无情且无限制的暴力，让我们感到我们所剩的时间不多了，而这无疑是第一批基督徒的感受："时候减少了"，保罗对哥林多人说道（《新约·哥林多前书》7：29）。末日感就是意识到了替罪羊机制已到此为止，再也不会发生什么了。在基督教的启示之后，还会发生什么呢？与此同时，如果替罪羊机制所带来的假性超越这一不稳定的秩序不再发挥作用，那么又会发生什么呢？任何伟大的基督教体验都是末日性的，因为人们会意识到，在祭牲秩序解体之后，我们与可能的彻底毁灭之间已不再有阻隔。而这将如何实现，我一无所知。

对话者：德里达谈到了近年来普遍存在的"哲学中的末日基调"，他写道，自1950年代开始，末日论主题一直便是我们的"每日食粮"。[22]您的理论是否也是这一潮流的一部分？

基拉尔：不，我不属于这一学派。[23]不过我得说，在历史层面上，在第二次世界大战之后，受害者原则发生了变化：它已变得普遍得多。正如我在《我看见撒旦像闪电一样从天上坠下》[24]中所说的，在我看来，对于纳粹大屠杀最为合理的哲学解释是，这是企图让西方不再致力于拯救受害者。当然，同样的企图在“一战”中就已出现，更不用说中世纪以来反复出现的反犹主义了。尽管如此，纳粹大屠杀的显性特征确实是空前的。它认为受害者原则可以被埋藏在*如此多*的受害者之下，由此人们就会意识到这不是真的。这一尝试失败了。

我们经历过各种各样公开抵制基督教信条的极权主义。左翼极权主义试图包抄基督教；右翼极权主义如纳粹认为基督教对待受害者的方式太过温和。这类极权主义不仅仍然存在，而且有着大好的未来。未来可能会有一些思想家用政治正确的方式重新阐述这一原则，其形式会更恶毒，会更反基督教。当我说到更基督教和更反基督教时，我指的是敌基督的未来。[25]敌基督正是一种意识形态，它企图超越基督教，以一种竞争精神来模仿基督教。

对话者：这是尼采式的反基督教计划吗？

基拉尔：这是两种立场的结合。你可以预见未来敌基督的形态：一台超级牺牲机器，不断以受害者的名义献祭。

对话者：弗朗西斯·福山在其备受争议和批判的作品《历史的终结与最后的人》中写道，我们已经抵达了“人类意识形态进化的终点”。然而，他暗示道，人类很可能在某个时刻“将世界拽回满是战争、不公和革命的历史中”。[26]

基拉尔：将历史的终结看作意识形态的终结这一观点具有误导性。意识形态本身并不暴力，暴力的实际上是人类。意识形态提供了一种宏大叙事，掩盖了我们的迫害倾向。它们是为我们的迫害史准备的神话般的圆满结局。如果你认真研究，你会发现神话的结局总是积极向上的。危机和替罪羊式解决方案之后总是会有文化的复兴。替罪羊提供了系统性的终结，从而使整个社会群体能够再次运转起来，同时在正常的运转中继续忽视这一终结机制的本质（即相信被他们当作替罪羊的人确实是有罪的）。在基督教的启示之后，这种情况不再可能发生。任何形式的药物疗法都无法挽回这一系统，模仿性暴力的病毒将肆意传播。这也是为什么耶稣说道："你们不要想我来，是叫地上太平。我来并不是叫地上太平，乃是叫地上动刀兵。"（《新约·马太福音》10：34）十字架已经彻底摧毁了替罪羊机制的情绪宣泄力量。因此，福音书并没有为我们的历史提供一个圆满结局。福音书只是向我们展示了两种选择（这正是意识形态从未提供的，选择的自由）：要么我们模仿基督，放弃一切模仿性暴力；要么就直面自我毁灭的风险。末日感就是以这一风险为基础的。

对话者：在《世界报》就近期的恐怖事件对您进行的采访中，您说"今天正在上演的是全球范围内的模仿性竞争"。您指的是什么呢？

基拉尔：错误的做法是，总是在"差异"的条目下思考。实际上，所有冲突的根源都在于"竞争"，人与人、国与国、文化与文化之间的模仿性竞争。竞争就是一种模仿他人、想要获得他人所拥有的事物的欲望，必要时暴力就会被采用。毫无疑问，恐怖主义属于一个"不同"于我们的世界，但催生恐怖主义的并非这种"不同"，这种

"不同"使得恐怖主义远离我们，变得令人难以置信。相反，催生恐怖主义的是人们对于融合和相似的渴望。人际关系本质上就是模仿关系、竞争关系。目前我们所经历的就是一种全球范围内的模仿性竞争。当我读到第一批关于本·拉登的文件，确认了他对美国轰炸日本的影射时，我感到自己进入了一个超越宗教的层面，一个全球性的层面。在宗教的标签之下，我们能看到一种意志，那就是集结和动员所有第三世界的那些在与西方世界的模仿性竞争中遭到挫败或者受害的人。但是被摧毁的塔楼中的外国人就和美国人一样多。然而从他们的高效、他们所使用手段的复杂、他们对美国的了解程度，以及他们所受的训练来看，难道袭击的制造者们不是至少有一部分是美国人吗？我们正处于模仿性传染的过程之中。

他们非但没有远离西方，反而不可避免地模仿着西方，采用了西方的价值观，即使他们并不承认这一点，他们也和我们一样，被渴望个人和集体成功的欲望吞噬了。这种情绪并不属于大众，而是属于统治阶级。在个人财富层面，本·拉登这样的人并不需要羡慕任何人。很多党派的领导人也处于这一境况中。例如法国大革命初期的米拉波就脚踏两个阵营，而他所做的只是以更加痛苦的方式延续着他的怨恨。

基拉尔的《我控诉》

一位伟大思想家的大胆构想

朱利奥·梅奥蒂/2007[1]

X

84 岁高龄的勒内·基拉尔丝毫没有失去他那激进思想家的风采。他正在撰写关于克劳塞维茨的新作。作为《祭牲与成神》和《替罪羊》等当代思想杰作的作者，他成为法兰西学院 40 位“不朽者”（immortals）[1] 之一。勒内·基拉尔与列维-斯特劳斯齐名，是当今在世的最伟大的人类学家。在《页报》（*Il Foglio*）的采访中，基拉尔再次谈到了他所谓的“我们这个时代伟大的人类学问题”。

他先是问道：“是否存在先于解构的现实主义人类学？换句话说，我们是否能够获准且仍然有可能提出一条有关人类的普适真理？当代人类学，结构主义人类学和后现代人类学，否决了通往真理的道路。目前的思想是‘对意义的阉割’。这类探讨人类的尝试是很危险的。”

[1] 即法兰西学院院士。

根据基拉尔的观点，这便是“绊脚石”的起源，是新世俗化时代中宗教的起源。“自启蒙运动以来，宗教就被视作纯粹的无稽之谈。奥古斯特·孔德对于真理的起源有一套严谨的理论，他那19世纪的唯智论能让人联想起不少今天的流行思想。如他所说，存在三个阶段：宗教阶段，这是最幼稚的；哲学阶段；最后是科学阶段，这是最接近真理的。在如今的公共讨论中，人们旨在将宗教的‘非真理性’定义为人类生存所必需的事物。没有人会问宗教的作用是什么，人们只会谈及信仰：如‘我有信仰’。但接下来呢？查尔斯·达尔文的进化论展现了宗教这种有着15000年悠久历史的人类机制是毫无用处的。今天，新达尔文主义正试图以基因混沌（genetic chaos）这一形式阐明这一点。以科学家理查德·道金斯为例，他持有极端的反对意见，将宗教视作一种犯罪。”

宗教的功能，除信仰和一神教“恩赐”的真实性之外，还有：“它阻止了人祭。现代人认为这种禁止才是无稽之谈。宗教重新被视作高贵的野蛮人的装束，是一种天然无知的原始状态。然而，宗教对于遏制暴力是必不可少的。人类是这个世界上独一无二的物种：唯一以暴力威胁其自身之生存的物种。处于性嫉妒状态的动物并不会杀死对方。人类却会这样做。动物不知道仇杀，不知道杀害祭牲性受害者与众人喝彩的模仿天性有关。”

今天，对暴力的唯一公认定义是纯粹的攻击。“因此，人们想要让它变得无辜。但人类暴力就是欲望和模仿。后现代主义并没能谈及暴力：它将暴力放在了括号中，直接忽略了其起源。由此，它忽略了最为重要的真理：实在是可以触及的。”

勒内·基拉尔来自法国激进派。“我的脑子中塞满了滑稽的玩笑、平庸的简朴和先锋派的愚笨。我很清楚后现代对真实的否认可能导致道德问题失去意义。先锋派曾退居艺术领域，如今延伸到了探究人类之起源的科学领域。在某种意义上，科学成了一种新的神话，人类创造生命的神话。因此，若瑟·拉青格[1]对‘生物还原论’的定义让我感到十分宽慰。他认为，这是一种新的解构

[1] 即后文提到的教宗本笃十六世。

形式，一种生物神话。同时，我也赞同这位前枢机主教［拉青格］对于科学和科学主义的区分。”

人类和动物之间唯一的重大区别就在于宗教层面。“这是人类存在的本质，正是宗教最初阻止了祭牲和暴力。宗教消解之时，衰亡也就开始了。微观优生学是新型人祭。我们不再保护生命免受暴力的攻击，相反，我们用暴力摧毁生命，试图为了自身的利益将生命的奥秘据为己有。但我们总会走上错误的道路。优生学正是两个世纪前开始的一种思想的顶峰，它对人类构成了最为严重的威胁。人类是总能自我毁灭的物种。出于这个原因，人们创造了宗教。”

如今有三个领域威胁着人类的生存：核威胁、恐怖主义和基因操纵。“20世纪是典型的虚无主义的世纪。21世纪将会是充满诱惑的虚无主义的世纪。C. S. 刘易斯在谈及‘人之废除’[1]时说得没错。福柯补充说，‘人之废除’已成为一个哲学概念。今天，人们已无法再谈论人。当尼采宣告上帝已死时，事实上他宣告的是人类之死。优生

[1] C. S. 刘易斯有一部作品《人之废除》（*The Abolition of Man*）。

学是对人类理性的否定。如果人被视作实验室中的原材料、可塑及可操作的对象，那么人们就可以对人做任何事。人类的基本理性就此被摧毁。人是不能被重组的。”

根据基拉尔的说法，今天的我们还忽视了另一项人类学功能：婚姻。“婚姻是先于基督教的一种制度，受到了基督教的重视。婚姻是不可或缺的生活组织形式，与人类追求永生的愿望息息相关。创建家庭的过程，就像人类正在模仿永生。一些地方的一些文明接受了同性恋，但没有一个社会将其与家庭置于同一司法地位。人类中存在男人和女人，就是如此，始终是两极对立。在最近的2006年美国大选中，自然婚姻在全民公投中取得了胜利。”

欧洲的形而上厌倦

欧洲正处于索邦大学阿拉伯语学者雷米·布拉格（Rémi Brague）所说的形而上厌倦（metaphysical boredom）之中。“这是一个优美的表述，在我看来，基督教福音的优越性正变得越来越显而易见。它越受到攻击，基督教的真理就越闪耀。我们的世界正不断被新的祭牲神话填满，而作为对神话的驳斥，基督教在这样的时刻闪闪发光。

“我一直是以一种激进的方式来理解基督教启示中的绊脚石的。基督教没有采取众人的视角，而是站在了无辜的受害者的立场上。它是对古老模式的颠覆，是对暴力的耗尽。”

基拉尔谈到了我们对于性的执念。“在福音书中，没有什么与性有关的内容，而这一事实已完全被当代的诺斯替派浪漫化了。诺斯替主义总是排斥各类人，将他们转化成敌人。基督教则与神话、诺斯替主义相反。如今，一种新异教主义正在浮现。后现代哲学犯下的最大错误就是认为其可以将人自由地转变为快乐机器。这就演变成了非人化——从牺牲整体的利益来延续生命的错误欲望这一刻开始。”

后现代哲学建立在历史已经完结的假定之上。“由此，我们的文化从其原始形态中被剥离出来，完全置于当下的语境中。一种对认可普遍真理的更强大的文化的憎恨也油然而生。如今，人们认为性是一切问题的解决方案。实际上，这才是问题所在，根源所在。我们不断受到一种迷人的魅力意识形态的诱惑。解构主义并不认为性属于人类之愚昧的范畴。而我们的疯狂之处，在于想要让性变得稀松平常，变得无关痛痒。我希望基督徒们不会追随这一方向。暴力和性是无法分割的。因为它们都涉及我们所拥有的最美丽且最邪恶的事物。”

人性与句法、现实与语言之间的割裂正在发生。“我们正在失去语言和存在的限制之间的每一种联系。如今，我们只相信语言。我们对童话故事的喜爱是前所未有的。基督教是一种语言学上的真理，逻各斯。托马斯·阿奎纳是这种语言理性主义的伟大传播者。英美基督教获得的巨大成功，因此也是美国获得的巨大成功，要归功于对《圣经》的出色翻译。今天的天主教中有太多的社会学了。教会经常受到时代和现代主义的诱惑而做出妥协。从某种意义上来说，这些问题始于第二次梵蒂冈大公会议，却可以追溯至更早期的基督教末世论的失落。教会对这一转变的反思不够充分。我们要如何证明在仪式上完全消除末世论是合理的呢？”

基拉尔重申，人类所面临的危险从未像今天这般严重。“这是卡罗尔·沃伊蒂瓦（Karol Wojtyla）[1] 所谓的‘死亡的文化’带来的教训。这展现了他最为优美的语言直觉。它可以与若瑟·拉青格所谓的‘相对主义的霸权’（dictatorship of relativism）匹配。我们这个时代的虚无主义将自己称作解构主义，在美国它还被叫作‘解构主义理论’。虚无主义转变成了一种值得尊重的哲学理论。一切都变得如此轻浮，成了一场文字游戏，一个笑话。我们从对语言的解构开始，最终却在实验室里解构人类本身。”

除了对人类的生命缺乏尊重，对身体的解构是基拉尔谈到的另一个挑战。“同一批人一边想要无尽地延续生命，一边又告诉我们这个世界已经人口过剩。”

文学批评家乔治·斯坦纳称无神论也是形而上的。“当然，斯坦纳总是有各种奇思妙想。G. K. 切斯特顿说现代世界充满了疯狂的基督教思想。启蒙运动同样是基督教的产物。以伏尔泰为例，

[1] 即后文提到的教宗若望·保禄二世。

他作为一个好斗的启蒙运动人物，为法国的去基督教化做出了贡献。然而，伏尔泰总是为受害者辩护，从这一层面来看，他是一个优秀的基督徒，即使他本人并不知道这一点。出于这一原因，我认为那些基督教教义的邪恶解读者要比外人更可怕。基督教持续为我们提供有关人类罪恶的迷人且颇具说服力的解释。但我们正在丢失基督教中末世论的维度。人们会意识到，没有宗教，任何社会都无法生存。基督教的浪漫主义思想忘记了，正是这一宗教平息了祭牲性暴力。今天，基督教要比科学的乐观主义现实得多，科学创造出人类就只是为了杀害人类。末日的到来并非因为上帝的怒火，而是因为人类针对自己的疯狂。末日并未过去，而是就在我们眼前。启示录并非为上帝写的，而是为了人类。目前美国的基督教基要主义者的末世论是错误的；他们认为上帝会惩罚人类，而不是人类会惩罚自身。今天的我们需要末世论，是为了不要忘记这种暴力源于人类自身。”

根据基拉尔的说法，拉青格在雷根斯堡的演说至关重要。“拉青格对相对主义发起的挑战不仅有益于天主教，也有益于世俗人士。我希望拉青格能成为欧洲的希望。作为教宗，他与若望·保禄二世既很相似，又有很大的不同。沃伊蒂瓦势不可挡，他总是想要人们看到他、听到他。本笃十六世则想要人们和解；在反思和保持谦逊上，他是一位伟大的老师。基督文明是人类历史上伟大的革命之一，它以独特的方式提醒我们如何正确地使用理性。这是一种基于'罪责'概念的挑战。长久以来，欧洲人都将德国人视作替罪羊……一旦上帝被宣告死亡，启蒙运动也不再具有任何宗教意义……如今，这种反创世论又在一部分科学中复活了。"

这就是亨利·德·吕巴克（Henri de Lubac）所谓的"无神论的人本主义"的意义。"他的友谊让我备感荣幸。当我受到指责，说我不像一个基督徒时，德·吕巴克跟我说，我写的一切都是对的，其中并没有任何异端邪说。欧洲巨大的人口危机正是这种瘫痪状态的多种症状之一。我们这个时代的意识形态对生命怀有敌意。现代文化认为，神话无论新旧都崇尚生命，而宗教反对生命。事实与之相反。新狄俄尼索斯主义有着一张暴力且致命的面孔。托马斯·曼是最早理解这一点的人。如今，有一种存在主义的恶心感占据主要地位，这正是浪漫主义脾性的继承者。”

我们是如此民族中心主义，以至于只有其他人宣称他们自己的宗教的优越性，才会让我们认为他们也是正确的。“某些宗教与死亡保持着一种神秘关系。它们是祭牲宗教，但基督徒的死亡并不是为了被模仿。我们要记得基督对保罗说的话：‘你们为什么迫害我?’基督教摧毁了一切神话，在基督教中受害者和迫害者不断地在进行对话；某些宗教就不存在这种情况，相反它们消除了受害者问题。从这种意义上来说，基督教和这类宗教总是存在冲突。这类宗教没有十字架。和基督教一样，这些宗教也为无辜的受害者沉冤昭雪，却以一种激进的方式进行。相反，十字架终止了暴力和古老的神话。十字架象征着对暴力的反转、对私刑的抵抗。如今，十字架站在了新神话中狄俄尼索斯式献祭的对立面。基督教阻止了献祭。”

勒内·基拉尔总是选择不说讨喜的话。“即使在美国，我也一直受到排挤。今天，我已经完全不在意他人是怎么看待我的了。我们不必让自己完全沉迷于迷人的事物，过去有太多的东西值得我们学习。我经常重读《旧约》中约瑟的故事，因为它是对基督教最美丽的诠释。自 1951 年结婚以来，我已有九个孙辈和三个孩子。我的妻子是新教徒，她从未皈依天主教。”

随后，这个严肃且正派的人发出了天籁般的笑声。“我的一个儿子在经商，一个女儿是画家，还有一个儿子是律师。我对美国的热爱来自其伟大的悖论，美国拥有最为有效的保护措施来对抗其最糟糕的层面——而欧洲忽略了这些保护措施。在这里，我懂得了真正的独立。我被生命所包围。然而，我不禁想到，这是一个沉默的时代，一个充满意义的沉默的时代。”

源自竞争的激情

厌食症与模仿性欲望

马克·安斯帕克和洛朗斯·塔库/2008[1]

马克·安斯帕克（以下简称安斯帕克）：勒内·基拉尔，您是否能跟我们讲讲发表这篇文章的缘由？是什么促使您开始思考厌食症这样的话题？

基拉尔：我对这个话题的兴趣可以一直追溯到我的童年。我的家族中就有人患有厌食症——并不是很严重，但确实存在——尤其是我在文中谈到的一个年轻的堂亲。因此，在我读到克劳德·维格的《饥饿艺术家们》时，我的记忆被唤醒了。后来，当我决定涉足这一话题时，我就是以这本书为出发点的，因为我认识维格。

安斯帕克：您是如何与他结识的？

基拉尔：当时，他在美国教书，在布兰迪斯大学（Brandeis University）。而我是布林莫尔学院（Bryn Mawr College）的一个年轻教授。我们任教的学校相距不远。我们应该是在现代语言学会的一场会议上认识的。他是我在学术界结交的第一个朋友。我们在法国也会碰面，还不断交换各自的作品。我们很有共鸣。他是来自阿尔萨斯的犹太人，和我一样移民到了美国。他是我最亲近的同事。

安斯帕克：你们之间是否存在学术理论上的联系？

基拉尔：很难讲。但那个时候我还没有那么偏执！尽管如此，在我写作厌食症相关的内容时，主要是这一现象中的传染性、模仿性吸引了我。维格还没有涉足当代社会学，但在20世纪90年代，美国社会敏锐地意识到了这一问题。当时甚至出现了针对女性时尚媒体或高级时装设计师的诉讼案。我深入研究了这一话题。我在校园内还有一个“线人”，是一名男学生，他对模仿理论有很透彻的理解。他与我分享了他对斯坦福大学内其他男生，以及可能导致厌食症的压力的观察……

安斯帕克：这种压力是以什么样的形式出现的？年轻人会谈论自己的体重吗？会相互比较吗？

基拉尔：他们闭口不谈，但又暗自比较；他们知道这个关注点的存在，并且知道它主导着学生文化的很多方面。

洛朗斯·塔库（以下简称塔库）：厌食症一直折磨着女性。这次轮到男生深受其害了吗？还是说他们只是想要节食减肥？

基拉尔：这很难区分。过去，男生群体中确实从未出现这种程度的节食现象。因此，很多学生认为这一新现象是厌食症蔓延至男性的表现，将其解读为一种渴望变瘦的冲动。这是一种非常视觉化的现象，与他者的凝视紧密相关。当然，我的线人精通这一理论，所以他并不完全是个客观公正的目击者。

安斯帕克：他自己也节食吗？

基拉尔：他告诉我，他差点就这样做了，但他对这一问题中的集体性和社会性特征的意识让他忍住了。他不想要屈服于压力。他感到，自己是一种不受他掌控的社会现象的受害者。

安斯帕克：听起来像是他在模仿理论中找到了解决方案……

基拉尔：就他而言，他对这一理论的了解帮助了他。

塔　库：然而男性时尚的传统标准从不标榜瘦子的形象。相反，人们认为男性理应雄壮有力，哪怕是青年男性也不应瘦弱不堪；然而，总是存在这种苍白虚弱的青年女性形象……

基拉尔：消瘦……我并没有将这一研究持续下去，我也不知道这种现象在男生之间发展到了什么程度。我在斯坦福大学的线人去了威斯康星州的一所高中教书。他告诉我，他在那所学校里也观察到了相同的趋势，但他并没有细说。

安斯帕克：事实上，男性模特的体形似乎发生了根本性的变化。皮肤黝黑、肌肉发达的青年男性发现自己不如苍白消瘦的男孩子们受欢迎。《纽约时报》在 2008 年发表了一篇专门探讨这一话题的文章。当下最炙手可热的模特并非精瘦的类型，而是那些更为消瘦的男孩，他们往往有着细长纤弱的手臂和凹陷的胸部。据《纽约时报》所说，这种新趋势始于2000年前后，自时装设计师艾迪·斯理曼（Hedi Slimane）为迪奥男装设计服装后。[2]在迪奥的一场宣传活动中，有一名男性模特的BMI指数为18，接近于厌食症的判断标准。[3]

塔　库：看起来男性和女性之间确实越来越趋同。

基拉尔：两性之间的差异越来越小。

安斯帕克：新的男性模特形象毫不掩饰自己的女性化（effeminate）。照片上的一些男孩子如此娇弱苗条，如此满足于缺乏力量和活力，以致看起来一点劲都使不上，什么事也做不了，他们展现出还需要他人照顾的模样。扶养无法从事有报酬工作的闲散人士是索尔斯坦·凡勃伦在《有闲阶级论》（1899）中描绘的一种炫耀性消费模式。在凡勃伦的时代，乃至不久前，往往都是男性搂着一个花瓶式的女性。如今，情况发生了转变，女演员、女歌手开始炫耀她们的花瓶丈夫。

基拉尔：你的意思是萨科齐是卡拉·布吕尼

的花瓶丈夫?［笑］她可比他重量级多了!

安斯帕克：在他们两人眼里，当然是她更重要……尽管如此，她还是很瘦。她是个模特，这绝非巧合。说起来，她参与拍摄过一条汽车广告，她说了“这不过是我在车库里第一眼看到的东西”之类的话。这个例子很好地展示了您所谓的“冷淡策略”。

基拉尔：这就像新的牛仔裤在出售前要先做旧一样。没有什么比刻意让人意识到你想要给他们留下深刻印象更差劲的了。同样的观点早已出现在莎士比亚的作品中。以《无事生非》中的贝特丽丝和培尼狄克为例。谁先跟对方说“我爱你”，谁就输了。这让我想起那些自行车赛，太早领先没什么好处。

安斯帕克：让另一个人领先于你，这样你就有了一个模仿对象，与此同时，又可以让他看不见你。这样做的目的是不露声色地赢得胜利，不让他人看到你的欲望。极简主义文学也采取了同样的策略，作者藏在一张冷淡的面具之下，隐藏起他们想要打动读者的欲望。展露这种漠不关心就是试图给人留下印象的一种方式，是一种所谓的优越感的证明。我想到了《局外人》中已得到充分研究的中性叙事，您分析说这是一种文风上的技巧，年轻且尚未出名的加缪借此来隐藏他想要赢得读者的欲望。[4]

塔　库：曾经有一段时间，人们对食物展现出冷漠的态度。文雅的女士们会在外出进餐前在家里先吃点东西，以免显得自己很贪吃。如今却有一部美国电视剧叫《绝望主妇》，里面的五名女性把时间都花在烤蛋糕和吃蛋糕上，但同时她们个个都瘦得皮包骨……厌食症不再受欢迎；你仍然要保持苗条身材，却不能停止进食。

基拉尔：贪食症也是同一原理。贪食症是一个非常具有美国特色、非常实际的解决问题的办法。进食，把自己塞饱，然后丢弃食物。这是技术进步的最高境界。

塔　库：但是我们要如何理解特别瘦的女性的魅力呢？譬如凯特·摩丝这位超级名模，人们认为她极其美丽、极其性感，虽然她脸颊凹陷，脸上也没什么血色。

基拉尔：我第一次意识到这个现象，是在一家百货商店里。我注意到，一个穿着泳衣的假人肋骨根根分明。效果相当诡异，却是有意为之，这就让我产生了思考。那大概是 15 年前的事了。古怪的是，这股潮流似乎永无止境。因此，它必定存在更深层次的意义。人们往往认为时尚的本质在于多变，然而这里却出现了不变：向着同一个方向发展的潮流已经持续了 100 多年。我想我可以拿奥地利末代皇帝的妻子茜茜和拿破仑三世的妻子欧仁妮为例，两人在某次国际聚会上见面时互量了腰围。

塔　库：与此同时，美的标准也在不断演变。例如，玛丽莲·梦露和艾娃·加德纳都不是又高又瘦的类型。她们身材娇小、体态丰满，却被认为是绝代美人。

基拉尔：事实上，男性无疑更喜欢这种体形。但女性时尚已经成了女性内部的事务，这是一片女性的竞技场，男性并不一定有一席之地。

塔　库：您是如何看待“时尚受害者”的？这些女性深陷于对时尚的痴迷之中，无法想象任何其他的生存方式。

基拉尔：就像其他所有的痴迷式欲望一样，例如对财富、权力的欲望，这是一种源自竞争的激情。这些女性想要得到他人的仰慕。她们想要站在世界的中心，因此她们会不惜一切代价超越他人。但这并不仅仅是一种个人怪癖。时尚受害者的存在，无疑是一场社会危机的征兆，是一个时代的标志。过去有过类似的现象吗？我想不到任何例子……

塔　库：就算我们能找到例子，那也不是一种普遍现象。过去，时尚是精英阶层的专属；今天，它已覆盖全体成员。

基拉尔：这一现象已经完全民主化了。在茜茜和欧仁妮的时代，它仅存在于最高的社会阶层。毫无疑问，根据女性的体重就可以观察出阶级差异。社会精英阶层的女性平均体重会更轻。新艺术运动之后，人们将极其苗条的女性奉为一种审美理想。但在大约 1920 年之前，这种对瘦的追求仅限于贵族。之后，这一现象才慢慢向下延伸至社会上的每一阶层。“拥有苗条身材”这一表述，在我还是个孩子时，就已很流行了，但还没有触及社会阶梯的基层。如今，这一切都被民主化了，除了那些因为拒绝参与其中而被淘汰出局的人。

安斯帕克：贫困女性被淘汰出局，因为她们无法正确饮食而体重飙升。

基拉尔：在美国，贫困女性要比其他人更胖，因为她们吃容易长胖的食物，也因为她们不节食。两种因素共同作用。

安斯帕克：最近的数据显示，世界上超过一半的成年人——近乎 2/3 的男性——都处于超重或是肥胖的状态。[5]奇怪的是，中间或是“正常”区间内的人反而是少数。

基拉尔：这么说可能有点夸张，但与过去相比，这确实是一大趋势。

塔　库：甚至还存在一种太胖和太瘦同时存在的趋势，想想那些丰胸、丰唇的人……

安斯帕克：纤细和丰满这两种相互矛盾的理想形态正在向着相反的方向拉扯女性。她们无法同时符合这两种理想。

基拉尔：这让人联想到某些昆虫的身体，它们的身体被分成若干节，节与节之间以腹部的细线连接起来。这种体形有点像昆虫。

安斯帕克：我们可以在科幻电影中看到巨大的昆虫，它们属于怪物。怪物的出现不就是无差别危机的特征之一吗？至少是 20 世纪 50 年代以来，美国电影中就满是怪物。最新的发展则是出现了有着怪物般身材的女明星。

塔　库：我们该如何解释这种不断向着极端发展的身材狂热？今天的女性似乎完全执迷于自己的身体。

基拉尔：这与当代的审美观有关，当下以个人为中心，个人才是最重要的，这将一切社会价值排除在外，尤其是与宗教相关的价值。而这正是这种现象的主要表现形式。

安斯帕克：您的意思是，在普遍缺乏价值观、缺乏模范生活方式的情况下，人们只能回归自己的身体？身体是自我的最后堡垒吗？

基拉尔：我是这么认为的。我们的社会完全是物质至上的，很难再找到新的价值观。

塔　库：不仅缺乏价值观，还缺乏仪式感。青少年厌食症不正与我们生活中的“去仪式化”息息相关吗？不再存在公认的成人之道。年轻人给自己举办了成人礼，那显然是从模仿对象身上复刻而来的。他们想要通过禁食来超越自己的极限。过去还存在宗教仪式：斋戒、大斋节等。现在这些几乎都不存在了。对年轻女孩来说，禁食不正体现了一种对纯洁的渴望吗？

基拉尔：基于我所关注的问题，我的重点仍然在竞争上。但是你刚刚提到的因素当然是存在的；它们可能一开始就存在，也可能很轻易地叠加在一起。牵涉其中的人们很可能看不到自身的竞争性动机，并且在毫不知情的情况下受到这些动机的支配。奇怪的是，中世纪的修女院可能比现代世界中的我们更好地意识到了危险所在。苦修手册考虑到了这一点。在中世纪，那些想要获得苦行者称号的人之间就存在竞争性的禁食。这是一种积极的目标，一种不折不扣的争夺地位的雄心壮志，与现代的厌食症相似，但又不完全相同。现代的厌食症与凝视、与摄影的世界相关。在此之前，这是一种权力意志，表现为想要比邻人更能禁受住苦行，更能抵挡住饿意。在厌食症患者身上，饥饿感被完全压制了；在我看来，这更像是某种以自我为中心的表现。他者仍然扮演着关键的角色。但这一角色在某种程度上受到很多外部因素的影响。在修道院里，两个修女在争夺主导权时，他者的介入要更为简单，也更为直接。

安斯帕克：修女院并不是个寻常的地方。它是一个以高度无差别化为特征的环境。修女们穿着完全相同的服装，蒙着她们的头发和身体；在日常生活中，也遵循着相同的程式。她们日复一日地生活在同一个封闭的空间中。如果她们想要在这样一个受限的环境中获得独特的地位，就苦行状态展开竞争可能是唯一的途径。

基拉尔：是的，出发点是不同的，但竞争趋势永远是这个问题的核心。一旦展开竞争，限制就不存在了。

安斯帕克：乍一看，现代社会和修女院几乎没有什么相同之处，但两者之间可能存在很多自相矛盾的相似点。在修女院或是修道院中，每个人的性别都是相同的；在我们的社会中，性别之间的差异也正在慢慢消散，这在某种程度上使得两者拥有了相似性。代际之间的差异也在慢慢消失，成年人努力地“保持年轻”，年轻人则过早地实践“成人”行为。最基本的人类学分类已摇摇欲坠。考虑到洛朗斯·塔库提到的传统宗教仪式的衰落，无差异化的趋势不正是促进了对于瘦这类无意义的目标的争夺——这种任何文化护栏都无法遏制的竞争——吗？

基拉尔：现代社会取缔了宗教，却催生了新的仪式。这些仪式比过去的更加沉重、更加可怕——它们以一种有待界定的方式回应着远古的宗教形式。

安斯帕克：对于身体的严酷考验，例如追求极致的瘦，还有穿孔、文身等？

基拉尔：是的，但本质永远是他者——这个他者可以是任何人，是一个坚不可摧、无处不在的整体的化身。而他者是我们固执地想要引诱的对象。他者是不可逾越的障碍。这很快就会变成对于纯粹的形而上命令的屈从。如果没有真正的宗教，你便会得到一个更可怕的宗教……

安斯帕克：宗教被取缔后诞生的可怕宗教中有一位伟大的先知，那就是弗朗茨·卡夫卡。您在作品中探讨了他的《饥饿艺术家》。卡夫卡在巴尔扎克和他自己之间做了一个发人深省的比较——“巴尔扎克在他的手杖上刻有这样一句座右铭：‘我摧毁一切障碍’；而我的座右铭是：‘一切障碍都在摧毁我。’”

基拉尔：这明确地证明了时代的变化。巴尔扎克仍然代表了天真的现代主义征服一切的姿态。但到了卡夫卡的时代，一切都变得更扭曲了。人们开始告诉自己，一个可以被摧毁的障碍根本就配不上障碍这个名字。对卡夫卡来说，剩下来的那个障碍正是无处不在的他者。这正是无处不在但又没有姓名的模仿模范。

塔　库：对于一个无处不在的模仿模范的观点，我有一些困惑之处。在之前的分析中，您总是能在各处找到模仿模范。这是否有可能成为您的理论的缺点？模仿理论的应用范围不存在任何限制吗？

基拉尔：模仿理论并不适用于所有人际关系，但即使是在我们与最亲近之人的关系中，我们必定也能意识到这种机制所描绘的现象的存在。实际上，我们所生活的时代就像一幅漫画。由于我们所有人都参与了这种夸张，因此与过去的常态相比，“模仿”反而变得更加难以察觉，这本身就是一种悖论。这就是我的论点的悖论之处。也许这个说法有些夸大其词，但我相信它是真实的；我坚持这一点，是因为我也相信：今天的真相已经失去了所有的逼真性。

塔　库：您是否认为，有些人不喜欢模仿理论，是因为它聚焦到了那些过于私密的事物上？

基拉尔：大多数人完全可以将模仿理论视作

一种单纯的社会性讽刺，并不针对他们个人。足够幽默的人会说："是的，我确实沉溺于某些行为；我确实可能为了纯粹的模仿而行事。"时尚常常没有意义；人们只是单纯地模仿，并不去思考意义所在。个体成了自己所逃避的意义的载体。

塔　库：您呢？您认为自己容易受到当下的潮流或流行观念的影响吗？

基拉尔：我认为，人的年纪越大，越不容易受到影响。当然，曾经的我容易受到影响。如果我曾并不如此，我也就无法理解这种现象。这需要一种个人转变，接受耻辱感，然后对自己说："我在这种情况下模仿得太厉害了；我得尽量不这样做。"

安斯帕克：在您的那卷《莱尔纳文集》[1]（*Cahier de l'Herne*）中，有一篇您的自传性文字，

[1] 法国伽利玛出版社出版的一系列文学、文化研究著作。该系列始于20世纪50年代，旨在通过深入的分析和批评，来探讨重要的文学、文化主题。每一本 *Cahier de l'Herne* 都专注于一个特定的作家、流派、时期或文化现象，通常由该领域的专家撰写。

描述了您年轻时感受到的一种尤其强烈的“模仿病”，这表现为一种相反的文学性势利。[6]

基拉尔：普通的势利，也就是普鲁斯特描述的那种势利，是指人们只会被有名望的模仿模范挑选出来的作品吸引。而我的情况则更为严重，我抵触阅读他人推荐的任何作品。模仿病最为极端的表现形式就是顽固的反模仿态度。虽然我们不应该成为他人意见的奴隶，但我们也无法将自己与他人的一切隔绝开来。对积极的模范的模仿是无法避免的，对创造力来说，也是不可或缺的。系统性地拒绝一切外部模仿对象，将面临思想僵化的危险。

塔　库：您是否会害怕，模仿理论若是成为潮流、大受欢迎，也将产生反作用，最终遭到所有人的摈弃？

基拉尔：在短时间内，相反的潮流引起的观念波动，总是有可能的。但长期来看，我相信若是一种理论在现实中找到了足够稳固的立足点，那么它总能长久。目前，人们对于现实的模仿性理解，仍处于非常早期的阶段。总有一天，一切都会变得显而易见。届时会有一个转变，从拒绝看到这种现象转变为发现这种现象无处不在……不过当然，没有什么是确切无疑的。

安斯帕克：刚才洛朗斯·塔库问您模仿理论是否存在局限性。我想要就饮食失调症这一具体话题再次问您这个问题。很多观察者发现了，宣扬极瘦身材的文化模式的危害——这影响到了所有女性；而严格意义上的厌食症——一种有害健康甚至可能致死的疾病——仍然相当罕见。那么，为什么最严重的病症会发生在某些女性身上，而不侵扰其他女性呢？研究饮食失调症的精神病学专家热拉尔·阿普菲尔多费在接受法国的《解放报》采访时说："厌食症不是一种选择，而是一种精神疾病。它存在心理方面的体质倾向和家族遗传。在其最普遍的形式中，这种疾病反映的是一种自恋障碍，而不是为了模仿时尚模特。"[7]

基拉尔：我反对传统心理学上的解读方式。我不认为存在弗洛伊德意义上的自恋。我们都既以自我为中心，同时又相互依存；这两者是并行的。我们都会将自己与他人做比较，我们都很容易陷入模仿性竞争，但并不是所有人都会发展到病态的程度。为什么有些女性比其他女性更容易患上厌食症？个体或多或少都会产生竞争意识；在瘦身方面是这样，在其他方面也是如此。患厌食症的女性想要在她们的门类里拔得头筹。在金融世界，也是一样。唯一的区别是，人们并不认为，想要比其他人更富有的想法很病态。相比之下，想要变得更瘦的欲望若是发展得太过分，就有可能危害身体健康。但若是一个女孩厌食且参与了这一竞技场上的竞争，那么她就很难在真正获胜前放弃——那意味着放弃冠军头衔。在极端的情况下，最终的结果将会是悲剧性的，但这不应该让我们忽视这样一个事实：对瘦的痴迷是我们整个文化的特征；这并不是这些年轻女性的过错。

安斯帕克：希尔德·布鲁赫在她对饮食失调症的经典研究中，列出了她对 51 位厌食症患者及其家人的临床观察而得出的共同特征。她特别指出，患者的父亲“尤其注重外表形象，崇尚优雅的体态美”。[8]

基拉尔：所以就有了瘦身！父亲在这里很重要，代表了社会整体；他们是社会文化的传播载体。在弗洛伊德对父亲和母亲的探讨中，他们的重要性仍然十分模糊。他从来没有说清楚父母之所以重要，是出于生理原因，还是因为他们从一开始就主宰着孩子的生活。弗洛伊德在这个问题上始终模棱两可。

安斯帕克：事实上，希尔德·布鲁赫还说，患者父亲对外貌的关注，以及他们想要孩子“成功”的欲望，无疑是很多中上层家庭的共同特征，尽管这些特征在厌食症患者的家庭中表现得更为明显。

基拉尔：厌食症是一个家庭正逐渐瓦解的时代会出现的现象。把全部力气花在从患者家庭中寻找解释，只会将自身禁锢在一个狭小有限的框架中。

安斯帕克：玛拉·塞尔维尼·帕拉佐利是意大利杰出的厌食症研究专家，她创立了米兰家庭治疗流派。她对厌食症患者家庭的观察可能会让

您感兴趣。据她所说，患者的父母陷入了对牺牲者身份的竞争之中……[9]

基拉尔：涉及具体案例时，心理学家可能说得没错。但在我看来，如果要以此来否认一个已经在各方面发展了 150 年的现象的社会性本质，那么我只能说，这是对我们社会中的常态避而不见。

安斯帕克：好的，让我们抛开家庭问题，回归对社会大背景的考量。此前，我强调了这样一个事实，厌食症现象的加剧发生在一个无差异化日益加剧的大背景下，这里指的是性别和代际之间的无差异化。我们可以说发生了差别危机，甚至用您的表述来说是"祭牲危机"，这意味着一场无法借助祭牲仪式来解决的危机，因此容易导致自发且难以控制的迫害行为的大爆发。在您文章的结尾处，您比较了时尚杂志中"摆弄姿态的人体骨架"与中世纪的死亡之舞（danses macabres）、死亡象征（memento mori）。我想，我们是否应该从受害者的视角来解释凯特·摩丝这样骨瘦如柴的模特的魅力。

塔　库：实际上，这种现象反复出现，似乎与青春期有所关联。浪漫主义时期的“活死人”（living dead）似乎与此存在相似之处。濒死的境地正是时髦的巅峰。

安斯帕克：最近，“海洛因时尚”一词被用来形容那些有着黑眼圈和瘾君子般迷茫眼神的瘦弱模特。凯特·摩丝不仅有着消瘦的外表，而且因吸毒闻名。她吸食可卡因的照片流出后，立刻引起了负面反应，广告宣传也被取消了。然而到最后，这一丑闻反而为她的事业注入了一剂兴奋剂（非刻意双关）。我们很容易找到更多的例子：布兰妮·斯皮尔斯、艾米·怀恩豪斯……当然，这些都并非什么新鲜事。所有自尊心强的青春偶像都得尝试自我毁灭，以粉饰他们作为注定要消亡的神的形象。但我的感觉是，整个过程正在变成对其自身的讽刺。

基拉尔：和以瘦为美的现象一样，其中也存在模仿性升级。犯下更大过错的需求导致了一些行为，这些行为一旦被模仿，就无法与有组织的社会兼容。社会生活面临失序。

安斯帕克：这种社会崩溃的第一批受害者就是那些愿意为追随模仿性时尚做出极端牺牲的人。我想到了那些在时装秀上倒下的年轻模特，例如2006年8月2日在西班牙的一场时装秀上去世的22岁乌拉圭女模特。据说，她整整两周没有进食，而此前的数个月中，她的食谱里也只有生菜和健怡可乐。[10]这些人是真正的“时尚受害者”。他们为了实现群体所推崇的理想而献出了生命。

基拉尔：这有一点像自杀式恐怖分子。对那些支持其行动的人来说，是一种殉道。

塔　库：时尚的殉道者……

安斯帕克：这种比较看似唐突，但我认为并不离谱，甚至可以说是互相成立的。因为在某些国家、某些环境下——无论出于何种宗教或政治动机——自杀式恐怖主义显然已经成了一股热潮。一时风尚的流行并非西方专属的现象。不应该低估时尚在其他文化中扮演的角色的重要性。没有哪一个人类社会可以对模仿的力量免疫。例如，在伊拉克，萨达姆·侯赛因倒下之后，宗教极端主义便大行其道，如今似乎有了减退的迹象。根据巴格达的一位政府官员的说法，伊拉克人拥抱宗教狂热，就好像他们“想要换一件新的时装”。[11]简而言之，自杀式恐怖分子也是时尚的殉道者。各处都存在时尚的殉道者，但相比于我们自己的文化，我们更容易在其他的文化和时尚中发现这样的殉道行为。

基拉尔：当我们看到时尚杂志中一些诡异的照片时，我们并不会就此发现我们自身文化中的殉道行为。而一个健康的社会，会在这些照片中发现死亡的轮廓。这确实是一种潜藏于无意识的东西。

安斯帕克：那么那些年轻女性呢？无论她们是不是时尚模特，她们确确实实因为迎合这些理想形象而死去。如果她们是为实现群体所推崇的理想而拼尽全力，最终牺牲，那么我们是否能将她们称作祭牲受害者呢？这是我想问您的最后一个问题：我们是否应该将其视为您的人类学理论意义上的牺牲者？

基拉尔：让这些女性使自己死于饥饿的命令来自整个社会。这是一个得到一致同意的命令。

从这个角度来看，这确实像一场有组织的祭牲。令人担心的是，它是无意识的，而这表明我们的文化中存在返古的趋势。

“9·11”之后的末世思想[1]

罗伯特·多兰/2008[2]

罗伯特·多兰（以下简称多兰）：在2001年9月11日的事件发生后不久，您接受了法国报纸《世界报》的采访，其中您表明"今天正在上演的是全球范围内的模仿性竞争"。现在看来，这一观点比任何时候都更加正确。所有证据都表明，模仿性冲突正持续进行且愈演愈烈：阿富汗和伊拉克的战争；马德里和伦敦的公共交通爆炸事件；就连巴黎郊区的汽车焚烧事件也与此脱不了干系。回头来看，您是如何看待"9·11"事件的？

基拉尔：我认为你说得没错。首先我想要就此谈几点看法。虽然在当时看来这可能很不可思议，但我认为很多人已经忘了"9·11"——并不是说完全忘了，但他们已将此简化为某种默认的常态。当我在接受《世界报》的访谈时，所有人都认为这是一个极其不寻常且绝无仅有的新事件。如今我认为很多人都不会再认同这一观点。不幸的是，在美国，因为伊拉克战争，对待"9·11"

事件的看法受到了意识形态的影响。强调“9·11”的重要性，则意味着“保守”和“危言耸听”。那些想要尽快结束伊拉克战争的人倾向于淡化其重要性。我并不是说他们不应该想要结束伊拉克战争，但是他们在淡化“9·11”之前应该更加谨慎，应该全方位地思考问题。如今这种倾向十分普遍，因为你所谈及的那些事件——均发生于“9·11”之后，并且会让人隐约联想到该事件——都绝对没有那么大的影响力和震撼力。因此，这就是一个诠释问题：什么是“9·11”？

多　兰：您认为“9·11”是一种断裂、一场里程碑式事件？

基拉尔：是的。我认为这是一场里程碑式事件，从根本上来说，淡化这一事件的做法是错误的。人们通常渴望保持乐观，不去从暴力的角度看待我们所处时代的独特性，这不过是在企图抓住每一根稻草，让我们的时代看起来不过是20世纪暴力的延续。我个人认为，“9·11”代表了一个新的维度，一个新的世界维度。淡化“9·11”的重要性，就是企图避免像我这样看待这一新维度的重要性。

多　兰：您指的是冷战。您是如何看待西方面临的这两种威胁的？

基拉尔：两者的相似性在于，他们都代表了一种革命性的威胁、一种全球性的威胁。但当下的威胁甚至超越政治范畴，因为还涉及宗教层面。因此，认为可能出现比纳粹德国之类的极权主义民族这一冲突更全面的冲突，这类想法太过不可思议，与所有人的政治观背道而驰。这需要大量的思考，而人们对不同宗教如何共存，恰恰缺乏相应的思考。宗教问题是最为激进的问题，它超越了意识形态的分歧——今天的知识分子当然不愿意放弃意识形态的分歧。但如果只是这样的话，那么我们对“9·11”事件的反思就会流于表面。我们必须在更广阔的背景下思考，而在我看来，这个更广阔的背景就是基督教末世论的层面。基督教的末世论是一种威胁，因为地球本身的生存已岌岌可危。我们的星球受到三种事物的威胁：核威胁、生态威胁和对人类这一物种的生物操控。而它们都是由人类创造的。人类的力量不可信任这一想法，在生物领域和军事领域同样适用。总之，自20世纪以来，这三重全球性威胁已渐渐成形。

多　兰：我们很快就会回到对末世论层面的讨论。兹比格涅夫·布热津斯基（卡特总统的国家安全顾问）在其最近的著作中写道："几乎每一个恐怖主义行为背后都潜藏着一个政治问题……套用克劳塞维茨的话来说，恐怖主义就是换一种手段来玩弄政治。"[3]虽然可能存在其他动机，但恐怖主义不总是带有政治色彩吗？无论其真实目标是什么，恐怖主义最终总是针对政府的。

基拉尔：我认为，甚至并没有换一种手段。恐怖主义是一种战争类型，而战争就是另一种意义上的政治。从这种意义上来说，恐怖主义就是政治性的。但是在科技面前，恐怖主义是唯一可行的战争形式。伊拉克所发生的一切的最大奥秘就是确认了这一极其重要的事实。西方的优越性在于其科学技术，但事实证明这在伊拉克毫无用处。美国说我们要将伊拉克变为一个杰斐逊式的民主国家，由此令自己陷入了最糟糕的境地。这实在太愚蠢了！这正是他们无法做到的事，他们在伊斯兰教面前无能为力。逊尼派和什叶派之间的分歧绝对更为重要。西方为什么要将自己卷入这场伊斯兰教内部的冲突呢？我们甚至无法理解这场冲突。在我们看来，这就像是杨森主义者和耶稣会之间冲突的再现。我们没有意识到它在伊斯兰世界中的影响有多么巨大。

多　兰：这是因为我们没能理解宗教所扮演的角色吗？

基拉尔：是的。人们也没能理解我们的世界，以及将我们联系在一起的事物的脆弱之处。当我们谈及民主原则时，我们说的是平等和选举这类东西，还是资本主义、消费和自由贸易之类的东西？可以说在接下来的几年里，西方将受到考验。问题是西方会如何回应：强势地还是软弱地？它会自我解体吗？西方应该开始思考：它是否真的拥有原则？是基督教原则，还是纯粹的消费主义原则？消费主义对参与自杀式袭击的人毫无影响力。这正是美国应该思考的问题，因为美国一直在扩张，给我们每个人提供我们认为最具诱惑力的东西。这是否真的没能在这些人身上起作用？换句话说，他们是在假装这些东西没用吗？是因为仇恨吗？他们是否拥有组织严密的防御机制？还是说他们的宗教观在某种程度上更真实，也更强大？这就是真正的问题所在。

多　兰：您最初的解释："9·11"是出于仇恨。

基拉尔：我已经不像事件发生时那么肯定了，不再认为这完全是出于仇恨。我记得，在巴黎综合理工学院举办的一场会议上，我被带偏了，百分百地同意了让-皮埃尔·迪皮伊的说法，即对宗教极端主义者之仇恨的解读。但现在我并不认为仅有仇恨就足够了。仇恨能够驱使人以这样的方式死亡吗？这些人真的对大众消费文化无动于衷吗？也许是吧。我不知道。因此，也许将这种类型的嫉妒强加在他们身上的做法太过分了。如果这些人真的想要称霸世界，那么他们的目标远不止于此。

多　兰：但从您的观点来看，仇恨这一解释似乎很合理?

基拉尔：仇恨当然是存在的。一定是这一点打动了那些为恐怖分子鼓掌的人，就好像他们是在体育馆里一样。这就是仇恨。显而易见且不可否认。但这是不是唯一的因素呢?这是主要因素吗?仅仅仇恨就能导致我们看到的那些自杀式袭击吗?我不确定。相比于世界上的其他国家，西方积累的财富确实是一个巨大的丑闻，“9・11”事件肯定也与此事实不无关系。因此，我不想完全抑制仇恨这一想法。仇恨这一因素绝对十分重要，但它并不能完全解释这一问题。

多　兰：还有另一个因素?

基拉尔：那就是宗教。安拉反对消费主义，等等。宗教禁忌是维系社会团结的一种力量，但这在西方已经完全消失或者即将消失。西方人仅仅是由消费主义和高薪之类的事物团结在一起的。“他们的武器极端危险，作为西方人这一群体，他们又是如此脆弱，他们的文明可以轻易被摧毁。”这就是极端主义者的想法，它并不完全是错误的。我认为其中有着正确之处。

多　兰：在为本刊撰写的文章中，让-皮埃尔·迪皮伊将“9·11”称作“一场人类学意义上的真正的祭牲”[4]。我们能否以祭牲的逻辑来思考“9·11”事件？

基拉尔：在回答这个问题时，我需要非常谨慎。我们不能以将其称作祭牲的方式来为这一事件开脱。我认为让-皮埃尔·迪皮伊不会这么做的。他保持一定程度的中立。他所说的“归零地”[1]的神圣性，我认为是完全合理的。不过，我想要引用詹姆斯·艾利森就此话题撰写的一篇颇有见地的文章中的内容：

> 祭祀中心很快就出现了其往往会出现的那种反应：一种同心的哀伤。[……]大意为“现在，我们都是美国人”这样的句子开始出现——对大多数人来说，这纯粹是一种虚假的感觉。看着这个神圣的中心周围凝聚起一种患难与共的感觉，是一种令人震惊的体验，这里很快就被奉为“归零地”，这种团结感在

[1]“9·11”事件之后，遇袭的世贸中心所在地的代名词。

接下来的几个小时内会不断增强：挥舞旗帜的行为、宗教仪式和纪念活动大幅增加；宗教领袖突然之间受到尊重；以及涌现蜡烛、祭坛、祈祷等关于死亡的一切宗教仪式用具。[……] 还有就是哀伤。我们是多么享受哀伤！这让我们自我感觉良好，感到自己是无辜的。这就是亚里士多德所谓的 katharsis（净化），它与悲剧的祭牲根源有着深刻且邪恶的联系。祭祀中心附近的“暴力的神圣”所产生的效果之一，就是让在场的人感到自己是有理的，有着高尚的道德。一种反事实的善良突然将我们从我们那小小的背叛、懦弱的行为、不安的良知中解救出来。[5]

我认为詹姆斯·艾利森在“9·11”的语境下谈论 katharsis 是正确的。这个概念十分重要。人们认为它源自亚里士多德。事实并非如此。这是一个宗教词。它实际上意味着“the purge”或者说净化。例如在东正教中，katharos 的意思是洁净。正是这个词表达了宗教的积极意义。净化使你变得洁净。这就是宗教应当做的，宗教通过祭牲做到这一点。我认为亚里士多德使用 katharsis 这个词完全是天才之举。当人们谴责模仿理论时，他们没有看到亚里士多德为这一理论提供了多么大的支撑。亚里士多德似乎只是在谈论悲剧，但是作为戏剧的悲剧正是将祭牲搬上了舞台。这也是为什么悲剧被称作“山羊之歌”（“the ode of the goat”）。[6]亚里士多德的解释总是很传统——最好的那种传统。我认为，一个极其智慧的希腊人想要证明其宗教的合理性时就会使用 katharsis 这个词。因此我对这个问题的回答才会强调 katharsis 的重要性，以及亚里士多德对这个词的理解。

多　兰：显然“9 • 11”事件的宏大场景体现了它与戏剧的近似。但在“9 • 11”中，我们见证了真实事件的发生。

基拉尔：是的，“9 • 11”有电视转播。电视会将你带到现场，让你的体验更加真实。这个事件是 en direct（实时的），在法语中，我们会这么说。你不知道接下来会发生什么。我看到了第二架飞机撞向大厦，不是在回放中，而是现场直播。这就像一个悲剧场景，但同时又是真实的。如果我们没有从最真实的意义上经历过这个事件，那么它就无法产生相同的影响。我认为如果我是在“9·11”之后创作《祭牲与成神》的，那么我很可能就会把这一事件写入书中。[7]正是这一事件使得人们有可能理解现代事件，因为它使得古老的事件更加清晰易懂。“9·11”代表了一种奇怪的朝向古老的回归，这就发生在我们这个时代的世俗主义之中。不久前，人们本会对“9·11”做出基督教式的回应。如今，他们有着一种古老的反应，这对未来来说，并不是个好兆头。

多　兰：让我们回到末世论。您的思想通常被认为是悲观主义的。您认为“9·11”是我们走向末日之路的路标吗？

基拉尔：末日式未来并非历史性的概念。这是一个宗教概念，这是你无法摆脱的。现代基督徒没有理解这一点。因为在末日式未来中，善与恶混在一起，因此从基督徒的视角来看，你无法再谈论悲观主义与否。基督教就是这样的。这就是说，所有文本都是同样的整体的一部分。为了理解这一点，你只需要引用《新约·哥林多前书》

中的话：如果世界上有权有势的人知道了将会发生的事，那么他们就绝不会把荣耀的主钉在十字架上了——因为这意味着他们的毁灭。因为当你将荣耀的主钉在十字架上时，权势的诡计，也就是替罪羊机制，就被揭露了。将耶稣被钉十字架表现为对无辜受害者的杀戮，这就是在表现集体性谋杀，以让人们明白这是一种模仿现象。有权有势者最终也将因为这一真理而消亡。所有的历史不过是这一预言的实现。那些说基督教是无政府主义的人在一定程度上是正确的。基督徒正在摧毁这个世界上的强权，因此他们是在摧毁一切暴力的合法性。从国家的角度来看，基督教是一种无政府主义力量。每当它重拾昔日的古老精神之力时，这股力量就会重新浮现。因此，这一冲突实际上比基要主义者所认为的意义重大得多。基要主义者认为末日是上帝的暴力。但如果你去读有关末日的章节，你会发现末日是人的暴力，这种暴力通过摧毁强权，也就是国家，释放出来，这正是我们现在见证的。

多　兰：但这种理解使暴力能够在另一个层

面上继续存在。

基拉尔：是的，但并不是作为一股宗教力量。宗教力量最终是站在基督这一边的。不过，看上去，真正的宗教力量似乎站在暴力这一边。

多　兰：强权被击败之后会怎么样？

基拉尔：强权被打败之后，暴力的发展会使得末日来临。如果你去看与末日相关的章节，你会发现，这一切已经得到了宣告。世上会出现革命和战争。国家与国家斗争，民族与民族斗争。这些都是对立的双方。这就是我们目前拥有的无政府力量，我们有能力摧毁整个世界。因此，你可以看到，末日以一种此前并不可能的方式到来。在基督教的早期，末日存在某种神奇之处。世界将要终结；我们都会进入天堂，一切都会好起来。第一批基督徒的“错误”在于他们相信末日即刻就会到来。按时间顺序来看，最早的基督教文本是《新约·帖撒罗尼迦前书》，该文本构成了对于这个问题的回答：为什么世界在被宣告终结之后仍然继续存在？保罗说有什么在阻拦那些有权有势的，这就是 katochos（阻拦的事物）。最常见的解释是，这是指罗马帝国。耶稣被钉十字架事件并没有消解一切秩序。如果你去看基督教中的末日相关章节，其中描述了当时的混乱状况，这种混乱在罗马帝国初期是不存在的。当世界被秩序的力量牢牢掌控时，它怎么会终结呢？

多　兰：基督教的启示是矛盾的，它既有积极影响，也有消极后果？

基拉尔：为什么说消极？从根本上来说，宗教宣告了世界的未来；它谈论的并非为世界而战。是现代的基督教忘记了自己的起源和真正的方向。基督教初期的末世论是一个承诺，而非一个威胁，因为他们真的相信来世。

多　兰：那么是否可以说您是一个先验意义上的悲观主义者？

基拉尔：我的悲观主义就是每个人所理解的那个悲观主义。但是我的乐观主义在于，纵观当今的世界，你会发现它已证实了一切预言。你能看到末日正渐渐显露身影：足以摧毁世界的力量、还能更加致命的武器，以及其他威胁都在我们眼皮子底下与日俱增。我们仍然相信人类可以解决一切问题，但是如果你将它们归拢到一起，你会发现事实并非如此。它们获得了一种超自然的价值。就像基要主义者那样，很多人在阅读了福音书中末日相关的章节之后都意识到了世界的处境。但基要主义者相信终极的暴力来自上帝，因此他们不认同当下发生的一切的相关性——与宗教的相关性。这显示出他们在一定程度上并非真正的基督徒。正是人类的暴力威胁着今天的世界；而这与福音书中末日主题的关联性比他们所意识到的要大得多。

多　兰：我们难道不能说我们在道德上取得了进步吗？

基拉尔：但这两者可能同时存在。例如，私人暴力减少了。如果你去看 18 世纪的数据，就会发现相比今天，当时的暴力事件如此之多。

多　兰：我想的是，类似于和平运动这样的事，这在 100 年前是无法想象的。

基拉尔：是的，和平运动完全是基督教性质的，无论其是否意识到了这一点。但与此同时，技术发明也在不断涌现，不受任何文化力量的约束。雅克·马里旦（Jacques Maritain）说，世上总是好的东西越来越多，坏的东西也越来越多。我认为，这是一个极好的说法。换句话说，世界总是越来越基督教化，也越来越非基督教化。但从根本上来说，世界因基督教而变得混乱。

多　兰：马塞尔·戈谢认为基督教是终结宗教的宗教，您所说的，与这类人文主义观点相反？[8]

基拉尔：是的，马塞尔·戈谢的想法是基督教现代诠释的结果。我们说，我们是基督教的继承者，而基督教的遗产就是人文主义。这有一部分是正确的。但与此同时，马塞尔·戈谢关注的并非整个世界。你可以用模仿理论解释一切。当世界面临更大的威胁时，宗教必将回归。从某种程度上来说，“9·11”就是这一过程的开端，因为在这场袭击中，技术并没有被应用于人文主义目的，而是被应用于激进的、形而上的宗教目的，非基督教的目的。这就是为什么这对我来说很不可思议，因为我习惯于将宗教因素和人文主义因素放在一起考虑，不会去认为一个是真的，另一个则是假的。但是突然之间，古老的宗教以一种令人难以置信之强势的方式回归了。突然之间，我们又回归了宗教，古老的宗教——但手握现代武器。

多　兰：因此您认为，在规模和重要性上，与宗教激进分子的冲突已经超越了冷战？

基拉尔：是的，完全超越了。而且超越的速度令人难以置信。苏联显示出他们的人性的时刻，就是他们不再对抗以强化肯尼迪之封锁的时刻[1]，而且自那以来他们就再也没有恐吓任何人。赫鲁晓夫之后，过了十几年，迎来了戈尔巴乔夫。戈尔巴乔夫执政时，对立已不在人文主义内部。共产主义想要整顿这个世界，让世上不再有穷人，而资本主义认为穷人根本无足轻重。

多　兰：这种冲突变得更加危险，因为它不

[1] 指1962年的古巴导弹危机。

再是人文主义内部的冲突?

基拉尔：是的，虽然他们并没有苏联拥有的那些武器——至少目前来说是这样。一切都变得很快。然而，越来越多的西方人会意识到我们的人文主义的弱点；我们不会再次成为基督徒，但人们会更加关注这样一个事实——

多　兰：您指的是，暴力来自人类的观念，与暴力来自神明的观念之间的冲突?

基拉尔：是的。对发动“9・11”袭击的恐怖主义者来说，这种对立十分彻底。在他们眼中，如果你是暴力的，那么你无疑就是神的工具。因此，这其实是在说末日的暴力来自神。美国的基要主义者也这么说，但教会不这么说。然而他们的思维不够延展，他们没有说如果暴力不来自上帝，那就来自人类，因此人类要对此负责。我们选择生活在核武器的保护之下。这很可能就是西方最大的罪恶。想想这造成的影响吧。

多　兰：您指的是相互保证毁灭（mutual assured destruction）机制。

基拉尔：是的，核威慑。但这些只是糟糕的借口。我们信任暴力，相信暴力能够确保和平。但这种假设无疑是错误的。今天，我们只是在试图不以激进的方式去思考这种对暴力的信任意味着什么。

多　兰：您认为，如果再次发生类似于“9·11”的事件，会产生什么样的影响？

基拉尔：更多的人会清醒过来。但很可能就像“9·11”时一样。会有一段时间，人们在精神和思想上非常紧张，但随后就会渐渐松弛下来。人们若是不想看到某些事，他们是很擅长无视它们的。我认为在不远的未来就会出现精神和思想上的革命。我现在说的听起来可能很疯狂，但我仍然认为，“9·11”的意义会变得越来越重大。

多　兰：您对暴力在基督教中扮演的角色的看法是否发生了变化？

基拉尔：《创世以来的隐匿事物》[9]中存在错误：例如拒绝从积极的角度使用祭牲一词。祭牲和非祭牲之间存在太多的对立。在基督教中，所有祭牲行为都是为了疏远暴力，为了让人类更有可能摆脱暴力。我认为真正的基督教会将上帝与暴力彻底分割开来；但在基督教中，暴力所扮演的角色是一个十分复杂的问题。

多　兰：在写作《创世以来的隐匿事物》时，您说基督教是一个非祭牲宗教。

基拉尔：基督教一直都是祭牲性的。我确实太过强调非祭牲的重要性了——因为我想成为异见分子。这是我身上剩余的先锋态度在作怪。在某种程度上，我需要与教会作对。这种态度是我的本能，因为我接受的所有学术训练都来自超现实主义、存在主义等，这些都是反基督教的。这可能是件好事，否则这本书可能无法获得成功。

多　兰：如果您表现得更正统的话？

基拉尔：如果我表现得更正统，我可能立刻就被噤声了，被媒体的沉默噤声。

多　兰：您现在是如何看待基督教里的祭牲的？

基拉尔：我们需要对牺牲他人和自我牺牲做出区分。基督对圣父说："你不想要屠杀也不想要祭物；我便说：'我来了。'"换句话说，我选择献祭自己而非他人。但这仍然应该被称作献祭。当我们用现代的语言谈及"献祭"时，这个词就只有基督教中的含义。因此，基督受难完全是合乎情理的。圣子说：如果其他人都不愿意牺牲自己而选择牺牲自己的兄弟，那么我就自我牺牲。因此我完成了上帝对人类的旨意。与其杀戮，我选择死亡。但所有其他人选择的都是杀戮，而非死亡。

多　兰：那么殉道的概念呢？

基拉尔：在基督教中，你不是在自我殉道。你并非自愿被杀害。你将自己置于这样一个处境中，那就是遵循上帝的旨意（另一边的脸也转过来[1]，等等），你就会被杀害。但你被杀害是因为人们想要杀你，而不是因为你是自愿的。在基督教中，这意味着你已经做好了死亡而非杀戮的

[1] 即福音书中的："有人打你的右脸，连左脸也转过来由他打"。

准备。这就是所罗门的审判中那名好妓女的态度。她说：把孩子给我的敌人，不要杀了他。牺牲她的孩子就如同牺牲她自己，因为在接受等同于死亡的事情时，她也就献祭了自己。当所罗门说出她才是真正的母亲时，这并非生物学意义上的，而是因为她的精神。这个故事出自《旧约·列王纪》，从某种程度上来说，这一卷相当野蛮。但我想说的是，在基督出现前，不存在比这个故事更优秀的基督自我牺牲之象征了。

多　兰：您是否认为，这与伊斯兰教中的殉道概念形成了对比？

基拉尔：我认为这是将基督教与所有古老的祭牲宗教进行对比。伊斯兰教并没有像基督教那样，摧毁了古老宗教的祭牲性。基督教世界的任何一处都没有保留基督教诞生之前的祭牲习俗。但伊斯兰世界中的很多地方保留了伊斯兰教诞生之前的祭牲活动。

多　兰：美国南方自发的私刑难道不是古老的祭牲活动的实例吗？

基拉尔：是的，当然。你必须去小说家福克纳那里寻找其中的真相。很多人认为，基督教是以南方为代表的。我想说，在精神层面上，南方人很可能是全美国最不像基督徒的。不过在仪式层面上，他们又是最虔诚的基督徒。毫无疑问，中世纪的基督教要更接近于如今的基要主义。但背叛一种宗教的方式有很多。就美国南方而言，这种背叛显而易见，因为他们回归了最古老的宗教形式。你必须将这些私刑视作一种古老的宗教行为。

多　兰：您是如何看待人们使用“宗教暴力”一词的方式的？

基拉尔：人们在使用“宗教暴力”一词时，并没有厘清我的思想试图厘清的问题——宗教与暴力之间不断变化的关系，这种关系也是历史性的。

多　兰：是否可以说，根据您的思想，任何宗教暴力都必然是古老的？

基拉尔：我会说任何宗教暴力都有其古老之

处。但其中一些层面是非常复杂的。例如在第一次世界大战中，士兵们应召入伍为国捐躯，他们中的很多人都是以基督教的名义献身的，他们身上所体现的基督教精神是什么呢？这其中有与基督教不符的东西，但也有真实反映基督教精神的一面。在我看来，这并不会抹杀这样一个事实，那就是存在宗教暴力的历史，而且归根结底，宗教，尤其是基督教，都在不断受到这段历史的影响，尽管其影响在大多数时间里是有害的。

“基督教……只会在失败中胜利。”

辛西娅·L. 黑文/2009[1]

辛西娅·黑文（以下简称黑文）：正当人们以为自己对基拉尔已经有所了解时，您再次给了我们惊喜。在您的学术生涯中，您的研究多次延伸至新的方向，给了人们很大的启发。如今随着您有关卡尔·冯·克劳塞维茨的新作的出版，您似乎又转向了新的方向。

基拉尔：《完成克劳塞维茨》(*Achever Clausewitz*)[1] 实际上是一本关于现代战争的书。克劳塞维茨是一个只写战争的作家，他爱上了战争。他讨厌拿破仑，也就是他的祖国普鲁士的敌人。但他也热爱拿破仑，因为这位皇帝恢复了战争最为荣耀的本性，而此前 18 世纪的冲突弱化了战争，使谋略和谈判变得比真实的战斗更重要。这就是为什么克劳塞维茨对拿破仑的憎恨奇妙地与一种仰慕之情结合在一起，因为拿破仑恢复了战

[1] 该书的法语版书名，对应的英文版的中译名，即前文中的《战斗到最后》。

争的昔日荣耀。

黑　文："模仿性竞争"的爱憎合一的性质在这里显而易见，不过是否还有什么其他的特性吸引您关注这一不同寻常的话题？

基拉尔：我在其中发现了另一处与我自己的研究的有趣关联。克劳塞维茨只谈论战争，因此他对人际关系的描述方式让我很感兴趣。当我们在描述人际关系时，我们常常会美化它们：温和、和平等，但实际上它们常常是具有竞争性的。战争是最极端的竞争方式。这也是为什么克劳塞维茨说商业和战争非常相似。

黑　文：您指出，我们所处的现代社会正不断接近"模仿性危机"。到底是什么会造成模仿性危机？

基拉尔：模仿性危机就是人与人的区分的消失。不再存在社会阶级，不再存在社会差异等。我所谓的模仿性危机是指冲突激烈到一定程度后，人们开始以相同的方式行事、说话，即使——或者说正因为——他们之间的敌意越来越深。我认为在激烈的冲突中，差异不但不会变得更明显，反而会趋同。

当差异受到压制时，冲突就会变得无法从理性上来解决。若是它们得到解决，那么它们就是通过某种与理性论证毫无关系的方式得到解决的：通过一种牵涉在内的人们无法理解甚至无法感知的方式。它们是由我们所谓的替罪羊过程（scapegoat process）解决的。

黑　文：您是说，替罪羊的历史被那些实施迫害行为的人抑制了？

基拉尔：找人替罪这一过程本身就是抑制过程。如果你把某个人当作替罪羊，只有第三方会意识到这一点。你不会意识到的，因为你相信自己在做正确的事。你会认为，自己或是在惩罚某个真正有罪的人，或是在对抗某个试图杀害你的人。我们从来不会认为，自己要对替罪行为负责。

如果你回溯古老的宗教，会很清楚地发现，宗教是一种主宰——或者至少可以说控制——暴力的方式。我认为古老的宗教以集体性谋杀为根基，以暴民的私刑为根基，这将人们团结在一起，拯救了整个群体。这个过程就是宗教的开端：救赎正是替罪羊机制的结果。这正是为什么人们将他们的替罪羊转变为神明。

黑　文：您在其他地方说过："我相信基督教关于暴力的看法最终将战胜一切，但我们需要将此视作一场巨大的考验。"您是否真的如此坚信？

基拉尔：基督教一定会取得胜利，但只会在失败中取得胜利。基督教和古老宗教有着相同的流程。它也是由替罪羊机制启动运行的，但——它与古老宗教对"替罪羊"的理解存在巨大差异——它并不责怪受害者，也不加入指责受害者的行列，而是意识到受害者是无辜的，我们试图从无辜受害者——基督本人——的角度来解释这种情况。在一个不再严格遵循替罪羊机制和通过刑罚体系重复上演祭牲仪式的世界里，我们面临着越来越多的混乱。越来越多的自由，但也伴随着越来越多的混乱。

黑　文：请您再谈谈这场"巨大的考验"吧。

基拉尔：可以说，历史就是这场考验。但我们很清楚，人们正渐渐地在这场考验中败下阵来。从某些方面来说，福音书和《圣经》都预告了这场失败，因为它们都以末世论的主题为结局，预示了世界的终结。

黑　文：您说过，对于现代社会，“信心源自暴力。我们信任暴力，相信暴力能够确保和平”。失去暴力，国家怎会强大？

基拉尔：真理始于承认我们的暴力，这是基督教对我们的要求。另一个选项就是神的国，根据定义，神的国是非暴力的。这永远无法实现，因为人们不是真正的基督徒，这就是我之前所说的：我们必须承认自己的替罪行为，但我们做不到。

黑　文：很难想象这一场景：走上中东的谈判桌，却不把战争作为最后手段。

基拉尔：我完全同意。但这就和我们永恒的僵局一样。我们必须将历史视作一个漫长的教育过程。上帝正试图教会人们放弃暴力。神的国将完全不存在暴力，而我们似乎做不到这一点。这就是为什么福音书的结尾讲述的是末世。

当下，这个世界正不断走向各种各样的灾难。今天，我们正处于这样的境况：我们很难将战争手段与和平手段区分开来。

你去看那些末世文本，它们看起来荒谬且幼稚，因为它们将文化和自然混杂在一起。这听起来很荒谬，但如今它们真的发生了。新奥尔良出现飓风时，我们开始思考，难道不是人类而非自然应该对此负责？不信者（Unbelievers）[1] 认为基督教的末世文本是反科学的，因为它们混淆了自然和文化。但在我们的世界中，不可否认的是，人类确实可以干扰自然的运转。这个世界此前不知道存在这种可能性，但现在它知道了，我认为，这种处境是基督教所特有的。因此，我远没有看到一个过时、可笑的基督教，而是看到了一个很有意义的基督教。这种意义只是太不可思议，因此无法被墨守成规的人们理解。

黑　文：您说过："越来越多的西方人会意识

[1] 指无宗教或异教人士。

到我们的人文主义的弱点；我们不会再次成为基督徒，但人们会更加关注这样一个事实，那就是冲突实际上发生在基督教和伊斯兰教之间，而非伊斯兰教和人文主义之间。”

基拉尔：是的，我是这么认为的，因为基督教摧毁了祭牲性的异教。基督教揭示出我们的世界建立在暴力的基础上。在古代世界，政府和文明的主要手段就是替罪羊现象。最大的悖论在于，替罪羊现象只能在其团结起来的人们不知情的情况下运作。福音书清楚地指出，耶稣就是替罪羊。当人们说神话和基督教之间没有区别时，他们在很大程度上没错。在这两者中，故事的高潮都是一场大戏：一个受害者被集体杀害，又被奉为神明。但是，在这两者中，受害者被奉为神明的理由有所不同。耶稣被奉为神明是因为他经历了受难，而他本人是无辜的，由此他向那些谋杀者揭示了他们的暴力。在古老的宗教中，谋杀者的罪责是不可见且未被察觉到的。这就是替罪羊现象的和解作用，是该现象的积极意义。在基督教中，得到揭示的既有谋杀者的犯罪性暴力，也有受害者是无辜的事实。

古老的宗教就是成功了的替罪羊现象，因为这种替罪羊机制被那些实施它的人以一种简单天真的方式理解。在福音书中，这种替罪羊现象失败了，其意义被揭示给了加害者们，也就是全人类。基督教摧毁了古老的宗教：因为它向我们揭示了，它们对替罪羊暴力的依赖。

现代世界的自我贬低，以及其智识上的优越性，都源于对替罪羊现象的认知。不幸的是，我们没有意识到，这整个过程都根植于基督教。许多人将基督教与那些错误的替罪宗教一同拒之门外。

从某种程度上来说，西方世界一直在享有自己的特权。它非常确定自己——在各个方面，即使是最不基督教的方面——具有优越性，这从某种意义上来说是真的，但这是源于某种基督教所没有赢得的东西。

黑　文：在哪些方面具有优越性的？

基拉尔：它拥有的一切精神上的优势，因为它知道真相。它知道人类是罪恶的，人类是凶手，杀害上帝的凶手。在东方，人们对耶稣被钉十字架感到震惊。什么样的上帝会让自己受到迫害并被人类杀害？从某种意义上来说，震惊是件好事，你知道吧。从某种意义上来说，上帝是在说："我接受了这些替罪羊。我教给你们真理。因此你们能学得真理，变得完美，而这就是神的国。"你们就是犹太教意义上的选民。

黑　文：而您说基督教拥有这些优势却没有赢得它们？

基拉尔：基督教还没有赢得它们，没有表现出其应有的模样。基督徒并不忠于基督教。

黑　文：您说过，末日并不一定是在一声巨响中到来的，甚至不一定会发出声响，反而很有可能是一段漫长的停滞。

基拉尔：《新约·马太福音》写道："若不减少那日子，凡有血气的，总没有一个得救的。"——因为这是一段极其漫长的时间。

黑　文：我们正处于这个时期？

基拉尔：我认为很可能是这样。我们为我们所谓的现代成就感到自豪，而圣经指出它们与我们所处的危险时代是吻合的。

一些基督教基要主义者认为末世论主题表明上帝对人类感到愤怒，因此打算终结这个世界。但是末世文本要比这个有意义得多，如果你能理解我刚刚描绘的情景。如果人类不变得更谦虚，人类的暴力就会以一种不受限制的方式增长。暴力不仅仅是通过物理上的斗争和战争而增长，也可以通过武器的倍增而增长，而后者已威胁到这个世界的生存。我们的暴力不是由上帝创造的，而是由人类创造的。这个世界正越来越忽视上帝，你只要去看看国与国之间、人与人之间是如何交往的就知道了。

在末日武器被研发出来之前，我们没意识到，末日文本的现实性有多强。今天的我们已经能看到了，这种现实主义应该给我们留下了深刻印象。如今，人类若是想要活下去，就只能去做一件事：全面和解。

黑　文：在您的解读中，谁是那个敌基督？

基拉尔：我们并不知道，但存在几个可能的候选者。显然，敌基督是一个引诱者，有着非常阴险狡诈的一面。因此绝对不会是类似于希特勒这样以惨败告终的人。而且敌基督似乎也不以武力取胜。但我认为，人们应该明白，这是一种现代精神——权力的精神，即认为人类已完全成为自己的主人，已不必再屈服于比自己更强大的力量，以及人类终将取胜。

黑　文：那么您认为，我们正在经历的这场危机，会如何结束呢？

基拉尔：现代社会特有的不稳定症状正在缓慢加剧。

黑　文：接下来会发生什么？

基拉尔：我不知道。我们需要考虑两种不同的时间概念。永恒的回归，在我看来，这就是对替罪羊的创始性谋杀，因此也是新宗教的诞生。替罪羊现象是如此强大，以至于一个社群可以围绕着该现象组织起来。

此外，就是连续的时间，一直延续到世界的毁灭。显然，这就断绝了重新开始的源泉——对替罪羊的祭牲性谋杀。有了《圣经》，就没有新的开始，没有新的宗教。

黑　文：尼采注意到，已经有近 2000 年没有新的神明出现了。

基拉尔：尼采的某些文本非常有意思。他想要回到永恒的回归；他想要的并不是末世，因为他并没有真的在等待神的国的到来。他想要回到过去，他希望基督教能够终结。

黑　文：您指出他厌恶福音书，他没有从理论或历史的视角来看待福音书。

基拉尔：是的，他没有。他认为这是世界上最糟糕的东西，因为他认为福音书会导致颓废堕落，会让人们失去活力，无法在历史中前行，文明也就无法自我更新，只能就此消亡。这就是前纳粹式的观点。他怀念古老的宗教。

黑　文：他说得有道理吗？我们现在的处境中是否有这种颓废堕落？

基拉尔：当然，他说得有道理。因为那个漫长且无尽头的末世阶段已经让人有些厌烦了。如果你仔细地观察，你会发现它可能极其缺乏创造性。你认为今天的艺术像过去的艺术一样具有创造性吗?

神的国不会在这个地球上降临，但是我们所处的世界上存在神的国的启示，虽然这种启示是片面且受限的。此外，在各个方面都存在非基督教和反基督教的颓废堕落。我们无疑还要经历预言中的“使地荒凉的可憎之物”。

黑　文：对于我们正在经历的这个漫长的末世，我要做些什么?

基拉尔：没什么特别需要去做的。

黑　文：就只是坐等它过去?

基拉尔：就只是坐等它过去。但我们应该努力不屈服于我们这个时代的精神颓废，跃于周遭世界之上。

黑　文：那么这句话呢：“若不减少那日子，凡有血气的，总没有一个得救的。只是为选民，那日子必减少了。”

基拉尔：这意味着末世将是非常漫长和单调的——从宗教和精神的视角来看，末世是如此平庸、如此平淡，因此即使我们中最优秀的人也将面临极大的精神死亡的危险。这是一个残酷的教训，但它归根结底意味着希望，而非绝望。

后 记

传记作者说“基拉尔从不端架子”

阿蒂尔·塞巴斯蒂安·罗斯曼/2016[1]

辛西娅·黑文和我是通过《看不见的绳索：切斯瓦夫·米沃什的画像》结识的。我翻译了书中的一篇波兰语文章。我们在克拉科夫的米沃什百年纪念活动上见了面，此后就一直保持联系。我听说她要写一部勒内·基拉尔的传记，即2018年出版的《欲望的演化：勒内·基拉尔的一生》，于是我提出想要采访她，我们在这位法国理论家去世后不久进行了简短的交流。

——阿蒂尔·塞巴斯蒂安·罗斯曼

阿蒂尔·罗斯曼（以下简称罗斯曼）：您是如

何与基拉尔教授成为朋友的？他著作中强烈的先知色彩是否也体现在了他的日常生活中？

黑　文：20 世纪 80 年代，我在斯坦福大学求学，时不时会见到他，虽然我不知道他是谁。即使不了解他的作品，他留给人的印象也很深刻。当时他 60 多岁，有着一张我所见过的最独特、最引人注目的面容——一位典型的伟大思想家，撰写着不朽的著作。一双深邃的黑色眼睛，一头浓密的灰白色卷发。我记得，他提着一个棕色的公文皮包，老式的带扣的那种，里面塞满了各种文件、信件和文件夹。

那张脸真是令人难忘，我在 20 年后终于见到他时，还能回忆起来。那时，他已经 80 多岁了。他一直都在我的视线中，我却不知道。

因此，我并没有立刻被他那“强烈的先知色彩”吸引。后来，我注意到：他会以非常简单直白的方式，说出最为惊人的话——也许就是先知般的发言。有时候听起来只是一句脱口而出的玩笑话。他是我见过的最不装腔作势、最不自高自大的人。

不认识勒内的人，无法理解，和他聊天是件

多么有意思的事。他言辞诙谐、充满魅力，而且非常、非常聪明，总能给人很大的启发。我发现，他总能发现太阳底下的新鲜事。我们就是以这样寻常的方式成了朋友。

他倾听的，就和谈论的一样多。鉴于我们友谊中的不平等，这确实体现出了他的高尚品德。他从来不会让你感受到这种地位高低。他从不端架子。

罗斯曼：您在结识基拉尔教授之前对他的理论熟悉吗？您是怎么看待它们的？

黑　文：我只知道，他是一个很重要的法国理论家。但就只是这样。

我了解及阅读得越多，我就越是惊讶美国主流媒体上竟然还没有多少关于他的介绍信息。毕竟，他 1947 年就在美国安家了。

很多人感觉他的想法太过深奥难懂。相反，我发现他的观点都很直白，解释起来并不难——虽说他的理论的部分应用，以及他用于支撑论点的人类学等领域的研究，可能颇具挑战。我写了一系列关于他的文章。他后来跟我说，这是第一次有普通人理解了他正在做什么。我觉得他这么说只是他太过慷慨了。他在我的那本《模仿理论》上题签了这样的话:“致辛西娅,感谢她为我的学术声誉做出的杰出贡献。”

我认为他的观点不仅能够很好地解释我们周遭的世界,而且也能够解释我们内心的世界。人们可能会质疑他对古代社会或历史事件的解读;但能够证实他的理论的,就在我们内心。我们互相模仿。我们的动力来自与现实或想象中的“他者”的竞争和对立。我们努力地去获取地位的象征,幻想这些东西能让我们更像我们崇拜的对象。我们加入键盘侠的行列,抨击和诋毁我们认为应当为所有问题负责的团体或个人,并且认为消灭它们就能回归和平。民主党。共和党。特朗普。

这些“证据”比阿兹特克人或古希腊人更触手可及。尽管如此,我并不认为需要将他的理论套在我见到的一切事物上。当然,他对我们的形而上困境做出了如此多的解释,因此我认为他的想法会有更广泛的受众,并且能在我们的心理学工具箱中占据更显要的地位。我不明白为什么他的思想不能像弗洛伊德或马克思那样广为流传。

很多人完全没读过弗洛伊德的作品，却能畅谈俄狄浦斯情结。

勒内写了人类生活和人性的很多方面：我们总是模仿他人，我们的欲望并不属于我们自己。我们总是想要他人想要的。因此，我们的欲望总是不可避免地在同一个对象或象征上重合。这就导致了竞争和对立，最终引发暴力，而暴力会在社会内部模仿性地传播。所有人与所有人的对立会演变成，所有人与一个人的对立。一个人，或一群人，被视作要为一切问题负责的对象。暴力的激情只能通过替罪羊的死亡、流放或消灭得到平息——替罪羊往往是外来者，或是没有能力复仇并且完成暴力之循环的人。古老宗教通过祭牲仪式来控制暴力——替罪羊的牺牲能够为社会带来和平与和谐，使人们暂时，只是暂时地，从这种激情中解脱。但是犹太-基督教传统渐渐揭露了受害者是无辜的事实，这一过程的巅峰就在于最为无辜的受害者的出现。

我近期在勒内的《替罪羊》中读到了这段话："每个人都必须问一问自己：我与替罪羊有着什么样的关系？我并不清楚我与替罪羊的关系，我相信我的读者们也是如此。我们只有正当的仇恨。然而整个世界都充斥着替罪羊。”这段话对我们来说仍然适用。

谈到“强烈的先知色彩”，我读到的第一本基拉尔的作品是《战斗到最后》，也就是他对军事理论家克劳塞维茨，以及法德关系、战争、和平、向极端升级（escalation to extremes），还有世界末日的研究。虽然很多人认为这是一部黑暗、悲观的晚年作品，我却认为它引人入胜且颇具说服力。我为《旧金山纪事报》写的书评收获了好评，甚至得到了美国国家书评人协会的关注。他急切地谈论了一个正变得日益明确的问题：战争不再能“有效地”解决我们的困境，和平离我们越来越远。

罗斯曼：竟然是从这本书开始的！这本书就像是索尔仁尼琴的《对西方的警示》的基拉尔版本。

黑　文：我遇见他时，《战斗到最后》的法语版刚刚在巴黎出版不久，因此他非常关注这本书。至少在法国，这本书的影响力是巨大的：法国总统萨科齐引用了勒内的话，记者们还去勒内在巴黎的公寓围堵他。八九年前我见到他时，这本书的英文版也正准备出版。

因此，这本书显然在我对勒内作品的研究中，占据了特殊的地位。

当然也有一些其他的理由。虽然《战斗到最后》是一本有关欧洲历史的书，但它也聚焦于当下，谈论了很多和我们目前的困境有关的事：战争不再起作用，然而我们不知道如何实现和平。我们不相信，或者至少是不完全相信，替罪羊是有罪的，但我们不断地重复替罪过程，希望这能带来和平。我们总是希望答案是更猛烈地打击我们的敌人。当我们可以在电视屏幕上看到他们被杀，他们的村庄被烧毁，并且知道你的政府及你本人要对此负责时，这一切就变得不那么容易接受了。

在过去的几个世纪里，宣战，交战，一方投降，双方进行谈判。协议签署完成，每个人都知道谁赢了，谁输了，输了多少。和平可能不是永久性的——想想阿尔萨斯-洛林——但至少敌对行动可以暂时被平息，且每个人都能知道自己的立场。

如今我们发动战争时，并没有明确的目标，也没有明确的敌人，结局也因为撤军而非协约而变得模糊不清。我们用奥威尔式的语言来掩饰整个过程。我们渴望和平，却又陷入升级的恶性循环。《战斗到最后》的核心人物，军事理论家克劳塞维茨认为，全面战争仅仅是一个理论上的可能性。但现在看来呢？

罗斯曼：自19世纪以来，战争真的发生了这么大的变化吗？

黑　文；在勒内去世后，《卫报》发表了一篇致敬勒内的观点的文章，重点论述了克劳塞维茨所谓的“向极端升级”。这篇文章有些地方并不准确，但在这一点上说得没错：“在核武器时代，这种现代的‘以牙还牙、以眼还眼’正是未来之末世的鼓点。”如今，我们有了不代表任何政府的跨国界行为体。没有政府对它们负责。得益于现代科技，只要拥有足够强大的武器，一个人就可以单方面地向一个大国宣战。

我来读一段勒内的话：“在9月11日，人们受到了震撼，但他们很快就平静下来。一种意识一闪而过，仅持续一瞬间。人们意识到有什么正在发生。随后，沉默覆盖在了我们的安全感出现的裂缝上。西方理性主义运作起来，就像一个神话：我们总是更加努力地避免让自己看到灾难。”

勒内去世一周后，法国遭遇了自“二战”以来最严重的袭击。[1] 在帕洛阿尔托（Palo Alto）举办勒内的安魂弥撒的那一天，正是法国的全国哀悼日。对一个撰写了如此多关于暴力的著作的人来说，这是多么地怪异而又恰当。勒内经常说我们不想听的那些话。巴黎的暴行已经开始悄然沉寂下来了。我们发现自己能够适应一切。勒内说过，我们正面对着一种全新的现象，我们所看到的恐怖主义实际上是一种新的宗教，一种用现代科技武装起来的古老宗教。

20 年前，勒内在他与米歇尔·崔格的精彩访谈录《创世以来的隐匿事物》中说过：“我认为历史进程是有意义的，我们需要接受这一点，否则就会面临彻底的绝望。”显然他不是一个后现代思

[1] 即发生于 2015 年 11 月 13 日至 14 日凌晨的巴黎恐怖袭击事件。

想家，还受到了一点黑格尔的影响。在《战斗到最后》中，他写道："我前所未有地确信，历史是有意义的，而它的意义令人害怕。"不过，至少在我看来，响彻《战斗到最后》的呐喊声正是勒内对"9·11"的飞行员的评论："谁会问及这些人的灵魂呢?"有谁这样做了吗?

罗斯曼：具有启示意义的《战斗到最后》是否会成为您的传记作品的焦点？您是否会探讨基拉尔思想体系所揭示的各个看似毫无关联的学科之间的隐秘联系？例如神学、心理学、神经生物学、经济学、历史学、文学、种族理论、人类学、文学理论、政治学它们之间的联系？

黑　文：考虑到新闻标题和我们所生活的这个世界，《战斗到最后》当然是我的很多想法的源泉——不过《浪漫的谎言与小说的真实》也是如此。还有《祭牲与成神》。

当然，我会详细地探讨这本书，以及你提到的那些联系。不过，《欲望的演化》讲述的是他的人生故事，以及那些塑造了他的力量——借助他的人生故事，来探索我们的时代及他的思想的演变。

最重要的是，我是为普通读者而非专业人士写这本书的。已有许多由专业人士写的专业书籍。归根结底，我是文学专业出身——我不是人类学家、神经生物学家或经济学家。作为一名记者，我长期致力于为普通大众解释复杂的思想。我的写作对象是那些聪明、受过教育的读者，他们也许会读《纽约时报》，但并不了解勒内或他的思想。我希望他们能够记住他的问题，也会对他的回答念念不忘。

罗斯曼：基拉尔一生中最重要的经历是什么？这些经历如何塑造了他的思想？

黑　文：我有一次问勒内，他一生中最重要的经历是什么，他说那些重大的事件都在他的脑海里。其他人也都是这么形容他的。不过，我们头脑中的事件是由我们在身边看到的事物所形成的。我们脑海中的事件往往不能长久地留在我们心中，除非它们能够解释我们所看到的周遭一切。否则，它们就毫无用处。

我又继续追问，他便坚定地回答说："来美

国。”他说，正是这个发生于 1947 年的事件让其他的一切成为可能。勒内是一种美国现象，也是一种法国现象。没有美国和战后美国提供的更广阔的视野，就不会有他的著作、理论和学术生涯。

他接受了古文字学档案管理员的教育，毕业于巴黎的国立文献学院。他和他父亲上了同一所大学。这是专门培养档案管理员、图书管理员和古文字学家的地方。这一套并不适合他。在法国当时十分僵化的职业等级制度下，这所学校提供的机会非常少。

当然，美国也为他带来了其他东西。比如说一段异常美好的婚姻。他去印第安纳大学没多久就在课上遇到了学生玛莎·马卡洛（Martha McCullough)。这个名字让他在点名时犯了难。“我永远也念不出这个名字。”他说。他们在大约一年后又见面了，此时她已经不是他的学生了。他在 1951 年解决了念不出名字的问题，就在两人的婚礼上。这段持续了 64 年的婚姻为他提供了稳定感和满足感，对于支撑他那漫长而成果颇丰的职业生涯所发挥的作用不容小觑。

我还要再补充其他两点。另一段重要的经历

是 1940 年法国的“奇怪的战败”。法德关系让他着迷了一生。从他小时候在重演奥斯特里茨战役和滑铁卢战役的游戏中玩的玩具兵，到他最后的作品《战斗到最后》，对法德关系的兴趣贯穿了他的一生。这个话题当然也经常出现在他和我的对话中。显然，在一生中的大部分时间里，他都在思考斗争的真正本质。这是《战斗到最后》的核心内容。

最后，当然是他的皈依经历。“皈依经历”是一个具有神秘色彩、受到很大误解的表述。他没有谈及太多相关的内容——他说这个话题很难解释，对于推广他的模仿理论具有反作用。但他在我此前提及的那本《创世以来的隐匿事物》中讨论过这个话题。以下是他对 1958 年秋这个时期的描述，当时他正在创作他的第一本书《浪漫的谎言与小说的真实》，这本书探讨了塞万提斯、普鲁斯特、司汤达、福楼拜和陀思妥耶夫斯基。“第 12 章，也就是最后一章的标题是‘结论’。我在思考宗教体验与小说家的体验的相似性，小说家发现自己一直在撒谎，为了他的自我而撒谎，而自我其实是由漫长的时间里堆积出来的无数谎言组成的，有时这甚至是一生的积累。”

“我最终明白，我正在经历我所描述的那种经历。宗教象征主义在小说家那里仅处于萌芽状态，但在我这里已经开始有了自主性，自发地燃烧了起来。我无法再对自己身上发生的一切抱有幻想，我大受震撼，因为我对自己的怀疑论者身份很自豪。我很难想象自己会去教堂祈祷。我太过自大，心中满是古老的教义所说的‘人类尊重’（human respect）[1]。”

这让他从一个非常聪明的法国文学学者转变成了一个更加深刻的人。这也意味着他失去了一批读者——但他从未就此退缩。

罗斯曼：您认为基拉尔出生在圣诞节这一天是否有什么样的特殊意义？

黑　文：G. K. 切斯特顿说：“巧合是精神上的双关语。”——这可能是我唯一知道的切斯特顿的名言。我选择用这句话来回答，不过要更谨慎些。毕竟，牛顿和汉弗莱·博加特（Humphrey

[1] 这里指的是过度地关注他人的看法，相比于尊重上帝反而更尊重人类，这被视作一种过错。

Bogart)[1] 也都是圣诞节出生的。埃及的安瓦尔·萨达特、加拿大的贾斯汀·特鲁多（Justin Trudeau）和巴基斯坦的穆罕默德·阿里·真纳（Muhammed Ali Jinnah）也是如此。[2] 卡尔·罗夫（Karl Rove）[3] 也是如此。这么说的话，我很高兴勒内是圣诞节出生的！

[1] 美国著名男影星，曾出演《卡萨布兰卡》的男主角。
[2] 均曾为这些国家的领导人。
[3] 美国政治顾问，被称作“布什的大脑”。

人生纪事

1923　12 月 25 日，勒内·诺埃尔·泰奥菲勒·基拉尔（René Noël Théophile Girard）于阿维尼翁出生，母亲为玛丽-泰蕾兹·德卢瓦·法布雷，是当地著名的历史学家，父亲为约瑟夫·弗雷德里克·马里·基拉尔，曾是阿维尼翁的卡尔维博物馆馆长，后成为阿维尼翁教皇宫的馆长。后者是法国最大的中世纪城堡，曾是阿维尼翁教廷的教皇宫殿。

1939　9 月 1 日，德国入侵波兰，英法对德宣战。

1940—1941　基拉尔被授予两份法国业士文凭，第一份为普通业士文凭，第二份为哲学门类的，成绩为优秀。

1941 年，他前往里昂为参加巴黎高等师范学院的入学考试做准备（该校是顶尖的法国高等学府），但在几周后就离开了。他回到家中为国立文献学院的入学考试做准备，这是档案管理员和图书管理员的训练基地。

6 月 14 日，德国人不费吹灰之力就攻占了巴黎。6 月 22 日，法国分裂为占领区和非占领区（维希法国）。

1942—1945 1942 年 11 月，德国占领法国南部，意大利进驻罗讷河以东的法国领土。

1942 年 12 月，基拉尔被巴黎的国立文献学院录取，他在 1943 年 1 月课程开始之前移居巴黎。他的专业为中世纪史和古文字学。

1944 年 8 月 19 日，法国抵抗力量在巴黎开启军事行动，1944 年 8 月 25 日，德国守军投降，巴黎被解放。

1945 年 5 月 2 日，柏林守军向苏联投降。4 月 30 日，希特勒和他的亲信自杀。5 月 8 日，德国无条件投降书正式签署。

1947 基拉尔完成了主题为“15 世纪阿维尼翁的婚姻和私生活研究”的学位论文，于 1947 年以古文字学档案管理员的身份毕业。

夏季，他和朋友雅克·夏皮耶于巴黎艺术经理克里斯蒂安·泽尔沃斯的指导下在教皇宫组织了一场画展，展期为 6 月 27 日至 9 月 30 日。基拉尔接触到了毕加索、马蒂斯、乔治·布拉克等知名画家。法国演员和导演让·维拉尔开设了该艺术节中的戏剧单元，后发展为著名的一年一度的阿维尼翁戏剧节。

9 月，基拉尔离开法国，前往美国的印第安纳大学伯明顿分校教书。他起先为法语讲师，后开始教授法国文学。

1950 基拉尔获得博士学位，论文题目为《1940—1943 年美国对法国的看法》。

1951　基拉尔与玛莎·马卡洛于 6 月 18 日成婚。两人生育了三个孩子：马丁、丹尼尔和玛丽。

1952—1953　基拉尔在杜克大学担任法国文学讲师，为期一年。

1953—1957　基拉尔成为布林莫尔学院的助理教授。

1957　基拉尔成为位于巴尔的摩的约翰·霍普金斯大学的法语助理教授，并且最终成为教授和罗曼语系系主任。在该校期间，他两次获古根海姆奖，分别为 1959 年和 1966 年。

1958—1959　在创作他的第一部作品《浪漫的谎言与小说的真实》时，从 1958 年秋天到 1959 年 3 月 29 日复活节期间，基拉尔有两次皈依经历。他的孩子们接受了洗礼，基拉尔和玛莎更新了他们的结婚誓词。

1961　基拉尔出版了《浪漫的谎言与小说的真实》[英文版由约翰·霍普金斯大学出版社于 1965 年出版]，介绍了他的模仿性欲望理论。

他晋升为约翰·霍普金斯大学的法语教授。

1962 基拉尔编辑的《批评文集：普鲁斯特卷》（*Proust: A Collection of Critical Essays*）由新泽西州的普林帝斯霍尔出版社（Prentice-Hall）出版。

1963 基拉尔的《陀思妥耶夫斯基：从双重到统一》由巴黎普隆出版社出版，英文版于 1997 年由十字出版社（Crossroad Publishing）出版，并由密歇根州立大学出版社于 2012 年再版。

1966 10 月 18 日至 21 日，基拉尔与理查德·麦克西（Richard Macksey）、尤金尼奥·多纳托共同组织了题为"批评的语言和人的科学"（"The Languages of Criticism and the Sciences of Man"）的国际研讨会。吕西安·戈德曼、罗兰·巴特、雅克·德里达、雅克·拉康等人均参加了这场座无虚席的活动。该研讨会标志着结构主义和法国理论被引入美国，也是德里达在美国的首次亮相。

1968 基拉尔成为纽约州立大学布法罗分校的英语系特聘教授。他与米歇尔·塞尔持续终生的友谊与合作也由此开始。这也是他对莎士比亚长达一生的兴趣的开端。

1972 基拉尔具有开创性的《祭牲与成神》由伯纳德·格拉塞出版社（Bernard Grasset）出版，发展了全球各地文化中的替罪羊和祭牲的想法。该书英文版于 1977 年由约翰·霍普金斯大学出版社出版。

1976 9 月，他以法语和人文系詹姆斯·M. 比尔讲席教授的身份回到约翰·霍普金斯大学教书，并且受任于理查德·A. 麦克西人文中心。

1978 基拉尔与法国神经精神病学专家让-米歇尔·欧古利安、居伊·勒福尔合作创作的《创世以来的隐匿事物》（格拉塞出版社）出版，斯坦福大学出版社于 1987 年出版该书英文版。这是一部访谈录，基拉尔在其中完整阐述了模仿理论。该书在法国销售火热——6 个月内就售卖了 35 000 册，进入了非虚构畅销榜。

约翰·霍普金斯大学出版社出版了《双重束缚》，这是一部由 10 篇文章组成的文集，其中 7 篇是基拉尔用英文写作的。该文集被《选择》（*Choice*）杂志评选为当年的杰出学术著作，一同入选的还有新出版的英文版《祭牲与成神》。

1979 基拉尔当选美国人文与科学院院士。

1981 基拉尔于 1 月 1 日成为斯坦福大学文学与文明学院法语系的首位安德鲁·B. 哈蒙德讲席教授。他与让-皮埃尔·迪皮伊一起在斯坦福大学组织了“无序与有序”研讨会，将原本被视作独立存在的不同领域联系了起来。参与者包括获诺贝尔奖的科学家伊利亚·普里高津、诺贝尔经济学奖得主肯尼斯·阿罗、伊安·瓦特、亨利·阿特朗、伊莎贝尔·斯唐热、科尔内留斯·卡斯托里亚蒂斯、米歇尔·德吉、海因茨·冯·福斯特、弗朗西斯科·瓦雷拉等人。

1982—1985 基拉尔于1982年出版了《替罪羊》(格拉塞出版社)，该书英文版于1986年出版。1985年，《人类的古老足迹》(*La Route antique des hommes pervers*) 出版，英文版 (*Job, the Victim of his People*) 于1987年出版，他在该书中以模仿理论为基础对《圣经》文本进行了阐释。

1985年，基拉尔被阿姆斯特丹自由大学授予荣誉学位。

1988 基拉尔被奥地利因斯布鲁克大学授予荣誉学位。

1990—1991 基拉尔出版《莎士比亚：欲望之

火》，这是唯一一本他以英语构思和写作的书。其法语版（*Shakespeare: les feux de l'envie*）于 1990 年获美第奇奖。

1995 基拉尔荣获比利时圣伊格内修斯安特卫普学院荣誉学位。

1999 基拉尔出版《我看见撒旦像闪电一样从天上坠下》，其英语版于 2001 年出版。

2001 基拉尔出版《那绊倒人的人》（*Celui par qui le scandale arrive*），其英文版于 2014 年出版。

2003 基拉尔在法国国家图书馆举办一系列讲座，对吠陀传统进行了思考，该系列讲座最终集结成了一本 100 页左右的小册子，以《祭牲》（*Le sacrifice*）为题出版，并于 2011 年出版英文版。

2004 斯坦福大学出版社出版基拉尔文集《不被缚的俄狄浦斯：论对立与欲望》（*Oedipus Unbound: Selected*

Writings on Rivalry and Desire)。

他因《文化的起源》(*Les origines de la culture*)被授予今日(“Aujourd’hui”)文学奖，并且被加拿大的蒙特利尔大学授予荣誉学位。

2005 基拉尔被选为法兰西学院院士，伏尔泰、让·拉辛和维克多·雨果都曾获此殊荣。他的席位号为 37 号，填补的是多米尼亚神父、作家和抵抗运动英雄安布罗斯-玛丽·卡雷(Ambroise-Marie Carré)去世后空出来的席位。

模仿研究学会(The Association Recherches Mimétiques)在巴黎成立。

2006 图宾根大学授予基拉尔利奥波德·卢卡斯博士奖。

基拉尔与意大利哲学家基阿尼·瓦蒂莫合作出版了关于基督教和现代性的对谈录《是真理，还是软弱的信仰？关于基督教与相对主义的对谈》(*Verita o fede debole? Dialogo*

	su cristianesimo e relativismo），其英文版（*Christianity*，*Truth*，*and Weakening Faith: A Dialogue*）于2010年出版。
2008	苏格兰的圣安德鲁斯大学授予基拉尔荣誉学位。
	12月28日，旧金山的美国现代语言学会授予基拉尔终身成就奖。
2009	12月8日，巴黎天主教学院授予基拉尔荣誉博士学位。
2013	1月25日，西班牙国王胡安·卡洛斯授予基拉尔天主教徒伊莎贝拉勋章，这是基于他对“西班牙文化”的“深厚感情”而颁发的一枚民事勋章。
2015	11月4日，基拉尔在他位于斯坦福大学校园内的家中去世。

致　谢

我的这本《欲望的先知：与勒内·基拉尔对话》是紧随着《欲望的演化：勒内·基拉尔的一生》出版的。当时，我仍收到采访请求和讨论邀请，请我谈谈这位法国思想家的首部传记，有关这部传记的书评和新书宣传信息也不断面世。不过，虽然新作换了一个出版商出版，但我仍然收到了持续不断的支持，对此，我心怀感激。伦敦布鲁姆斯伯里出版公司的工作人员，尤其是出版人科琳·科尔特和她的编辑助理贝姬·霍兰睿智、细心，且对我超负荷的工作安排展现出了十足的耐心。我的上一个出版方，密歇根州立大学出版社，为我提供了授权与各类支持。我最想感谢的是威廉·约翰逊教授、凯瑟琳·科克斯、朱莉·罗姆和朱莉·勒尔。

和上一本书的情况一样，人类学家马克·安斯帕克为译自法语的译文提供了指导，审读了现有译文，并且帮我与法国出版商联系、商谈版权事宜。此外，纽约州立大学布法罗分校的布鲁斯·杰克逊教授与我分享了他的精美照片，这些照片都是关于伊利湖畔时期的基拉尔的珍贵历史资料，也收录在了《欲望的演化》中。我要借此机会再次感谢慷慨的玛丽·波普·奥斯本，以及她为我的作品提供的支持。此外，我还要感谢胡佛研究所的研究员保罗·卡林杰拉的友谊和指导。

致我的几位供稿人：万分感谢你们在压力下表现出的优雅风度，感谢你们能在截稿日期前完稿，感谢你们配合编者的严苛要求。特雷弗·克里本-梅里尔，我要感谢你的帮助、指导和智慧。

最后，我要感谢 Imitatio 自始至终为这一项目提供的经济支持。

供稿人信息

丽贝卡·亚当斯是一位独立学者、诗人、女性主义理论家和神学教师。她撰写了 *Violence Renounced: René Girard, Biblical Studies and Peacemaking*（2000）中的“Loving Mimesis and Girard's 'Scapegoat of the Text'：A Creative Reassessment of Mimetic Desire”。在圣母大学英语系读研究生期间，她为期刊 *Journal of Religion and Literature* 对基拉尔进行了采访。

马克·R. 安斯帕克著有 *Vengeance in Reverse: The Tangled Loops of Violence, Myth, and Madness*（Michigan State University Press），并且编辑了勒内·基拉尔的作品 *Oedipus Unbound: Selected Writings on Rivalry and Desire*

(Stanford University Press)。

皮耶尔保罗·安东内洛是剑桥大学意大利语言文化系的准教授和圣约翰学院的研究员。他专攻20世纪意大利文学、文化和学术史方向，并撰写了大量关于文学与科学的关系、未来主义与先锋派、伊塔洛·卡尔维诺、意大利电影和后现代意大利文化等主题的文章。他还发表过论述法国哲学和认知论的作品，特别是关于勒内·基拉尔和米歇尔·塞尔的文章。他编辑了多部基拉尔或关于基拉尔的论文集和著作，包括基拉尔与基阿尼·瓦蒂莫的访谈录 *Christianity, Truth, and Weakening Faith: A Dialogue* (2010)；与海瑟·韦伯（Heather Webb）共同编辑的 *Mimesis, Desire, and the Novel: René Girard and Literary Criticism* (2015)；以及与保罗·吉福（Paul Gifford）共同编辑的 *How We Became Human: Mimetic Theory and the Science of Evolutionary Origins* (2015)。他同时还是 *Evolution and Conversion: Dialogues on the Origins of Culture* (2007) 的作者之一。

托马斯·F. 贝尔托诺是纽约州立大学奥斯威戈分校英语系的荣誉教授。他的文章发表在诸多学术期刊上。他与吉姆·派芬罗斯（Kim Paffenroth）合著了 *The Truth Is Out There*（2006），该作品研究了由经典科幻小说改编的电视剧中的宗教主题。在为《冻结的语言》进行采访时，他是加利福尼亚大学洛杉矶分校比较文学专业的一名研三学生，正在为学位论文做研究。

若昂·塞萨尔·德·卡斯特罗·罗查是里约热内卢州立大学比较文学专业的教授。他是拉丁美洲研究院马查多·德·阿西斯讲席教授，他编辑了 20 余本书，其中包括 6 卷本的马查多·德·阿西斯短篇小说集。他最近的著作有 *Shakespearean Cultures: Latin America and the Challenges of Mimesis in Non-Hegemonic Circumstances*（2019）。他也是 *Evolution and Conversion: Dialogues on the Origins of Culture*（2007）的作者之一。

罗伯特·多兰是罗切斯特大学的法语和比较文学专业的教授，近期出版了两部专著：*The*

Theory of the Sublime from Longinus to Kant（Cambridge University Press，2015，西班牙语版于2019年出版），以及 *The Ethics of Theory: Philosophy, History, Literature*（Bloomsbury，2016）。他编辑了五本书，其中包括勒内·基拉尔的论文集：*Mimesis and Theory: Essays on Literature and Criticism, 1953-2005*（Stanford University Press，2008）。

菲利普·戈德弗鲁瓦是一名舞台导演、剧作家、音乐学博士、政治学研究生和表演艺术老师。

罗伯特·波格·哈里森是斯坦福大学的意大利文学罗西娜·皮耶罗蒂讲席教授，也是《纽约书评》的长期供稿人。他创办并主持了广受欢迎的电台脱口秀节目和播客系列《有识之见》，该节目主要邀请当代著名作家、学者和思想家参加。他著有：*Juvenescence: A Cultural History of Our Age*（2014）、*Gardens: An Essay on the Human Condition*（2008）、*The Dominion of the Dead*（2003）、*Forests: The Shadow of Civilization*

(1992)，以及 *The Body of Beatrice*（1988）。

朱利奥·梅奥蒂是《页报》的文化编辑，自 2003 年起就在此报社工作。他还为《华尔街日报》供稿。他出版了多部著作，其中包括 *Non smettermo di darmi*（2009）、*Hanno ucciso Charlie Hebdo*（2015）、*La fine dell'Europa*，*Cantagalli*（2016），以及 *Il suicidio della cultura occidentale: Così l'Islam radicale sta vincendo*（2018）。他拥有佛罗伦萨大学的哲学博士学位。

阿蒂尔·塞巴斯蒂安·罗斯曼是圣母大学期刊 *Church Life Journal* 的主编。他曾在广受读者欢迎的博客"Cosmos the in Lost"上撰写有关宗教和艺术的文章。他翻译的著作包括六本译自波兰语的译作（最近的一本是波兰哲学家蒂施纳的 *The Philosophy of Drama*）。他在 *The Review of Metaphysics*、*IMAGE Journal*、*The Journal of Religion and Literature*、*The Merton Annual*，以及 *Znak* 等期刊上均发表了作品。

洛朗斯·塔库自 2000 年起主管莱尔纳出版社（Éditions de l’Herne）。她为 *France-Soir*、*Le Monde*、*Vogue*、*Libération*、*Le Point*，以及 *L’Évènement du jeudi* 撰写了文学和外交政策方面的文章。她荣获法国荣誉军团骑士勋章和法国艺术与文学勋章。

米歇尔·崔格是巴黎和布列塔尼的电视制片人、广播制片人，记者和作家。

斯科特·A. 沃尔特是南特大学的认识论教授。在与基拉尔教授进行对谈时，他正在旁听基拉尔教授的研究生研讨会，主题为“神话与《圣经》”。他偶尔会为文学杂志《悲剧的诞生》供稿。

注　释

引言　数字时代的苏格拉底

1　*René Girard and Raymund Schwager: Correspondence 1974–1991*, eds. Scott Cowdell, Joel Hodge, Chris Fleming, Mathias Moosbrugger and trans. Sheelah Treflé Hidden and Chris Fleming (New York: Bloomsbury Academic, 2016).

2　Mikhail Bakhtin, *Problems of Dostoevsky's Poetics*, ed. Caryl Emerson (Minneapolis: University of Minnesota Press, 1984), 110.

3　"How Literature Thinks Me", Robert Harrison, Rosina Pierotti Professor of Italian, in conversation with Dylan Montanari, February 10, 2014, Piggott Hall, Stanford University.

4　René Girard, *Things Hidden since the Foundation of the World*, trans. S. Bann and M. Metteer (Stanford, CA: Stanford University Press, 1987).

5　René Girard, *When These Things Begin: Conversations with Michel Treguer* (East Lansing, MI: Michigan State University Press, 2014), x.

1 “文本背后存在着真实的受害者。”

1 摘自 *Disorder and Order*（Stanford，CA：Stanford Literature Studies，1984），89－97。经授权后收录。

2 Foreword to *Disorder and Order: Proceedings of the Stanford International Symposium*（Sept. 14－16，1981），ed. Paisley Livingston（Stanford，CA：Stanford Literature Studies，1984），v.

2 歌剧与神话

1 摘自 *L'Avant-Scène Opéra* 76（1985）：115－16。经菲利普·戈德弗鲁瓦授权后收录。由特雷弗·克里本-梅里尔译为英文。

3 后献祭世界中的科技力量

1 摘自 *Birth of Tragedy 3*（May-July 1985）。原题为《与勒内·基拉尔的访谈》（“Interview with René Girard”）。经尤金·罗宾逊和斯科特·A. 沃尔特授权后收录。

4 不可判定的逻辑

1 摘自期刊 *Paroles Gelées* 5，vol. 1（1987）：1－24。原题为《不可判定的逻辑：与勒内·基拉尔的访谈》（“The Logic of the Undecidable：An Interview with René Girard”）。经加利福尼亚大学《冻结的语言》期刊授权后收录。

2 Paul de Man，*The Resistance to Theory*（Minneapolis：University of Minnesota Press，1986），3－20.

"面对威胁，任何焦虑情绪都可能反复采用一种策略，即通过夸大或缩小威胁的严重性，或者通过赋予它注定无法达到的权力诉求，来化解这种威胁。"（p. 5）

3 Martin Heidegger，*Die Selbstbehauptung der Deutschen Universität*（Rectoratsrede［May 27，1933］）（Reissue：Frankfurt am Main：Vittorio Klostermann，1983）.

4 参见 Martin Heidegger，*Introduction to Metaphysics*，trans. Ralph Manheim（New Haven：Yale University Press，1957），126 ff。

5 Michel Aglietta and André Orlean，*La Violence de la monnaie*（Paris：Presses universitaires de France，1982）.

6 E. O. Wilson，*Sociobiology: The New Synthesis*（Cambridge：Harvard University Press，1975）；Sarah Blaffer-Hrdy，*The Langurs of Abu: Female and Male Strategies of Reproduction*（Cambridge：Harvard University Press，1977）.

5 暴力、差异和祭牲

1 摘自 *Religion & Literature* 25（Summer 1993）：9－33。原题为《暴力、差异和祭牲：对话勒内·基拉尔》（"Violence，Difference，Sacrifice：A Conversation with René Girard"）。经圣母大学授权后收录。此次采访是在 1992 年 11 月于旧金山举办的美国宗教学会年会上进行的，勒内·基拉尔做了题为《福音书中的撒旦》（"The Satan of the Gospels"）的大会报告。

6 “启示是危险的。它是一种精神核能。”

1 节选自 *When These Things Begin* (East Lansing, MI: Michigan State University Press, 2014), 70–75, 105–111。最初的版本为 *Quand ces choses commenceront: Entretiens avec Michel Treguer* (Paris: Éditions Arléa, 1996)。经密歇根州立大学出版社和阿尔莱亚出版社（Éditions Arléa）授权出版。由特雷弗・克里本-梅里尔译成英文。

2 尤其参见 “On Cannibals,” *Essays*, I, 31 (1580)。

7 莎士比亚：模仿与欲望

1 摘自广播节目《有识之见》。经罗伯特・波格・哈里森授权后收录。此次访谈内容由《立场》（*Standpoint*）杂志发表（2018 年 12 月/2019 年1 月）。

2 “Delirium as System”, *To Double Business Bound* (Baltimore: Johns Hopkins University Press, 1978), 91.

8 我们为何斗争？如何停止斗争？

1 摘自广播节目《有识之见》。经罗伯特・波格・哈里森授权后收录。此次访谈的摘录内容刊于 2019 年 3 月 9 日的《新苏黎世报》（*Neue Zürcher Zeitung*）上。原题为《勒内・基拉尔：我们为何斗争？如何停止斗争?》（“René Girard: Warum kämpfen wir? Und wie können wir aufhören?”）。

9 “我一直试图在进化论的框架内思考问题。”

1 节选自勒内・基拉尔，《演化与转变：有关文化起源的对话》(*Evolution and Conversion: Dialogues on the Origins of Culture*, [London: Continuum, 2007], 74-78, 81-87, 96-100, 234-238)。经 Continuum 出版公司授权后收录。

2 Lucien Scubla, "Contribution à la théorie du sacrifice", in M. Deguy and J. -P. Dupuy (eds.), *René Girard et le problème du mal* (Paris: Grasset, 1982), 105.

3 世界卫生组织最近的一份关于 80 国暴力死亡情况的报告显示，其中一半是自杀，而大多数凶杀案发生在家庭内部。每年战争造成的暴力死亡人数仅占总数的 1/5。见 *World Report on Violence and Health* (Geneva: World Health Organization, 2002)。

4 参见 René Girard, *Things Hidden since the Foundation of the World* (Stanford, CA: Stanford University Press, 1978), 15-19。

5 Richard Dawkins, *The Selfish Gene* (Oxford and New York: Oxford University Press, 1976).

6 Sandor Goodhart, *Sacrificing Commentary: Reading the End of Literature* (Baltimore, MD: Johns Hopkins University Press, 1996).

7 莱昂纳多·博夫（Leonardo Buff）在另一语境下谈及了类似的问题："我仍然认为应当更多地强调模仿性欲望中的另一极。我指的是将美好的事物引入历史的那种欲望。一方面，模仿机制创造出受害者和以受害者为根基的历史文化。另一方面，还有一种包容性的欲望同时存在，它寻求一种'团结的'模仿主义，致力于在历史层面上创造出善意与生命。"（见 H. Assmann

[ed.], *René Girard com teólogos da libertação*, *Um diálogo sobre ídolos e sacrificios* [Petrópolis: Editora Vozes, 1991], 56-57)。

8 *Julius Caesar*, Ⅱ, Ⅰ. 另见 René Girard, *A Theater of Envy: William Shakespeare* (Oxford and New York: Oxford University Press, 1991), 308-309。

9 Henri Atlan, "Violence fondatrice et référent divin", in Paul Dumouchel (ed.), *Violence et vérité. Autour de René Girard* (Paris: Grasset, 1985), 434-450.

10 William Shakespeare, *Julius Caesar*, Ⅱ. 166, 180. 对此部分的分析可见 René Girard, "Let's be Sacrificers but not Butchers, Caius. Sacrifice in Julius Caesar", in *A Theater of Envy*, 210-219。

11 这一概念可见 Jean-Pierre Dupuy, "Totalisation et méconnaissance", in Dumouchel (ed.), *Violence et vérité. Autour de Rene Girard* (Paris: Grasset, 1985), 110-135。

12 参见 R. Girard, *I See Satan Fall Like Lightning* (Maryknoll, MD: Orbis Books, 2001), 126-127。部分早期的抄本中没有路加的这句话。

13 M. Serres, *Atlas* (Paris: Julliard, 1994), 219-220.

14 *The Autobiography of Darwin and Selected Letters*, ed. Francis Darwin (New York: Dover, 1958), 55. 另见 Ernst Mayr, *One Long Argument: Charles Darwin and the Genesis of Modern Evolutionary Thought* (London: Allen Lane/Penguin, 1991)。

15　斯坦利·E. 海曼（Stanley E. Hyman）也强调了同一概念，他认为《物种起源》是一种狄俄尼索斯的“悲剧仪式”，与 agone（竞争或冲突）和 sparagmos（撕裂祭牲的祭仪）概念有关。见 S. E. Hyman，*The Tangled Bank: Darwin*，*Marx*，*Frazer and Freud as Imaginative Writers*（New York：Atheneum，1962），26 - 33。

16　E. Sober，“Models of Cultural Evolution”，in E. Sober（ed.），*Conceptual Issues in Evolutionary Biology*（Cambridge，MA：MIT Press，1994），486.

17　宗教和其他人类制度一样，以提高信奉者的福祉为发展目标。由于这一福祉必须由整个群体享有，所以它可以部分通过利他主义，部分通过剥削来实现，使得部分群体以牺牲其他群体为代价获利。或者，该福祉可以所有群体成员普遍提高的健康值的总和这一形式实现。（Edward O. Wilson，*On Human Nature*［Cambridge：Harvard University Press，1978］，175.）另见 E. O. Wilson，Sociobiology：*The New Synthesis*（Cambridge，MA：Belknap Press/Harvard University Press，1975），559 - 564。

18　对群体选择这一概念的批判，见 G. C. Williams，*Adaptation and Natural Selection: A Critique of Some Current Evolutionary Thought*（Princeton，NJ：Princeton University Press，1966）。更近期的评价可见于 E. Sober and D. S. Wilson 为 *Unto Others. The Evolution and Psychology of Unselfish Behavior*（Cambridge：Harvard University Press，1998）撰写的序言。

19　苏珊·布莱克莫尔（Susan Blackmore）谈到了

一种模因机器，运作起来就像一种纯粹机械性的算法。见 *The Meme Machine*（Oxford：Oxford University Press，1999）。

20 即2001年6月2日在比利时的安特卫普举办的COV＆R会议，对谈主题为“基拉尔的模仿理论在哲学史上的地位”（“The Place of Girard's Mimetic Theory in the History of Philosophy”）。见 R. Girard and G. Vattimo，*Verità o fede debole? Dialogo su cristianesimo e relativismo*，ed. P. Antonello（Massa：Tarnseuropa，2006）。

21 Girard，*I See Satan*，182－187.

22 Jacques Derrida，*Specters of Marx*，trans. Peggy Kamuf（New York and London：Routledge，1994），15.

23 德里达单独挑出了“现代末世论学派（历史的终结、人类的终结、哲学的终结，以及黑格尔、马克思、尼采、海德格尔……）”，出处同上。

24 Girard，*I See Satan*，170－171.

25 “敌基督”的表述出现在圣约翰的两封书信中。《新约·约翰一书》2：18：“小子们哪，如今是末时了。你们曾听见说，那敌基督的要来，现在已经有好些敌基督的出来了。从此我们就知道如今是末时了。”《新约·约翰二书》1：7：“因为世上有许多迷惑人的出来，他们不认耶稣基督是成了肉身来的。这就是那迷惑人、敌基督的。”另见《新约·约翰一书》4：3。

26 F. Fukuyama，*The End of History and the Last Man*（London：Hamish Hamilton，1992），312.

10 基拉尔的《我控诉》：一位伟大思想家的大胆构想

1 摘自 *Il Foglio*，March 20，2007。经 *Il Foglio* 授权后收录。由弗朗西斯·R. 希廷格四世（Francis R. Hittinger Ⅳ）译为英文。

11 源自竞争的激情：厌食症与模仿性欲望

1 摘自 *Anorexia*（East Lansing，MI：Michigan State University Press，2013)，45－75。初次发表时题为《厌食症和模仿性欲望》［“Anorexie et désir mimétique”（Paris：Éditions de L'Herne，2008）］。此次访谈由马克·安斯帕克译为英文，发表时的标题为《与勒内·基拉尔的对话》（“Conversation with René Girard”）。经密歇根州立大学出版社和莱尔纳出版社授权后收录。

2 Guy Trebay，“The Vanishing Point”，*New York Times*，February 7，2008.

3 Paola De Carolis，“Viso pallido，corpo emaciato：I ragazzi ‘taglia zero，’ ” *Corriere della Sera*，February 11，2008.

4 René Girard，“Camus's Stranger Retried”，in “*To Double Business Bound*”*: Essays on Literature*，*Mimesis*，*and Anthropology*（Baltimore：Johns Hopkins，1978)，9－35. 斯特凡诺·托梅莱里（Stefano Tomelleri）将这篇文章与基拉尔关于饮食失调症的文章做了比较研究，认为《局外人》中主人公明显的唯我论和厌食症患者的竞争性自我伤害是当代虚无主义的两种

互补的表现形式；参见托梅莱里为基拉尔在意大利出版的论文集作的序：*Il risentimento*（Milan：Raffaello Cortina，1999），14－16。

5 B. Balkau，et al.，“A Study of Waist Circumference，Cardiovascular Disease，and Diabetes Mellitus in 168，000 Primary Care Patients in 63 Countries”，*Circulation* 116（October 2007）：1942－1951.

6 René Girard，“Souvenirs d'un jeune Français aux Etats-Unis”，in M. R. Anspach（ed.），*Cahier Girard*（Paris：Éditions de l'Herne，2008），30.

7 引自 Cécile Daumas，“Le corps du délit”，*Libération*，September 29，2006。

8 Hilde Bruch，*Eating Disorders: Obesity，Anorexia Nervosa，and the Person Within*（London：Routledge & Kegan Paul，1974），82.

9 Mara Selvini Palazzoli，*L'anoressia mentale: Dalla terapia individuale alla terapia familiare*，revised edition（Milan：Raffaello Cortina，2006），220.

10 Daumas，“Le corps du délit”.

11 Sabrina Tavemise，“Young Iraqis Are Losing Their Faith in Religion”，*New York Times*，March 3，2008.

12 “9·11”之后的末世思想

1 这场访谈是 2007 年 2 月 10 日在基拉尔教授加州斯坦福大学的家中进行的。2007 年 8 月 8 日又进行了一次简短的后续访谈，同样是在基拉尔的家中。

2 摘自 *SubStanc*e（Volume 37，Number 1，2008），

20－32。Copyright 2008 Johns Hopkins University Press and SubStance，Inc. 经约翰·霍普金斯大学出版社授权后收录。初次发表时题为《"9·11"之后的末世思想：与勒内·基拉尔的访谈》（"Apocalyptic Thinking after 9/11：An Interview with René Girard"）。由特雷弗·克里本-梅里尔译为英文。

3 Zbigniew Brezezinski，*The Choice: Global Domination or Global Leadership*（New York：Basic Books，2004），28.

4 Jean-Pierre Dupuy，"Anatomy of 9/11：Evil，Rationalism，and the Sacred"，*SubStance*，vol. 37，no. 1（2008），33－51.

5 James Alison，"Contemplation in a World of Violence：Girard，Merton，Tolle"，http：//www. jamesalison. co. uk/texts/eng77. html，accessed April 29，2019.

6 希腊语中的 tragoidia（悲剧）是 tragos（山羊）和 ode（歌）的结合，即"山羊之歌"或"献祭山羊时唱的歌"。

7 René Girard，*Violence and the Sacred*（Baltimore：Johns Hopkins University Press，1977）.

8 见 Marcel Gauchet，*The Disenchantment of the World: A Political History of Religion*，trans. Oscar Burge，fwd. Charles Taylor（Princeton，NJ：Princeton University Press，1997），101。

9 René Girard，*Things Hidden since the Foundation of the World*，trans. S. Bann and M. Metteer（Stanford，CA：Stanford University Press，1987）.

13 “基督教……只会在失败中胜利。”

1 摘自 *First Things*，于 2009 年 7 月 16 日在线上发表。经辛西娅·L. 黑文授权后收录。

后记 传记作者说“基拉尔从不端架子”

1 摘自 *Cosmos the in Lost*，January 19，2016。经阿蒂尔·塞巴斯蒂安·罗斯曼授权后收录。

参考文献

勒内·基拉尔著作

（所列作品大多为英译本，但按照原版出版的时间顺序排列）

（1961）*Deceit, Desire and the Novel: Self and Other in Literary Structure*. Baltimore, MD: Johns Hopkins University Press, 1965 [*Mensonge romantique et vérité romanesque*. Paris: Grasset].

（1962）*Proust: A Collection of Critical Essays*. Englewood Cliffs, NJ: Prentice Hall.

（1963）*Resurrection from the Underground: Feodor Dostoevsky*. New York: Crossroad, 1997 [*Dostoïevski, du double à l'unité*. Paris: Plon].

（1972）*Violence and the Sacred*. Baltimore, MD: Johns Hopkins University Press, 1977 [*La Violence et le Sacré*. Paris: Grasset].

（1976）*Critique dans un souterrain*. Lausanne: L'Age d'Homme.

（1978）*To Double Business Bound: Essays on Liter-

ature, Mimesis, and Anthropology. Baltimore, MD: Johns Hopkins University Press.

(1978) *Things Hidden since the Foundation of the World: Research Undertaken in Collaboration with J.-M. Oughourlian and G. Lefort. Stanford*, CA: Stanford University Press, 1987 [*Des Choses cachées depuis la fondation du monde*. Paris: Grasset].

(1982) *The Scapegoat. Baltimore*, MD: Johns Hopkins University Press, 1986 [*Le Bouc émissaire*. Paris: Grasset].

(1985) *Job, the Victim of His People*. Stanford, CA: Stanford University Press, 1987 [*La Route antique des hommes pervers*. Paris: Grasset].

(1991) *A Theatre of Envy: William Shakespeare*. Oxford and New York: Oxford University Press.

(1994) *When These Things Begin. East Lansing*, MI: Michigan State University Press, 2014 [*Quand ces choses commenceront ... Entretiens avec Michel Treguer*. Paris: Arléa].

(1996) *The Girard Reader*, ed. James G. Williams. New York: Crossroad.

(1999) *I See Satan Fall Like Lightning*. Maryknoll, MD: Orbis Books, 2001 [*Je vois Satan tomber comme l'éclair*. Paris: Grasset].

(2001) *The One by Whom Scandal Comes*. East Lansing, MI: Michigan State University Press, 2014 [*Celui par qui le scandale arrive, ed. Maria Stella Barberi*. Paris: Desclée de Brouwer].

(2003) *Sacrifice*. East Lansing, MI: Michigan State University Press, 2011 [*Le Sacrifice*. Paris: Bibliothèque nationale de France].

(2004) *Evolution and Conversion. Dialogues on the Origins of Culture, with Pierpaolo Antonello and João Cezar de Castro Rocha*. London: Continuum, 2008 [*Les Origines de la culture. Entretiens avec Pierpaolo Antonello et João Cezar de Castro Rocha*. Paris: Desclée de Brouwer].

(2004) *Oedipus Unbound: Selected Writings on Rivalry and Desire*, ed. Mark R. Anspach. Stanford, CA: Stanford University Press.

(2006) *Christianity, Truth, and Weakening Faith: A Dialogue*. New York, NY: Columbia University Press, 2010 [*Verità o fede debole: Dialogo su cristianesimo e relativismo*, with Gianni Vattimo, ed. Pierpaolo Antonello. Massa: Transeuropa].

(2007) *Battling to the End*. East Lansing, MI: Michigan State University Press, 2010 [*Achever Clausewitz*. Paris: Editions Carnets Nord].

(2008) *Anorexia*. East Lansing, MI: Michigan State University Press, 2013 [*Anoréxie et desir mimétique*. Paris: Éditions de L'Herne].

(2008) *Mimesis and Theory: Essays on Literature and Criticism, 1953 – 2005*. Stanford, CA: Stanford University Press.